Oma Gerdas erster Fall

SCHEUNEN-SCHÄTZLA

Ein fränkischer Comedy-Krimi

Scheunenschätzla – Oma Gerdas erster Fall
Henrietta Hartl
© 2023 Verlag Nürnberger Presse Druckhaus Nürnberg GmbH & Co. KG

Umschlag: Pfeiffer Verlag und Medienservice GmbH & Co. KG,
Midjourney AI
Satz und Druck: ScandinavianBook
Lektorat: Yvonne Durmann

ISBN: 9783931683658

Inhaltsverzeichnis

Die Gerda waafd Frängisch. Da gibt es sehr viele verschiedene Varianten. Außerdem wirkt es auf Papier manchmal komisch. Trotzdem haben wir uns bemüht, Gerdas Sprache so wiederzugeben, dass man sich vorstellen kann, wie sie spricht.

Oma Gerda walzt an

Flora sitzt auf einer Bank im Schlossgarten in der herbstlichen Spätnachmittagssonne. Ihr Hintern wird langsam kalt, aber die Sonnenstrahlen wärmen ihr Gesicht noch ganz wunderbar. Genüsslich schleckt sie an ihrem Eis – unten Joghurt, darüber Zitrone und ganz oben Schokolade.

Ein fast perfekter Moment.

Wenn da nicht die beiden Studenten wären, die rechts und links neben ihr auf der Bank sitzen. Nach ihrem Mathe-Tutorium hat sie den Fehler gemacht, sie zu fragen, wo man hier das beste Eis bekommt. Ihr Tipp war zwar gut, das Eis ist lecker, aber jetzt hat sie die beiden Typen an der Backe. Rechts Felix, smart gegeltes weißblondes Haar und scharf getrimmtes Bärtchen, Designerklamotten, hört sich gerne reden. Links Basti, schüchtern, freundlich, dunkelblond und irgendwie – verwuschelt.

Felix schwadroniert alles Mögliche über die Situation der Studenten in Erlangen daher, aber sie hat ihn schon lange ausgeblendet. Hin und wieder nickt sie vage über ihrem Eis, damit er denkt, sie hört ihm zu.

Basti blinzelt friedlich in die Sonne.

Doch auf einmal setzt er sich ruckartig auf.

Alarmiert schaut er einer großen, dünnen Frau in einem schwarzen Ledermantel entgegen, die zielstrebig auf sie zukommt.

Als sie näher kommt, sieht Flora, dass sie deutlich älter ist, als sie aufgrund der energischen Bewegungen gedacht hatte. Das weiße Haar unter der Basecap und die Falten im Gesicht sprechen für Ü60.

Nun bleibt die Frau vor der Bank stehen und starrt Basti an.

Der steht schnell auf: „Hallo, Oma Gerda."

Doch die schubst ihn wieder auf die Bank, tritt einen Schritt beiseite und starrt nun Felix an: „Bürschla?" Auch wenn sie am Ende die Stimme hebt, ist das weniger eine Frage als ein Befehl.

Flora beobachtet gespannt, wie der von sich selbst eingenommene Felix auf die rüde Alte reagiert.

Er zögert kurz und springt dann auf. Mit einer spöttischen Verbeugung und einem boshaften Grinsen sagt er: „Na klar doch, es ist mir ein Vergnügen, für so eine charmante alte Dame den Platz freizumachen."

Beim Ausdruck „alte Dame" atmet Basti scharf ein. Flora sieht Oma Gerdas Augen aufblitzen.

Dann setzt Felix drauf: „Klar, wenn jemand so alt und gebrechlich ist, da nehme ich gerne Rücksicht. Nicht dass Sie uns hier noch umkippen."

Er wartet nicht, bis das Gewitter, das Oma Gerdas Gesicht nun verdüstert, tatsächlich ausbricht. Mit einem eleganten Schlenker macht er sich davon und wirft über die Schulter noch zurück: „Bis Freitag dann!"

Laut ruft ihm Oma Gerda hinterher: „A Dübb wie a Ballong – voll mid haaßer Lufd!"

Sie nimmt den großen Rucksack ab, den sie auf dem Rücken hatte, und lehnt ihn an die Bank.

Dann sieht sie Flora direkt an – nicht wirklich unfreundlich, aber fest: „Rüggst fei?" Floras Fränkisch reicht, um das zu verstehen, und so rutscht sie brav beiseite.

Oma Gerda lässt sich auf die Bank zwischen Flora und Basti fallen. Nachdem sie so in knapp einer Minute die Besetzung nach ihren Wünschen umarrangiert hat, fordert sie: „Basti, du mussd mi fei heimfoan. Mei Audo ist kapudd, midden aufm Bargpladds is der Anlasser gfreggt, und dann hat er kaan Muggs mehr gmachd."

„Sorry, aber ich hab kein Auto mehr."

Sie schüttelt nur den Kopf und starrt ihn ärgerlich an: „Und edserd is mir auch noch der letzte Bus weggfoan, nach fünfe fährd kana mehr ganz naus nach Niedlasreuth."

„Das tut mir sehr leid, aber ich hab wirklich kein Auto mehr."

„Wieso ned?"

„Weil ich es verkauft hab."

„Wieso waaß ich davo nix?" Oma Gerda funkelt Basti an.

„Weil ich es dir noch nicht gesagt hatte", seufzt der. „War ja auch erst letzte Woche."

„Du hast dei Audo verkaft … Gehd's dir wergli so dreggert?" Sie starrt ihn weniger mitleidig als vorwurfsvoll an.

Basti wirft Flora einen verlegenen Seitenblick zu. „Na ja, ich hab's im Moment nicht gerade üppig. Aber eigentlich war es wegen der Umwelt. Also – nein, wenn ich ehrlich bin, ganz eigentlich war es, weil es so wahnsinnig unpraktisch ist. Ich wohn ja mitten in der Innenstadt, ich fahr überall mit dem Rad hin, und notfalls mit dem Bus. Das Auto hab ich fast nie gebraucht, aber ich hatte andauernd den Stress, dass ich es irgendwo parken muss. Irgendwo, wo ich keine Strafe zahlen muss und es nicht abgeschleppt wird."

„So a Gschmarri", Oma Gerda schüttelt unzufrieden den Kopf, „und wie kumm ich edserd ham?"

Basti, dem die ganze Sache offensichtlich peinlich ist, überlegt kurz. Dann hellt sich sein Gesicht auf: „Weißt du was? Ich zahl dir ein Taxi."

„A Daxi?!" Oma Gerda starrt ihn fassungslos an. „Waaßt ned, was des kost? Von hier bis naus nach Niedlasreuth?"

„Nee, weiß ich nicht."

„Ich aa ned, aber des is auf jedn Fall a Vermööchn. Ich finanzier doch so aam ned sei ganz' Daxi, bloß weil edsd der Bus wech is."

„Ich hab ja jetzt etwas Geld, weil ich das Auto verkauft hab."

„Naa, ich nehm ka Daxi ned!", verkündet Oma Gerda störrisch.

Basti reibt sich ratlos die Stirn.

Auf einmal hört Flora sich sagen: „Ich kann Sie schnell heimfahren. Mein Auto steht drüben auf dem Großparkplatz."

„Auf keinen Fall!", japst Basti entsetzt.

„Des is doch subber!" Oma Gerda steht auf und schaut Flora auffordernd an. „Gemmer?"

„Ich will erst noch mein Eis in Ruhe aufessen", Flora sieht Gerda fest an.

Die nickt und lässt sich wieder auf die Bank fallen. „Bassd scho", sagt sie beinahe freundlich. Aber die Art und Weise, wie sie mit ihren glitzernden grünen Augen auf Floras Eis starrt, sorgt dann doch irgendwie dafür, dass es schneller rutscht als „in Ruhe".

„Wie hast du mich eigentlich gefunden?", fragt Basti Oma Gerda auf dem Weg zum Parkplatz. „So mitten in der Stadt?"

„Hald mid derer Händi-Oddung."

Basti runzelt die Stirn: „Mit der Handy-Ortung? Also, die hab ich ganz bestimmt nicht für dich freigegeben!"

„Ehm", sie nickt nachdrücklich, „du häddsd da wieder a Gfregg gmacht und häddst womöchlich ned gleich gwolld, also hab ich's aafach selber gmachd."

Basti starrt sie an.

Seelenruhig erläutert sie: „Vor a poar Wochn, beim Abbfl-koung."

„Du hast mich mit deinem Apfelkuchen abgelenkt, mein Handy geklaut und von da aus die Ortung für dich frei-gegeben?!"

„War gar ned leichd, auf deim Glump da", sie sieht ihn vorwurfsvoll an.

Flora, die es verstehen könnte, wenn Basti jetzt explodieren würde, sagt schnell: „Das ist mein Auto da drüben", und zeigt auf ihren alten Hyundai.

Gerda beäugt ihn kritisch und nickt schließlich gnädig: „Des bassd, den nehm mer."

Basti wirft Gerda einen finsteren Blick zu und fängt an, wild auf seinem Handy herumzutippen. Dann stutzt er und runzelt die Stirn.

„Soll ich dir zeing, wie's geht?", bietet Gerda an.

Bastis Blick wird noch finsterer, aber nun öffnet Flora nach-drücklich die Autotür.

„Ich find dich ja eh", kräht Gerda fröhlich, „ob mid oder ohne dem Glump."

Der Horror-Hof

Als sie von der Hauptstraße abbiegen, sagt Basti entschuldigend: „Die Straße raus nach Niedlasreuth ist ziemlich – äh …"

„A draurichs Glump is des", übernimmt Gerda. „Mei Stoßdämpfer leidn jedesmol wie a Viech. Aber des is dene da ohm einfach zu deuer, die machn nix. Mir dürfn hobbern, des is dene worschd."

„Deswegen habt ihr hier draußen aber auch eure Ruhe", meint Basti aufmunternd. „Da gibt es doch diesen Spruch, aus irgendwelchen südamerikanischen Bergdörfern oder so: Schlechte Straßen, da kommen nur gute Leute. Gute Straßen, da kommen alle möglichen Leute."

Basti sitzt trotz seiner langen Beine hinten, denn Gerda hat sich natürlich sofort bequem vorne ins Auto gesetzt. Daher kann Flora ihn nicht sehen, aber sie hört das Lächeln in seiner Stimme, und jetzt fällt er unwillkürlich in den weichen fränkischen Singsang: „Niedlasreuth, des is noch so a richtig schön verschlafenes Dorf. Da passiert nie was, also nix Schlimmes."

Schließlich fahren sie außerhalb des Dorfes an einer langen, hohen, grünen Hecke vorbei. „Edserd, da simmer!", ruft Gerda plötzlich laut.

„Da vorne rechts hinter der Hecke einbiegen", erläutert Basti. „Aber am besten hältst du vorher erst mal kurz an und hupst ein paar Mal. Manchmal kommt jemand plötzlich aus dem Hof raus um die Ecke, und man sieht den nicht rechtzeitig, weil die Hecke so dicht und hoch ist. Mich hat hier schon mal einer fast zusammengefahren, der da rauskam."

Flora hält also an und hupt fröhlich vor sich hin. Ein bisschen träumerisch stellt sie sich vor, wie hinter der Ecke mit der Hecke idyllisch Gerdas Hof liegt.

Dann fährt sie langsam wieder los und biegt um die Ecke. Und plötzlich liegt eine bizarre Szene vor ihr.

Mitten auf dem grob gepflasterten Hof liegt eine reglose, nackte Gestalt. Daneben ein Haufen brennender Lappen – oder sind das Kleidungsstücke?

Über all dem liegt ein grauenhaftes Geheul, ein gottserbärmliches, seelenzerreißendes Jaulen.

Das kommt von einem riesigen, struppigen, grauen Tier – ein Monsterwolf. Er steht ein Stück vom Feuer weg, den gewaltigen Kopf zurückgeworfen, und heult, unterbrochen nur von kurzen Wimmer-Phasen.

Einen Moment lang fühlt Flora sich wie in einem üblen Traum.

„Allmächd! Heggdor!", ruft Gerda alarmiert. Noch bevor Flora das Auto voll zum Stehen gebracht hat, hat Gerda schon den Gurt gelöst und die Tür aufgerissen.

Flora erwartet, dass sie zu dem reglos daliegenden Mann rennen wird, oder vielleicht zu dem lodernden Feuer.

Aber Gerda läuft auf das graue Monstertier zu, das nun abrupt aufhört zu jaulen und Gerda regelrecht in die Arme fliegt.

Als Flora jetzt auch aussteigt, hört sie, wie Gerda liebevoll mit dem Riesenhund redet, während sie sein Fell krault: „Mei glaans Waggerla, brauchst ka Angst ned ham, die Oma Gerda is da, alles gud, mei arms Heggdorla!"

Basti und Flora stolpern nun auf die nackte, reglose Gestalt in der Mitte des Hofes zu. Es ist ein großer, dicklicher Mann mit kurzem grauen Haar, er liegt unnatürlich verrenkt auf dem Bauch, den Kopf zur Seite gedreht.

„Dem kamma nimmer helfn, der is dood!", erklingt Gerdas Stimme traurig hinter ihnen.

Flora dreht sich um und sieht Gerda an: „Woher wollen Sie das denn wissen?"

„Vom Heggdor", Gerda tätschelt dem Hund noch mal extra liebevoll den Kopf. „Des war sei' Doodengheul, so macht er bloß, wenn anner dood is."

Totengeheul … Flora fragt sich, wie oft das wohl schon vorgekommen ist, aber dann verwirft sie den Gedanken lieber wieder.

Basti richtet sich auf und sagt leise: „Der ist wirklich tot."

Auf Floras unsicheren Blick hin erklärt er kurz: „Ich habe mal Altenpfleger gelernt. Und ich habe da schon ziemlich viele Tote erlebt. Allerdings nicht – sowas."

Flora sieht nun genauer die üble Wunde am Kopf des Toten. Da ist sehr viel dunkles Zeug – Blut... Sie schaut lieber schnell wieder weg.

Ihr Blick fällt auf das Feuer und sie erkennt: Das sind tatsächlich Kleider, die da brennen – vermutlich die Kleider des Toten!

Hastig versucht sie, das Feuer auszutreten. Basti zieht sie am Arm zurück: „Pass auf, sonst brennst du gleich selber!" Er rennt in eine Ecke des Hofs, wo ein Eimer mit Wasser steht. Mit Schwung schüttet er den Inhalt des Eimers über die Flammen, die zischen und erlöschen. Ein paar kleine Flämmchen züngeln noch, aber die können Basti und Flora jetzt tatsächlich problemlos austreten.

Dann fällt Flora etwas ein und sie schaut sich erschrocken um: „Der ist ja vielleicht noch hier, der das getan hat?!"

Basti schüttelt den Kopf: „Ich glaube nicht, sonst würde Hektor sich anders verhalten, würde den verbellen. Ich schätze mal, mit dem Gehupe haben wir den Kerl in die Flucht gejagt."

Währenddessen hat sich Gerda von ihrem Hektor gelöst und starrt auf den Toten.

„A Naggerder!", sagt sie kopfschüttelnd, „der is ja wergli völlig naggerd!"

„Oma Gerda, wer ist das? Kennst du den?"

Sie beugt sich hinunter und späht in das Gesicht des Toten. Dann richtet sie sich wieder auf und schüttelt langsam den Kopf. „Naa, ich hab den noch nie in meim Lebn gsehn, echt ned. Kaa Ahnung, wer des is."

„Bist du sicher?" Nachdenklich starrt Basti auf den Toten. „Er liegt zwar auf der Seite, aber das Gesicht kann man eigentlich ganz gut erkennen. Und wenn er auf deinem Hof ist, müsstest du ihn doch irgendwie zumindest schon mal gesehen haben?"

„Naa, hab ich ned. Du waaßd, ich hab a guds Gedächdnis, aber der Dübb da, des is a Fremder."

„Aber was hat er denn dann hier draußen auf deinem Hof gemacht?"

„Vielleicht war er ein Vertreter?", schlägt Flora zögernd vor.

Basti schaut skeptisch. „Vertreter gibt es ja kaum noch … Und hier zu Oma Gerda hätt' sich eh keiner getraut. Ich glaube, da gibt es so eine Art schwarze Liste, und nach dem, was Oma Gerda mit diversen Vertretern schon mal angestellt hat …"

Flora fragt lieber nicht nach.

„Außerdem, selbst wenn er ein Vertreter war – wer macht denn sowas? Und warum? Und warum ausgerechnet hier?"

„Ich denke, das muss die Polizei untersuchen", meint Flora etwas unsicher.

„Genau." Gerda richtet sich auf und fischt nach ihrem Handy in der Manteltasche: „Der Max soll kumma."

„Der Max?", fragt Flora.

Basti schaut zweifelnd: „Also, ich weiß nicht, ob wir nicht lieber gleich –"

Aber Gerda scrollt schon auf ihrem Handy herum.

„Wer ist denn dieser Max?"

„Der is a Schubbo", kommt es von Gerda.

„Das heißt Schupo", übersetzt Basti auf Floras fragenden Blick. „Also Schutzpolizist. Halt ein ganz normaler Polizist, keiner von der Kripo. Die sitzen eh in Bamberg. Der Max ist in Forchheim bei der Polizei. Und außerdem wohnt er nur ein paar Hundert Meter von hier entfernt und ist damit Oma Gerdas nächster Nachbar. Aber ich fürchte, das hier", er nickt mit dem Kopf Richtung Leiche, „übersteigt die Kompetenzen vom Max."

„So a Gschmarri!", Gerda schüttelt ärgerlich den Kopf. „Der Max is doch scho a Haubdwachmeisder. Und er is a guder Schubbo."

„Ja, aber er ist kein Kriminalbeamter, sondern –"

Gerda schreit jetzt ins Telefon: „Bist du dahamm, Max? Hasd heud frei? Gut. Weil ich dich jetzt bräucherd. Mir hamm hier a Leichn."

Nach einer kurzen Pause wird ihre Stimme noch lauter und ärgerlich: „Fei echd, Max, ich und Widds? Na, des is ka Widds, des is a Leichn. A naggerde Leichn", fügt sie in vorwurfsvollem Ton hinzu.

Sie beendet das Gespräch und verkündet triumphierend: „Er kummd."

Nachdenklich schaut sie auf den Toten hinunter und erklärt dann: „Den müss mer zudeggn. Ich hol die alde Deggn vom Schdall."

„Ich weiß nicht", Basti schüttelt langsam den Kopf, „bei einem Mord darf man doch nichts an dem Toten verändern, oder? Wegen der Spuren?"

Gerda ist schon in einem der Gebäude verschwunden, das wohl als Stall oder Scheune dient. Kurz darauf kommt sie mit einer fleckigen dunkelgrünen Decke wieder heraus und geht auf den Toten zu.

Basti tritt ihr in den Weg. „Wirklich, Oma Gerda, du darfst da jetzt keine Decke drüberlegen."

„Rügg fei, Basdi, der kriegd edserd a Deggn über, und Schluss is. Den kamma da ned so lieng lassn."

Nach kurzem Zögern gibt Basti mit einem Seufzer nach.

Flora stimmt einerseits Basti zu – die Polizei wird nicht erfreut sein über diese alte Stalldecke auf der Leiche. Auf, an und in dem Ding haben sich wahrscheinlich im Laufe der Jahrzehnte jede Menge Dreck und Lebewesen angesammelt, von Flecken und Tierhaaren bis zu Schimmel, Bakterien und Insekten sowie vermutlich auch diverse DNA-Spuren von allen möglichen Leuten. Was das mit den kriminaltechnisch verwertbaren Spuren an einer Leiche macht, kann Flora nur erahnen, aber es ist bestimmt nichts Gutes …

Andererseits ist Flora echt froh, dass der Tote jetzt zugedeckt ist.

Gerda geht nun wieder zu Hektor, der flach auf dem Boden liegt und sie nicht aus den Augen gelassen hat.

„Wieso hat der Hund eigentlich überhaupt einen Fremden auf den Hof gelassen?", überlegt Flora laut. „Der ist doch sicher ein super Wachhund, so riesig, wie der ist, und so – furchteinflößend."

„Geh, der Heggdor, der is doch zahm wie a Kätzla." Gerda krault den Hund im Nacken.

„Du hast recht", Basti sieht Flora nachdenklich an, „das ist schon irgendwie merkwürdig. Es stimmt zwar, dass der Hektor in seinem Herzen ein kleiner Softie ist. Aber das weiß ein Fremder ja nicht. Oma Gerda hat ihn so trainiert, dass er bellend auf jeden Fremden zugaloppiert, der auf den Hof kommt. Danach würde er einfach schwanzwedelnd vor demjenigen stehenbleiben und ihn beschnüffeln. Aber so lange hat glaube ich noch nie jemand gewartet …"

Flora nickt nachdrücklich. Wenn dieses graue Riesenmonster laut bellend auf sie zugedonnert käme, wäre sie in Rekordzeit vom Hof wieder runter.

„Also, entweder hatte der Fremde extrem gute Nerven", überlegt Basti, „oder er war sowas wie ein Hundeflüsterer.

Oder der Hektor hat ihn doch – irgendwie gekannt. Bei Leuten, die er kennt, macht er gar nichts. Er hat eh am liebsten seine Ruhe."

„Ich hab den Dübbn noch nie auf meim Hof gsehn, fei echd ned", beharrt Gerda.

Eine Weile lang sagt keiner etwas, alle denken nach.

Flora fällt auf, wie still es hier ist.

In der Stadt hört man immer irgendwo Geräusche. Aber hier draußen, an diesem herbstlichen frühen Abend, ist es herrlich ruhig. Man hört nur das leise, zufriedene Schnaufen von Hektor, der sich inzwischen auf den Rücken gedreht hat, damit Gerda ihm den Bauch kraulen kann.

Da heult ein Motor auf, irgendwo auf der Straße hinter der Hecke rast ein Auto davon.

„Was war das?", fragt Basti aufgeschreckt.

„Ich denk, des war der weiße Dransbodder, der da weider hindn an der Strassn gstandn war. Da woa wahrscheinds aner in die Bilz im Wäldla vorn."

„Oder jemand, der abgehauen ist?", fragt Flora mit belegter Stimme.

Basti runzelt die Stirn.

Da lässt ein Geräusch sie alle herumfahren.

Hinten neben dem Haus taucht ein großer, stämmiger Mann auf. Ein schwer keuchender Typ mit wirrem blonden Haar, pinken Jogginghosen und einem schwarzen Sweatshirt mit einem grinsenden Totenkopf, darüber in giftgrünen Lettern: „Death is grinning at you."

Flora weicht erschrocken zurück, aber Gerda geht erfreut auf den Mann zu, gefolgt vom schwanzwedelnden Hektor.

„Der Max! Endlich!"

Ka Daadord

„Ich bin hinten über die Felder gejoggt", der Mann schnauft immer noch, „ich wollt' doch sehen, was du –"

Er hält inne, als er den Toten sieht. Auch wenn der jetzt weitgehend zugedeckt ist, die üble Wunde am Kopf ist noch zu sehen und spricht ihre eigene Sprache.

„Des is ja tatsächlich a Leich'", sagt er schwach.

„Dei Bisdoln hasd ned dabei?" Gerda guckt enttäuscht.

„Naa, ich hab doch heut frei. Aber des –"

Max geht kopfschüttelnd zu dem Toten und sieht auf ihn hinunter. Dann hebt er den Blick und starrt Gerda an. Düster fragt er: „Was hast du getan, Gerda?"

„Iiich?", ruft Gerda entrüstet. „Goa nix hab ich. Ich woa auf Erlang', beim Schobbm. Die zwoa ham mich heimgfoan, und da hamma den gfundn."

Max' Blick heftet sich auf Floras Gesicht: „Wer ist das?", fragt er Gerda misstrauisch. Gerda zuckt die Achseln: „A Freundin vom Basti."

Basti schüttelt etwas verlegen den Kopf: „Flora ist meine Mathematik-Tutorin."

„Tutorin?", fragt Max unsicher nach.

„Des is glaab i sowas wie a Brofessor", meint Gerda.

„Schön wär's", Flora seufzt. Doch dann schüttelt sie sich und blickt auf den Toten.

Auch Max starrt nun wieder auf die Leiche und reibt sich ratlos das Kinn. „Is des a Einbrecher? Oder kennst du den, Gerda?"

„Allmächd", Gerda fährt hoch und rennt zur hölzernen Eingangstür des Wohnhauses hinüber.

Mit erleichtertem Gesichtsausdruck kommt sie gleich darauf wieder zurück zu den anderen. „Naa, da hat kanna eibrochn. Im Haus woa kanna."

Flora starrt sie erstaunt an. „Woher wissen Sie das? Sie waren doch nicht mal drin."

„Alder Drigg", sagt Gerda stolz. „Ich schdobf da immer a boar Hoar vom Heggdor oder vo die Zieng ins Schlüsselloch. Und die sind noch da."

Flora versucht eine Übersetzung: „Ein paar Tierhaare im Schloss?"

„Da seh ich sofodd, wenn da ana woar, dann sind die Hoar wech. Aber da is eh nie ana. Auf jedn Fall sind die Hoar noch da, edserd."

„Das ist so ein uraltes Schloss", sagt Basti mit einem Seufzer, „ich sag ihr immer wieder, sie soll sich ein gescheites Schloss kaufen, und eine Alarmanlage, wo sie doch so weit draußen ganz alleine wohnt. Aber nein, sie behält dieses klapprige alte Ding, das kriegt selbst ein Kind mit einem Stöckchen auf."

„Dafür seh ich, ob ana da woar", sagt Gerda störrisch. „Mit dem Elegdronig-Glump waaßd doch nie, ob da ana dran war oder ned."

„Und wenn einer irgendwie hintenrum reingekommen ist?“, fragt Flora nach. „Zum Beispiel durch die Terrassentür oder so?“

„Es gibt keine Terrassentür“, erklärt Basti. „Und auch keine zweite Eingangstür. Es könnte höchstens noch jemand durch ein offenes Fenster …“

„Ich lass doch ka Fensder ned offen, wenn ich wegfoar“, Gerda schüttelt ärgerlich den Kopf.

„Das werden wir nachher noch checken“, sagt Max gewichtig. „Aber nach den Blutspuren hier ringsum sieht es so aus, als wäre das alles eh hier draußen passiert. Und ich ruf jetzt die Kripo in Bamberg an, die müssen da ermitteln.“

Während er sein Smartphone aus der Hosentasche zieht, sieht er alle streng an: „Und ihr dürft fei hier nix anfassen oder verändern oder so. Das ist jetzt ein Tatort.“

„So a Gschmarri“, Gerda schüttelt ärgerlich den Kopf, „des is ka Daadord ned, des is mei Hof. Und ich geh edserd eh ins Haus nei.“

„Moment mal, wir wissen ja noch nicht, ob das Haus nicht auch –“

„Da woar kanna“, sagt Gerda fest. „Und außerdem muss ich edserd amol, des derf ich ja wohl noch, in meim eignen Haus?!“

Max schaut etwas betreten. Er reibt sich wieder das Kinn, starrt nochmal auf die Leiche. Dann meint er: „Na okay, das war vermutlich tatsächlich der Tatort hier, direkt hier draußen auf dem Hof. Und wenn die Haare noch drin waren im Schloss, war wohl wirklich keiner im Haus. Du kannst also meinetwegen reingehn – aber nix anfassen!“

Gerda schließt gerade schon die Haustür auf, hält nun nochmal inne und dreht sich zu Max um: „Des Globabier derf ich aber odadschn, oder?"

Direkt hinter Gerda drängelt auch Hektor ins Haus. Mit einem Blick auf ihn ruft sie spöttisch zu Max hinüber: „Und der Heggdor? Soll ich dem edserd Söggla überziehn, damit mer seine Bfodndabbser ned siehd?"

Max seufzt, folgt ihr dann aber und winkt auch Flora und Basti mitzukommen. „Ist eh besser, wenn ich euch im Haus beinander hab, weg vom eigentlichen Tatort", überzeugt er sich selber.

Innen macht Max eine große Show daraus, wie er sich im Flur und im Wohnzimmer wachsam umsieht.

Aber schließlich zuckt er die Achseln und sieht Gerda etwas ratlos an: „Sieht eigentlich alles ziemlich aus wie immer … Oder siehst du irgendwas, das nicht in Ordnung ist oder fehlt?"

„Wenn's fehln däd, könnerd ichs ja ned sehn", grummelt Gerda, zuckt dann aber selber die Achseln. „Ich hab dir ja gsachd, da is kanna gwen. Ich geh edserd aufs Glo und dann mach ich an Kaffee."

Sie verschwindet auf den Flur.

„Ich muss jetzt wieder auf den Hof, die Kripo anrufen und den Tatort sichern", erklärt Max wichtigtuerisch. „Ihr fasst hier drin bitte möglichst nichts an."

Basti schüttelt ungeduldig den Kopf. „Wie stellst du dir das denn vor? Sollen wir jetzt hier drinnen Handschuh tragen beim Kaffeetrinken oder was?"

Flora ist klar, dass er das ironisch gemeint hat, aber Max' Gesicht leuchtet zustimmend auf. Hastig redet Basti weiter:

„Wenn hier drin keiner war, und alles draußen auf dem Hof passiert ist, dann ist das doch sowieso egal, oder?"

Und Flora ergänzt: „Also, die einzige wichtige Spur, die man hier vielleicht hätte bewahren sollen, das wären doch die Haare im Schloss gewesen, Gerdas ‚alter Trick', oder? Weil die ja tatsächlich zeigen, dass da niemand rein ist. Aber *der* Zug ist ja jetzt wohl abgefahren."

Max schaut belämmert drein. Dann seufzt er kurz auf und verschwindet mit einem lahmen: „Ihr bleibt jetzt drin, okay?" Doch ein paar Minuten später kommt er wieder ins Haus gestürzt: „Sie sind gleich da! Ein Kommissar und die Gerichtsmedizinerin und auch Spusi-Leute. Ich hab gedacht, das dauert, wenn die aus Bamberg kommen müssen, aber die waren ganz in der Nähe, in der Forchheimer Gegend."

„Gab es noch einen anderen Mord hier in der Nähe?", fragt Flora bestürzt.

„Naa, aber die waren zusammen auf einer Weiterbildung. So ein Seminar halt, *Teambildung am Tatort*. Deswegen sind die jetzt dann gleich da. Also, schaut, dass ihr ausm Weg bleibt, der Kommissar wird euch dann befragen."

Max will wieder nach draußen, dann hält er inne. „Was ist denn eigentlich genau passiert?" Gewichtig erklärt er: „Wenn ich den Kommissar briefe, muss ich ja Bescheid wissen, wie das war. Also erzählt mir bitte genau, wie ihr ihn gefunden habt."

Dann stutzt er und schaut etwas ratlos in Richtung Tür. „Andererseits muss ich natürlich den Tatort sichern."

„Dann gehen wir halt ans Fenster", Basti zieht ihn rüber. „Von hier aus hast du den Hof voll im Blick."

Erleichtert nickt Max und lauscht nun Bastis Bericht.

Gerda gegen Wudler 3:0 (mindestens)

Als ein Auto in den Hof einbiegt, rennt Max nach draußen. Durchs Fenster sieht Flora, wie er eifrig auf einen kleinen dicken Mann einredet, der gerade ausgestiegen ist. Irgendwie hat sie sich einen Kommissar größer und attraktiver vorgestellt – aber gut, das ist halt ein deutscher Beamter in echt, nicht aus dem Fernsehen ...

Da kommt Gerda wieder ins Wohnzimmer, mit einer großen Thermoskanne in der Hand.

„Die Kripo ist jetzt da", verkündet Basti. „Max hat gesagt, wir sollen hier drinnen bleiben und ..."

Aber Gerda hat schon die Kanne abgestellt und ist unterwegs in Richtung Tür.

„Ich muss doch schaun, was die Fregger auf meim Hof da dreibn", erklärt sie kriegerisch.

„Und ich muss schaun, was Gerda mit der Kripo treibt", meint Basti besorgt und macht sich ebenfalls auf. „Nicht dass sie noch Ärger wegen Widerstands gegen die Staatsgewalt kriegt oder so."

„Sie sagt immer, was sie denkt, oder?"

Basti nickt mit düsterem Gesicht: „Aber wie! Ich schau mal, ob ich sie etwas bremsen kann."

Flora will nicht allein hier in dem fremden Wohnzimmer bleiben und folgt den beiden nach kurzem Zögern.

Sie hätte gedacht, dass Hektor die Spusi-Leute ziemlich aufmischen würde. Aber auf ein leises Kommando von Gerda hin legt sich der riesige Hund brav neben die Haustür. Er verfolgt mit seinen großen braunen Augen Gerda, die nun in den Hof stampft wie ein Krieger in die Schlacht.

Flora hat ein etwas schlechtes Gewissen, dass sie selbst jetzt auch im Hof ist. Dieser Max hatte ja eigentlich gesagt, sie sollten nicht rausgehen. Und jetzt sind sie alle drei wieder draußen im Hof, da wird er wahrscheinlich nicht gerade erfreut sein …

Aber Max hat im Moment wohl andere Sorgen. Der Kommissar kanzelt ihn offenbar ab, wofür auch immer. Max‘ Ohren glühen und seine Schultern hängen. Aber auf seinem Gesicht liegt ein leicht rebellischer Zug.

Als Flora in Hörweite kommt, raunzt der Kommissar Max gerade an: „Ihr Job ist hier erst mal nur, die Personalien der beteiligten Personen aufzunehmen."

Max zuckt die Achseln: „Was soll ich denn da aufnehmen, ich kenn doch alle eh persönlich und schon ewig – die Gerda war schon bei meiner Taufe dabei, und dem Basti hab ich damals mein Mofa verkauft, als er grad fünfzehn war."

„Ja ja, das ist ja alles sehr schön idyllisch", der Kommissar wedelt gereizt mit der Hand. Dann macht er eine Kopfbewegung in Richtung Flora. „Die junge Dame da ist auch aus Niedlasreuth?"

Flora sieht, wie Max der Schreck in die Glieder fährt. Ihre Personalien hat er natürlich nicht aufgenommen. Schnell geht sie zu ihm und dem Kommissar und erklärt: „Nein, ich bin hier fremd, sozusagen, aber er hat meine Personalien schon aufgenommen. Ich bin Flora Petersen aus Hamburg, Doktorandin an der Uni und erst seit zwei Wochen in Erlangen. Ich halte ein Mathe-Tutorium, das Basti besucht", sie zeigt in seine Richtung. Er steht mit Gerda bei einem Typen im weißen Overall, sie diskutieren lebhaft.

„Es ist doch erst Mitte September", der Kommissar sieht sie misstrauisch an, „das Semester läuft doch noch gar nicht?"

„Die Tutorien fangen manchmal schon vor den Vorlesungen an", erklärt Flora – *„und ich bin unschuldig!",* rutscht es ihr beinahe heraus. Das wäre albern, und vermutlich erst recht verdächtig. Aber dieses Misstrauen im Blick des Kommissars macht sie irgendwie ganz nervös. Wahrscheinlich ist das ja genau sein psychologischer Trick.

Obwohl – was hätte er denn davon, wenn sie aus lauter Panik einen Mord gestehen würde, den sie gar nicht begangen hat? Das würde doch nur alles komplizieren.

Nun kommt Gerda auf sie zugesteuert, im Schlepptau den ziemlich unglücklich aussehenden Basti.

Nachdem Gerda den Kommissar misstrauisch angestarrt hat, baut sie sich vor ihm auf.

„Sie sind edserd der Chef vo all die Leud?"

Das gefällt ihm. Er wächst um mindestens einen Zentimeter und verkündet: „Kriminaloberkommissar Konrad Wudler."

An Floras Ohr tuschelt Max, der ein Stück weggetaucht ist: „Oberkommissar klingt toll, aber des ist des Zweitniedrigste, was es gibt, für ihn."

Unbeeindruckt starrt Gerda Wudler an: „Wie lang grabbeln denn die noch auf meim Hof rum?"

Die stolze Miene des Kommissars wird nun säuerlich: „Ihr Hof? Aha, Sie sind also diejenige, die fatalerweise eine Decke über die Leiche gelegt hat? Damit haben Sie alle Spuren verfälscht."

Gerda schnaubt ärgerlich: „Wie däds denn Ihnen gfalln, wenn'S' da so naggerd middn aufm Hof rumlieng müssdn, häh? Da wärns auch froh über a Deggn!"

Zwei Spusi-Leute in der Nähe fangen an zu grinsen und zu tuscheln.

Nun ist es der Kommissar, der rote Ohren bekommt.

Hastig zeigt er auf den schwarzen Haufen auf dem Boden und sieht Basti vorwurfsvoll an. „Polizeihauptmeister Güdlein hat mir erzählt, dass Sie auch das Feuer ausgemacht haben?"

„Hädd ma wardn solln, bis mei gandser Hof abbrennt?", schnaubt Gerda entrüstet. „Nacha häddns die Kerl' von der Feuerwehr hier aa noch rumhubbfn, und dann wär's ganz aus gwen mit Ihre gosdbarn Schburn."

Flora unterdrückt ein Grinsen. Gerda übertreibt natürlich maßlos. Wegen des kleinen Feuers hätte wohl kaum die Feuerwehr anrücken müssen.

Basti erklärt nun: „Wir haben das Feuer auch ausgemacht, damit die Sachen da nicht verbrennen – das sieht aus wie Kleidungsstücke, wahrscheinlich ja die von dem Toten."

„Die Schlussfolgerungen überlassen Sie bitte uns", schnappt der Kommissar.

Er fixiert Gerda scharf. Doch als er ihre kriegerische Miene sieht, driften seine Augen ab, und er konzentriert seinen bösen Blick lieber auf den deutlich harmloser wirkenden Basti: „Und die Tatwaffe haben Sie womöglich auch beiseitegeräumt?"

„Nix hamma weggräumd", erklärt Gerda ihm laut und fest. „Da war auch nix. Nix womid man jemandn sein' Schädl einschlong koo."

Basti fragt nach: „Was war denn überhaupt die Tatwaffe?"

„Das wissen wir noch nicht", muss der Kommissar zugeben.

„Ich tippe ja auf sowas wie einen Baseballschläger", meldet sich Max nun zu Wort, „so von der Wunde her, die hat ganz so ausgesehen."

Der Kommissar starrt ihn an: „Ach, jetzt sind Sie auf einmal auch noch Experte für Forensik? Interessant."

Seine Stimme trieft vor Sarkasmus, aber Max erklärt unbeirrt: „Na ja, Erfahrung habe ich da leider schon ziemlich. Bei meiner Arbeit sehe ich das öfters, was ein Baseballschläger anrichtet, wenn so ein Idiot ihn gegen einen Kopf schwingt statt gegen einen Ball. Ich würde sagen –"

„Ich würde sagen, davon verstehen Sie nichts. Das war hier wohl kaum eine Schlägerei unter Jugendlichen. Sagen Sie mir mal lieber, wissen Sie schon, wer das ist?"

„Sorry, aber er hatte keine Papiere in der Tasche", erklärt Max mit Unschuldsmiene.

Der Kommissar fährt Max an: „Sie brauchen hier nicht den Clown zu spielen! Wie sehen Sie überhaupt aus! Pinke Jogginghosen und der Totenkopf … Also, dieses Outfit ist wirklich …"

„Ich hab ja eigentlich heute frei", sagt Max vorwurfsvoll.

„Trotzdem, wenn Sie quasi in Ihrer Funktion als Polizeibeamter in die Öffentlichkeit gehen –"

„Des war keine Öffentlichkeit, des war die Gerda", Max schaut nun noch vorwurfsvoller. „Und die kennt den Mann nicht, sie hat ihn noch nie gesehen."

Jetzt tritt ein sehr kleiner, schlanker Mann im weißen Overall zu ihnen. „Des ist der lange Piet", flüstert Max in Floras Ohr, „der Chef der Spusi."

Auch für ihn hat der Kommissar einen Blaffer parat: „Haben Sie das Feuer schon untersucht?"

„Ich habe einen ersten Eindruck gewonnen", sagt Piet vorsichtig. „Es handelt sich offenbar um Kleidung, vermutlich die des Toten."

Basti kann sich ein leises „Genau!" nicht verkneifen.

Der Kommissar überhört das geflissentlich und wendet sich weiter an Piet: „War da ein Personalausweis oder Führerschein dabei oder sowas?"

Piet schüttelt den Kopf. „Könnte natürlich komplett verbrannt sein, aber das glaube ich eigentlich nicht. Das Feuer hat wohl nicht allzu lange gebrannt, es ist noch einiges von der Kleidung übrig. Und wenn da Plastikkarten dabei gewesen wären, hätte ich bestimmt irgendwelche Reste gefunden."

„Die hat der Täter also mitgenommen", überlegt Flora.

Der Kommissar starrt sie ärgerlich an. Aber bevor er auch sie abkanzeln kann, drängt Piet ihn: „Was sollen wir denn jetzt alles untersuchen? Die Leiche natürlich, und das Feuer. Aber was ist – damit?"

Er holt weit mit dem Arm aus und schwenkt ihn einmal im Kreis. Flora folgt der Bewegung, und erst jetzt wird ihr bewusst, wie viele Gebäude da rings um den Hof stehen.

Piet beschreibt sie gerade mit müde klingender Stimme: „Da ist das Wohnhaus und dieser große Stall, oder was das ist, neben dem Haus. Und daneben die große Scheune, und so ne Doppelgarage, und dann ist da noch dieser kleinere Holzstall hier. Sollen wir das wirklich alles untersuchen? Dann brauche ich auf jeden Fall noch mehr Leute."

Der Kommissar zögert, und Piet erklärt mit einem leicht boshaften Unterton: „Tja, Wudler, Sie wissen schon: Wenn wir das alles hier genau unter die Lupe nehmen, das würde dauern, und das würde kosten. So richtig kräftig. Und nach dem Großeinsatz bei dem letzten Fall hat ja die Dienstaufsicht –"

„Ich weiß", schneidet ihm der Kommissar scharf das Wort ab. Er überlegt kurz. „War das denn hier draußen auf dem Hof auch der Tatort?"

„Höchstwahrscheinlich. Der Michi hat auch schon nach Fahrzeug- oder Schleifspuren geschaut, aber auf dem Pflaster konnte er nichts finden. Das Ganze hier ist spurentechnisch sowieso der absolute Albtraum, selbst wenn wir nur den Hof untersuchen."

Der Kommissar wandert zu dem kleinen Holzstall hinüber. „Was ist denn hier eigentlich drin?" fragt er und reißt ungeduldig die Tür auf.

Heraus schießt ein großer, bunter Hahn, dem ungefähr zwanzig aufgeregt flatternde, gackernde Hennen folgen.

Sie rennen in alle Richtungen, und von den weißen Overalls kommen laute Flüche.

„Mei Henna!", ruft Gerda entsetzt.

„Unsere Spuren!", ruft Piet nicht minder entsetzt.

„Bescheuertes Geflügel", flucht der Kommissar.

Gerda funkelt ihn ärgerlich an: „Mei Henna sind fei sehr sensibel, gell! Häddns hald ned die Dür aufgrissn und die arma Viecher aufgscheuchd! Is ja schon ahmds, die warn jetzt scho ganz friedlich am Dösn – wenn'S' die ned so derschreggt häddn!"

„Fangen Sie die Tiere wieder ein", sagt der Kommissar nur schwach.

Flora schaut etwas ratlos, aber Gerda und Basti machen sich auf. Gerda packt sich den Hahn und gibt merkwürdige gurrende Geräusche von sich, und mit etwas zusätzlicher Ermutigung von Basti sind bald alle Hühner wieder in ihrem Stall. Gerda schiebt auch noch den Hahn hinein und schließt die Tür, hinter der sich das Gackern langsam beruhigt.

Der Kommissar zischt nun Piet an: „Untersuchen Sie den Hof hier draußen gründlichst. Den Rest brauchen wir nicht. Und suchen Sie weiter nach der Tatwaffe." Nach einem Moment fügt er widerstrebend an: „Zum Beispiel sowas wie ein Baseballschläger."

Niedlasreuther Stampede

Dann befiehlt der Kommissar Basti, Flora und Gerda: „Sie gehen jetzt wieder ins Haus, hier laufen hochsensible kriminaltechnische Untersuchungen." Dazu wedelt er mit der Hand, als ob er ein paar lästige Fliegen vertreiben will. Bevor Gerda den Mund aufmacht, um dem Kommissar was zu erzählen, erklärt Max schnell: „Ich hatte Ihnen ja berichtet, die drei hier haben den Toten gefunden."

„So, so", der Kommissar starrt sie an, als ob sie gerade gestanden hätten, die Leiche gemeinsam verbuddelt zu haben. „Wo waren Sie denn davor?"

„Es geht um euer Alibi", erläutert Max gewissenhaft, erntet dafür aber wieder nur einen bösen Blick des Kommissars.

„Die letzten paar Stunden waren wir in Erlangen", erklärt Basti, „und so gegen halb sechs sind wir dann hier rausgefahren. Wann genau ist – ist er denn umgebracht worden?" Der Kommissar runzelt die Stirn, als ob er das für eine unpassende Frage hält. Doch dann dreht er sich weg und ruft: „Lieschen, können Sie schon sagen, wie lange der Mann tot ist?"

Damit geht er zu der Frau im weißen Overall, die über der Leiche kauert.

Flora sieht Max fragend an: „Wieso sagt er ‚Sie‘, aber ‚Lieschen‘? Ist das in Franken so üblich?"

Max zuckt die Achseln: „Wieso ned? Des is doch ihr richtiger Name, Lieschen."

Als Flora immer noch fragend schaut, setzt er nach: „Sie heißt Karin Lieschen, Dr. Karin Lieschen. Des is die Gerichtsmedizinerin." Dann fügt er etwas verlegen an: „Wegen Name und so – wenn Sie mir schnell noch Ihre Personalien geben könnten? Es war sehr nett, dass Sie mich dem Kommissar gegenüber nicht verpetzt haben."

„Ist doch klar." Flora holt den kleinen Block aus ihrer Jackentasche und kritzelt alles zu ihrer Person darauf, was ihr einfällt. So genau weiß sie zwar nicht, was mit „Personalien" eigentlich alles gemeint ist, aber sie schreibt außer dem Namen mal Geburtsdatum und -ort auf, und ihre Erlanger Adresse.

Dann drückt sie den Zettel Max in die Hand. „Okay, meine Personalien", sie grinst ihn an. „Damit der Kommissar nicht meckern kann. Fehlt was?"

„Den Beruf bräuchte ich noch – ist das Tutorin?"

Sie schüttelt langsam den Kopf. „Das ist ja nur eine von meine Tätigkeiten, eigentlich ist das kein Beruf."

„Sie ist Doktorandin", bietet Basti an.

„Ist *das* ein Beruf?", fragt Max etwas unsicher.

„Gute Frage", Flora weiß nie so genau, was sie auf Fragen nach ihrem Beruf antworten soll. „Ich habe einen Abschluss in Philosophie, aber ob jetzt deswegen mein Beruf Philosophin ist … Ich habe auch einen Abschluss in Informatik, deswegen könnte ich auch sagen Informatikerin, aber ich hab noch nie in dem Beruf gearbeitet."

Nach kurzem Überlegen entscheidet Max: „Ich werde einfach schreiben: Doktorandin. Die anderen wissen ja auch nicht, ob das ein Beruf ist oder nicht, also wird keiner meckern. Und der Familienstand?"

Flora zögert kurz mit einem Seitenblick auf Basti und sagt dann fest: „Geschieden."

Aus dem Augenwinkel sieht sie Bastis verblüfftes Gesicht. Sie spürt einen Impuls, zu erklären, aber den unterdrückt sie. Schließlich ist er ein Student aus ihrem Tutorium, und ihr Privatleben geht ihn nichts an. Auch wenn sie in den paar Stunden, die sie ihn jetzt kennt, umgekehrt mit Oma Gerda schon tiefer in Bastis Privatleben gerutscht ist, als sie je vorhatte …

Wudler kommt nun wieder zu ihnen, und Max stopft hastig Floras Zettel in die Tasche seiner Jogginghose.

Der Kommissar sagt widerstrebend: „Laut Gerichtsmedizinerin ist der Mann vermutlich noch nicht länger als vier Stunden tot, und mindestens schon eine Stunde. Wenn Sie also wirklich in Erlangen waren, dann kommen Sie als Täter eher nicht infrage. Zumindest sieht es momentan so aus." Finster sieht er sie an: „Aber wir werden das noch genau überprüfen!"

„Was war denn die Tatwaffe?" fragt Max leicht lauernd.

„Ist noch nicht ganz klar. Möglicherweise ein Baseballschläger." Dabei starrt er Max drohend an. Der enthält sich lieber jeden Kommentars und schaut intensiv auf seine Fingernägel.

Der Kommissar seufzt nun und wendet sich an den langen Piet: „Legen Sie mal einen Zahn zu, es dauert nicht mehr lange, dann geht die Sonne unter und dann wird es schnell zappenduster. Hier draußen gibt es ja wahrscheinlich nicht mal eine gescheite Straßenbeleuchtung."

Grantig gibt Piet zurück: „Wir arbeiten, so schnell wir können. Schneller geht nicht. Sie sind der erste, der meckert, wenn dann was nicht hundertprozentig gemacht wurde."

Mann, was für eine Atmosphäre die in dem Team haben, denkt Flora mit einem Kopfschütteln, jeder raunzt jeden an. Auf einen boshaften Impuls hin fragt sie den Kommissar: „Sie waren ja bei einer Weiterbildung – zum Thema Zusammenarbeit im Team?"

„Woher wissen Sie das?" Wudler starrt sie verblüfft an.

„Schuss ins Blaue", murmelt Flora verlegen. Die Augen des Kommissars verengen sich misstrauisch.

Verdammt, sie will doch Max nicht in Schwierigkeiten bringen. Andererseits ist selbst dieser Kommissar nicht so begriffsstutzig, dass ihm die Quelle dieses Lecks nicht sowieso schnell klar werden würde. Also versucht sie sich wenigstens in Ehrenrettung: „Wir haben den Herrn – äh, Polizeihauptwachmeister gedrängt, weil wir wissen wollten, wie lange es dauert. Und da hat er uns aus Gründen der Transparenz und Kundenorientierung dann informiert, wie die Sachlage ist."

Der Kommissar knurrt: „Kein -*wach*-!"

Und ergänzt auf Floras verblüfften Blick hin: „Es heißt nicht Polizeihaupt*wach*meister, sondern Polizeihauptmeister."

Flora nickt und setzt nach: „Und man soll ja die engagierte Mitarbeit jedes Teammitglieds fair würdigen, oder?"

„Sie hatten wohl auch schon mal so'n ähnliches Seminar?"
Der Kommissar wirft ihr einen beinahe freundlichen Blick
zu, so nach dem Motto: *Dann sind wir ja Leidensgenossen.*

Flora verkneift sich die Erklärung, dass sie so ein Seminar
nicht nur besucht, sondern auch schon uniintern gehalten
hat. Sie will die Verbindung auf Kumpelebene nicht riskieren,
also nickt sie nur mitfühlend.

Wudler vertraut ihr nun seufzend an: „Diese Seminare sind
halt die Theorie. Das hier ist die Praxis." Er wedelt ärgerlich mit der Hand in Richtung Spusi-Leute und schnaubt
verächtlich. „Für die heißt Team: *Toll Ein Anderer Macht's.*
Keiner will was tun, alle wollen immerzu nur meckern,
meckern, meckern."

Wie zur Bestätigung schimpft jetzt ein Spusi-Mann: „Ach
nee, jetzt kommt schon wieder so'n dämliches Viehzeugs,
wie soll man denn hier arbeiten?!"

Flora sieht, dass nun eine Katze durch den Hof tigert – ja,
fast ein echter Tiger, ein riesiger orange-gestreifter Kater. Sie
liebt Katzen und streckt dem Tier lockend ihre Hand hin.

Aber der Hoftiger ignoriert sie und stapft schnurstracks auf
den Spusi-Mann zu, der entsetzt zurückweicht und wild mit
den Händen wedelt: „Schusch! Schusch! Hau ab, du Monster!
Du ruinierst alles!"

Doch der Kater stößt nur ein lautes Miauen aus und reibt sich
enthusiastisch am weißen Overall-Hosenbein des schimpfenden Manns.

Flora erbarmt sich seiner, schließlich will der Spusi-Mann
ja nur ordentlich seinen Job machen, und dabei stört die
Katze natürlich schon ziemlich. Sie hebt den Kater hoch
und geht dabei fast in die Knie – so ein Gewicht hat sie

nicht erwartet. Schwer und schnurrend hängt der Kater nun über ihrer Schulter.

Auf einmal schlägt Gerda sich gegen die Stirn und schreit so laut, dass alle erschrocken zusammenzucken: „Allmächd, die Viecher!"

Während Flora noch überlegt, welche Viecher Gerda meint, kommt die Antwort angedonnert.

Ein Dutzend Ziegen, ein riesiges Pferd und ein dickes braunes Schwein galoppieren quer durch den Hof. Alarmiert springen die Spusi-Leute aus dem Weg – und damit gerade *in* den Weg der herumrennenden Tiere.

Der Kater hüpft so abrupt von Floras Schulter, dass sie taumelt.

„Mit dem ganzn Gfregg hab ich die Viecher auf der Weidn dodal vergessn!", seufzt Gerda nun. „Und dann kommen's immer vo selber hamm, wenn der Zaun nimmer ganz dichd is." Stolz fügt sie an: „Schlau sin die fei scho, gell?"

Leise und unglücklich sagt der Spusi-Mann: „Und da hab ich über die Hühner gejammert, und über die eine Katze ..."

Miss Maabl von Niedlasreuth

Gerda und Basti haben die Tiere eingefangen und in den Stall gebracht.

Der Kommissar faltet gerade einen Spusi-Mann zusammen, weil sie nur zwei kleine Scheinwerfer dabeihaben und es rapide dunkler wird. Da zupft Gerda an seinem Ärmel.

Er schüttelt ihre Hand ab wie ein lästiges Insekt und dreht sich ärgerlich zu ihr um: „Was ist denn jetzt schon wieder?" Als er merkt, dass sie keiner von seinen Leuten ist, entspannt sich seine Miene geringfügig.

„Ja bitte, Frau, äh –"

„Obmüller", soufliert Max.

„Es is wegn dem weißn Dransbodder", erklärt Gerda.

Der Kommissar starrt sie verständnislos an.

„Ich hab da draußen auf der Schdraßn doch den weißen Dransbodder gsehn, der had da bargt. Des Kennzeing waaß ich leider ned, ich hab ja dachd, da is nur ana in die Bilz. Aber dann is er gleich weggfoan, und womöglich war des ja nacherd der, wo den umbracht had."

Der Kommissar wedelt ärgerlich mit der Hand: „Meine gute Frau, äh –"

„Obmüller", kommt es wieder von Max.

„Für sachdienliche Hinweise sind wir natürlich sehr dankbar. Aber wenn Sie bitte das Spekulieren unterlassen könnten. Der Fall wird eh schwierig genug, bei der problematischen Spurenlage und mit dem bis jetzt noch unidentifizierten Opfer – also, eine Miss Marple von Niedlasreuth kann ich jetzt hier wirklich nicht brauchen. Spielen Sie also bitte nicht die Detektivin, sondern lassen Sie uns unsere Arbeit machen. Es wäre ansonsten sicher auch gefährlich für Sie. Also, nicht die Miss Marple spielen, okay?" Er hebt den Zeigefinger, als ob Gerda ein Kleinkind wäre.

Flora wartet auf eine ärgerliche Reaktion von Gerda, aber die schaut Wudler interessiert an: „Diese Miss Maabl, wer is des nacherd?"

Der Kommissar schüttelt irritiert den Kopf, dann dreht er sich weg, um den Spusi-Mann zu Ende anzuraunzen.

Basti zieht Gerda beiseite und versucht, ihr zu verklickern, wer Miss Marple ist. Das Stichwort „Detektivin" lässt Gerda nachdenklich nicken, bei „alte Dame" verzieht sie ärgerlich das Gesicht.

Flora hört nun, wie Max seufzend zu Wudler sagt: „Ich glaub, des war jetzt fei keine so gute Idee."

„Wie bitte?!" Die Kritik, die aus Max' Worten spricht, lässt die Stimme des Kommissars eisig werden. Aber Max macht unbeirrt weiter: „Des mit der Miss Marple, meine ich. Die Gerda hat nämlich fei echt überhaupt keine Ahnung, wer das ist, die Miss Marple, weil sie nämlich gar keine Krimis liest. Sie liest nur Sachbücher und Biografien."

Wudler sieht Max verwundert an, zuckt dann die Achseln. „Aber Krimis im Fernsehen wird sie ja manchmal wohl schauen."

Max schüttelt vehement den Kopf. „Naa, die Gerda hat überhaupt keinen Fernseher. Also, die hat bis jetzt wirklich überhaupt nicht gewusst, wer die Miss Marple ist. Aber ich kenn sie, das lässt ihr jetzt keine Ruhe. Sie wird nachher gleich ins Internet gehen und checken, wer die Miss Marple ist, und dann wird sie wahrscheinlich alle Bücher über die lesen und alle Filme gucken."

„Ich denke, sie hat keinen Fernseher?"

„Naa, aber sie guckt die Filme dann auf YouTube. Auf jeden Fall wird sie jetzt rauskriegen, wer die Miss Marple ist, und dann gleich doppelt loslegen. Wenn Sie nix gesagt hätten, wäre das echt besser –"

„Danke, Güdlein, wenn ich Ihren Rat brauche, sage ich Bescheid", die Stimme des Kommissars ist nun noch um einige Grade eisiger geworden.

„Ich mein' ja bloß", murmelt Max trotzig.

„Sie gehen jetzt mit den Herrschaften ins Haus. Und", er senkt die Stimme leicht, „versuchen Sie mal, aus der Frau rauszukriegen, was das für ein Auto war. Vermutlich kann sie ja nicht viel mehr sagen, als dass es halt ein großes weißes Auto war, aber jedes Detail würde uns helfen. Also, grillen Sie sie mal ordentlich."

Gerda verkündet nun laut: „Edserd brauch ich aber fei wergli endlich an Kaffee."

Sie stapft mit Basti ins Haus, und Flora und Max folgen ihnen. Flora hat etwas Mitleid mit dem armen „Schubbo" –

Gerda zu grillen, das ist sicher eine ziemlich undankbare Aufgabe …

Drinnen gibt es für jeden erst mal eine Tasse Kaffee.

Hektor bekommt einen Napf voll Kamillentee, denn wie Gerda meint: „Mei arms Waggerla had sich so aufgrechd, edserd braucht er was für sein Mogn."

Flora ist sich ziemlich sicher, dass Gerda erst den Kamillentee für Hektors Magen gekocht hat, und danach den Kaffee für die Menschen. Aber der Kaffee ist auf jeden Fall sehr gut, vermutlich frisch von der Bohne und nicht aus der Kapsel.

Dann packt Basti die Thermoskanne und verkündet: „Ich koche jetzt noch mal ordentlich Kaffee und bringe dann denen da draußen auch was. Das haben die sicher nötig – es wird langsam kalt und dunkel, und die armen Kerle müssen arbeiten, obwohl sie doch jetzt sonst nach ihrem Seminar Feierabend hätten."

„Ich hab heut auch frei", mosert Max kurz, gibt dann aber zu: „Ich hab ja jetzt schon einen Kaffee."

Gerda mahnt Basti: „Aber bass fei auf, dass die nacherd ned mei Dassn glaun."

„Die sind doch von der Polizei", Max schüttelt entrüstet den Kopf. „die klauen doch keine Tassen."

„Waaß mers?"

Basti verschwindet, und Max wendet sich an Gerda. Flora ist gespannt, wie der Polizist Gerda nun „grillen" will.

Doch die Sache entpuppt sich als Selbstläufer. Verblüfft hört Flora, wie Gerda auf Max' kurze Frage hin loslegt. Es war ein VW Transporter, erklärt sie, und diskutiert die Unterschiede im Design der Modellreihen T6 und T7. Dann folgen eine Menge technische Details, von denen Flora noch nie im Leben gehört hat.

Schließlich wendet Max sich auch an sie: „Haben *Sie* vielleicht noch was gesehen?"

Flora schüttelt den Kopf: „Ich habe mich aufs Autofahren konzentriert, weil ich ja den Weg überhaupt nicht gekannt habe, deswegen habe ich das Auto höchstens kurz aus dem Augenwinkel gesehen. Und ehrlich gesagt, so ein weißer Transporter – das ist für mich eben ein weißer Transporter. So ein Kasten halt mit vier Rädern und einem Motor. Ich weiß höchstens noch, dass das bei VW ‚Bulli' heißt."

Max schaut sie erstaunt an: „Aber Sie haben doch gesagt, Sie haben Informatik studiert? Des ist doch sowas wie Computer-Technik?"

Flora muss grinsen. „Ja, ich kann hochkomplexe Steuerungsroutinen programmieren und Softwarearchitekturen entwickeln – aber sowas Praktisches wie Autos, darüber lernt man da nichts."

Gerda steht nun auf: „Ich schau edserd amol, dass der Basdi ned mei besdn Dassn nimmt. Die aldn Häfala hindn ausm Schrang duhns aa für die Grabbler von der Gribbo."

Flora starrt Gerda hinterher, immer noch erstaunt: „Das war ja eine enorm genaue Beschreibung, die Gerda da von dem Transporter gegeben hat. Ich habe höchstens die Hälfte von den ganzen Fachdetails mitgekriegt, über die sie da geredet hat."

Max grinst. „Wenn's um Autos oder Maschinen geht, da ist die Gerda in ihrem Element. Sie hat ja auch Landmaschinentechnikerin gelernt. Meine Oma hat mir erzählt, was das damals für ein Skandal war, hier."

„Weil eine Frau Landmaschinentechnik gelernt hat?"

„Ja klar, das war damals Ende der Sechziger. Grad hier draußen in Niedlasreuth, da hat ein Madla höchstens Hauswirtschaft gelernt, oder vielleicht Friseuse oder Kindergärtnerin."

Flora nickt nachdenklich. Gerdas Jugend ist ja erst ein paar Jahrzehnte her, aber das war damals noch eine andere Welt. Flora ist froh, dass sie im neuen Jahrtausend lebt.

Obwohl – wenn sie es sich so überlegt, eine Landmaschinentechnikerin kann sie sich auch heutzutage kaum vorstellen …

Das heißt inzwischen wahrscheinlich irgendwas mit Mechatronik, aber vermutlich sind das fast nur junge Männer, die das lernen. Frauen sind da bestimmt noch immer Exoten.

Max erklärt nun: „Aber die Gerda hat das trotzdem durchgezogen. Die hat schon immer gewusst, was sie gewollt hat."

„Und was die Gerda will, das kriegt sie vermutlich meistens auch."

Max nickt, doch dann schüttelt er langsam den Kopf. „Schon. Aber andererseits – die Gerda hat auch verdammt viel Pech gehabt im Leben. So viele Schicksalsschläge, des kann man kaum noch zählen. Deshalb ist sie vermutlich auch so – na ja, die meisten hier in Niedlasreuth nennen sie eine ‚Bissgurrn'."

Auf Floras fragenden Blick hin zuckt er die Achseln: „Des kann man nicht genauer definieren, aber – halt wie die Gerda eben. Ja, die Gerda wirkt schon oft so, wenn man sie nicht genauer kennt." Mit einem kleinen Seufzer fügt er an: „Und auch dann, wenn man sie genauer kennt … Aber ansonsten ist sie echt voll in Ordnung."

Die „Bissgurrn" kommt nun zurück und sagt mürrisch: „Wenn der Basdi die alle edserd vollschüdd' mid Kaffee, dann müssns wahscheins alle auf mei Glo. Und ich derf nacherd wieder budsn …"

Doch dann wechselt sie abrupt das Thema: „Der Dübb da aufm Hof – ich versteh's afach ned. Was had der hier draußn gwolld? Und der andre Dübb aa?"

„Welcher andere?", fragt Max erstaunt.

„Na, der, wo ihn umbrachd had. Der muss ja auch dagwesn sei. Der im Hof had sich ja ned selber derschlong."

„Stimmt", Max sieht Gerda nachdenklich an und grinst dann. „Du denkst ja tatsächlich wie eine Detektivin – ja, ja, die Miss Marple von Niedlasreuth. Aber du hast ja gehört, was der Kommissar gesagt hat – du sollst nicht Detektiv spielen."

Gerda schnaubt nur verächtlich. „Der! Der had mir goa nix zum song. Der Haumdaucher find' selber doch nie ned raus, wer den umbracht hod. Da muss ich scho selber rausgrieng, was da woar."

Max schüttelt zweifelnd den Kopf. „Ich weiß nicht, ob das so eine gute Idee ist. Und wie willst du das überhaupt machen?"

Gerda zuckt die Achseln. „Waaß ich noch ned. Aber mir fälld scho no was ei. Und heut ahmd schau ich erschd amol, wer die Miss Maabl war."

Düster setzt sie nach: „Wenn die ganzen Fregger wieder weg sin, und ich des Glo budsd hab."

In Gerdas Wohnzimmer

Max ist wieder nach draußen verschwunden.

Aber nach nicht allzu langer Zeit kommt er zurück ins Wohnzimmer. Mit unzufriedenem Gesicht erklärt er: „Also, der Wudler jammert immer, wie faul alle anderen sind, aber selber ist der doch oberfaul. Er hat wohl keine Lust mehr und hat gesagt, er geht jetzt heim, und die anderen sollen sich auch beeilen. Statt dass er sich da jetzt nochmal richtig reinhängt, gerade weil es so schwierig ist – so ein fauler Sack!"

„Ich mag den Kerl ja auch nicht, aber ist das nicht Beamtenbeleidigung?", fragt Flora mit einem Grinsen.

Max zuckt die Achseln: „Ich bin ja selber Beamter. Ich darf das."

Dann erklärt er ernsthaft: „Es ist eine bekannte Tatsache, dass die ersten 24 Stunden in einem Mordfall total wichtig sind für die Aufklärung. Danach werden alle Spuren kalt, sozusagen." Er verdreht ärgerlich die Augen: „Und der Wudler geht einfach heim und legt sich schlafen oder haut sich vor die Glotze."

Etwas verständnisvoller ergänzt er: „Er ist wahrscheinlich frustriert, weil seine ganze Anraunzerei per Telefon keinen

Effekt gehabt hat. Wahrscheinlich hören die Leute ihm am Telefon noch weniger zu als direkt in Person.

Obwohl man schon ehrlich sagen muss, es ist auch echt schwierig, wenn keiner hier den Toten kennt. Papiere hat er nicht dabei, und die Kleidung ist halb verbrannt…

Der Wudler hat ja ein Foto von dem Toten nach Bamberg gemailt, und eine Beschreibung, und sie sollten damit die Vermisstenanzeigen durchforsten. Das haben die armen Kollegen sogar getan, spät wie es ist."

„Für die ganze Gegend?", fragt Basti, „oder für ganz Bayern?"

„Für ganz Deutschland, mindestens", erklärt Max stolz. „Über INPOL. Das ist ne Datenbank."

„Und wie schnell geht das?", erkundigt sich Basti. „Wann haben sie da Ergebnisse?"

„Die haben sie jetzt schon", Max klingt immer noch stolz. „Das geht schon sehr schnell, heutzutage, so ne Datenbank ist in Nullkommanix durchsucht."

Doch dann verdüstert sich sein Gesicht: „Aber der Nachteil ist halt, dass man dann auch sehr schnell sieht, wenn man gegen eine Wand gefahren ist, weil das eine Sackgasse ist und man nicht weiterkommt. Und so eine Wand hat der Wudler jetzt vor sich, weil keiner was von dem Toten weiß. Bei all den tollen Daten – null Treffer. Sie haben immer noch überhaupt keine Ahnung, wer der Tote ist.

Morgen müssen sie es dann mit den Zähnen probieren, aber das dauert meistens ewig, und manchmal rührt sich einfach überhaupt kein Zahnarzt, die haben's halt auch nicht nötig. Und wenn er gar nicht aus der Gegend ist, sondern von weiter weg, womöglich sogar aus dem Ausland … "

„Einen Mord aufzuklären, ist ja sicher so schon schwierig genug", meint Basti nachdenklich, „aber wenn man nicht mal weiß, wer das Opfer ist, da hat man ja praktisch überhaupt keine Chance, den Mörder zu finden."

Max nickt mit einem Seufzer: „Ja, sieht fast jetzt schon so aus, als ob das einer von den unaufgeklärten Morden bleiben wird. Aber leider verursacht so 'ne Leiche trotzdem jede Menge Papierkram. Was heutzutage ja eher Computerkram ist, aber irgendeiner muss den ganzen Mist reinhacken, und in den Datenbanken rumschieben und überhaupt."

Max angelt sich das letzte Stückchen Streuselkuchen und lamentiert kauend über die nervige Polizei-Bürokratie. Währenddessen schaut Flora sich etwas genauer in dem Wohnzimmer um.

Es wirkt ein bisschen schäbig, aber trotzdem – oder wahrscheinlich deshalb – sehr gemütlich. Das riesige Ecksofa mit den dicken hellbraunen Lederpolstern passt im Stil überhaupt nicht zu dem Blümchen-Sessel, dem Rattan-Schaukelstuhl und dem dunkelroten Ohrenbacken-Sessel. Und die sechs modern-kantigen Esszimmerstühle aus hellem Ahornholz clashen ziemlich mit dem uralten verschrammten Eichenholz-Esstisch mit seinen kunstvoll gedrechselten runden Beinen. In der einen Ecke gibt es eine wunderschöne alte Standuhr aus Kirschbaumholz neben einem dunkelgrünen Kachelofen. In einer anderen Ecke steht ein Computer auf einem Ikea-Tischchen.

Aber irgendwie passt das dann doch wieder alles super zusammen, findet Flora. Es ist ein Wohnzimmer mit der Betonung auf *wohnen*. Sowas mag sie.

Plötzlich sieht sie aus dem Augenwinkel etwas vorbeihuschen, quer über den Teppich und dann unter eine hochbeinige Anrichte.

Etwas Kleines, Schwarzes.

Sie zwinkert verblüfft. Das sah doch aus wie eine –

Das Kleine, Schwarze saust nun wieder unter der Anrichte hervor und verschwindet hinterm Sofa.

Gerda ist zum Glück gerade mit dem Ausschenken des letzten Kaffees beschäftigt. Daher kann Flora Basti leise zuzischen: „Ich will ja die Gerda nicht in ihrer Hausfrauenehre beleidigen, aber – ich glaube, da war eben eine Ratte!"

Basti wirft einen ziemlich gleichgültigen Blick in die Richtung, in die das Tier verschwunden ist, und meint: „Ach, das ist nur die Mausi."

Flora flüstert ärgerlich: „Also, ich bin ja keine Zoologin, aber das war keine Maus, das war eine Ratte. Eine relativ kleine und schlanke Ratte, aber definitiv eine Ratte. Eine schwarze Ratte."

Etwas ungeduldig wiederholt Basti: „Ich sag doch, das ist die Mausi."

Gerdas Ohren sind offenbar noch ziemlich gut: „Die Mausi? Dreibd die sich im Wohnzimmer rum? Des arme Viech is woascheins hungrich!"

Sie packt die Kuchenschaufel und schneidet Max damit einfach ein kleines Eckchen von seinem Kuchenstück weg. Max schaut zwar nicht gerade begeistert über diesen Mundraub – aber auch wiederum nicht so schockiert, wie Flora es an seiner Stelle wäre. In Gerdas Haushalt geht es wohl öfters so zu.

Dann bückt sich Gerda, das Streuselkuchen-Stückchen in den Fingern, und stößt eine Art lockendes Gurren aus.

Die schwarze Ratte schießt hinterm Sofa vor, trippelt zu Gerdas Hand und setzt sich daneben. Sie legt das Köpfchen schief und sieht Gerda mit ihren schwarzen Knopfaugen an. „Derfsd scho!", ermuntert Gerda sie.

Nach einem kurzen Schnuppern des rosa Schnäuzchens greift die kleine schwarze Ratte mit beiden Pfötchen zu. Manierlich knabbernd verputzt sie den Kuchen, lässt sich von Gerda mit dem Zeigefinger den Nacken streicheln und verschwindet schließlich wieder hinterm Sofa.

Flora sieht ihr lächelnd hinterher: „Die ist ja echt niedlich. Hätte ich bei einer Ratte gar nicht gedacht. Wohnt sie draußen in den Ställen oder in der Scheune?"

Gerda schüttelt den Kopf: „Des is doch kaa wilde Kanal-raddsn, sondern a zahmes Hausdier. Die Mausi is schlau und sauber, und sie had bessere Manieren wie manche Leud'. Naa, in die Schdäll du ich die Mausi ned lassn. Die Henna ham Angst vor ihr, und die Mausi had Angst vor die Zieng, des werd nix. Und in die Scheune, des is aa nix für des Viechla."

Gerda bricht ab und runzelt kurz die Stirn. Aber dann schüttelt sie den Kopf und fängt an, das Kaffeegeschirr abzuräumen.

„Sin dei Leud mit ihrem Graffel edserd wech?", fragt sie Max. Er geht nach draußen, um das zu checken.

Flora schaut auf Hektor, der seinen riesigen zottigen Körper in einem gepolsterten Korb neben dem Sofa zusammen-gefaltet hat und tief schläft.

„Gibt es keinen Ärger zwischen Hektor und Mausi?", fragt sie Basti, und fügt an: „Und da war ja auch dieser große Tigerkater vorhin …"

„Der Pascha, ja", Basti zuckt die Achseln. „Es gibt auch noch zwei andere Katzen. Aber die Mausi hat sich rundum Respekt verschafft. Der Hektor und die Katzen, die gehen ihr vorsichtshalber aus dem Weg. Andersrum allerdings auch, so schlau ist die Mausi schon, dass sie jetzt nicht dem Hektor oder dem Pascha direkt vorm Maul rumspaziert. Sie machen halt vorsichtig Bögen umeinander rum, der Hof ist ja groß genug. Nur die Ziegen, vor denen hat die Mausi echt Angst."

„Warum?", fragt Flora neugierig.

Basti zuckt die Achseln. „Ich kann ja weder die Mausi noch die Ziegen fragen, also – keine Ahnung."

Er wirkt irgendwie gereizt.

Als Gerda mit einem großen Teller voller Schinken- und Käsebrote aus der Küche zurückkommt, trudelt auch Max wieder ein. Er schnappt sich gleich zwei Brote und berichtet von der Lage draußen im Hof: „Weil der Wudler weg ist, ist die Stimmung gut. Aber die sind jetzt so weit fertig, sie räumen gerade ihre Lichter weg."

Flora fragt zögernd: „Die Leiche – ich meine, der tote Mann –, ist der jetzt weg?"

Max nickt: „Klar, den haben sie schon lang abtransportiert."

„War's das dann?", fragt Basti hoffnungsvoll.

Max schüttelt den Kopf. „Noch nicht ganz. Wir waren ja jetzt nicht so doll vorbereitet, ich meine ausrüstungsmäßig und so, also müsstet ihr morgen nochmal auf die Wache. Eure Aussagen offiziell zu Protokoll geben, unterschreiben,

Fingerabdrücke zum Abgleich, und vielleicht gibt's bis dahin noch ein paar Fragen."

„Müssen wir dazu bis hoch nach Bamberg?", fragt Basti müde.

Max grinst ihn verschwörerisch an. „Des hätt' der Kommissar schon gern gewollt. Aber dann hab ich ihn mal geistig etwas angestupst, sozusagen. Ich hab ihm zu bedenken gegeben, wie sich das dann wohl so anfühlt, wenn die Gerda vor seinen Kollegen und Vorgesetzten in der Kripo mit ihm – na ja, auf ihre ganz eigene Art und Weise umspringt. Wenn er ihr blöd kommt, dann wischt sie den Boden mit ihm auf – so schlau ist er schon noch, dass er das kapiert. Und da hat er dann lieber entsetzt abgewunken – dass die Gerda bloß ja nicht nach Bamberg kommt."

Flora und Basti grinsen, und Gerda protestiert entrüstet: „Also, ich bin doch kaa Monsder, wo ma die Glaan mid derschreggd." Mit einem leichten Kopfschütteln fügt sie an: „Obwohl, für so an Doldi wie den Wudler fehld mir fei scho die Geduld."

Max erklärt: „Ihr könnt also nach Forchheim kommen, des ist nicht so weit. Und danach ist die Sache dann für euch hoffentlich weitgehend gelaufen."

„Nix is gloffn!", schnaubt Gerda ärgerlich. „Edserd gehd's ja erschd los, dass ich rausfind, was die da auf meim Hof driebm ham."

Nachdenklich sieht sie Basti an: „Du hast doch derzähld, diese Miss Maabl, des war so aa Dedegdivin aus England, oder? Die lauder Mörder gfundn had, wo die Bolübben zu debberd woan? Da les ich edserd mal a boa vo die Bücher, und vielleichd find ich aa noch a boa Film auf der Duhbm."

„Auf YouTube sind wahrscheinlich eher diese alten Filme, aber die solltest du nicht hernehmen", sagt Basti schnell. „Die Bücher sind besser. Oder die neueren Filme. Aber am besten wirklich die Bücher."

Gerda nickt: „Dann hol ich mir die aus der Onleihe, da hams' die sicher, oder? Ich hoff nur, die ham aa gnuch."

„Na, die ersten zwei oder drei für heute Nacht wirst du schon finden", meint Basti, und Flora sieht ihn erstaunt an. Er grinst: „Ja, so zwei, drei Bücher in einer Nacht, das schafft die Gerda locker."

Flora schüttelt erstaunt den Kopf: „Ich hatte mal so einen Kurs in Speed-Reading, also wie man richtig schnell liest, aber so viel –"

„Ich schafferd auch vier, wenn's sei müssd", erklärt Gerda. „Ich hab hald vo Nadur aus a Menge Schbiid."

„Soll ich heute Nacht hierbleiben?", bietet Basti nun an. „Man weiß ja nie, falls der Mörder irgendwie noch was vergessen hat, und womöglich nochmal zurückkommt …"

Gerda schüttelt den Kopf: „Naa, du schdörsd bloß beim Lesn. Ich hab ja den Heggdor. Und überhaubds, wenn aana kummd, nacherd griggd er mei Nudelholz aufn Deggl, dann is a Ruh. Des wär sogar was Guuds, dann hädd ma ihn ja scho."

Basti ist wenig begeistert von diesem „Plan", aber Gerda erklärt entschieden: „Ich les mich edserd ein in die Miss Maabl, und ihr haud ab."

Schillers Glocke und die Scheune

Draußen auf dem Hof ist es nun leer, nur die Absperrbänder der Polizei flattern und knattern in der Dunkelheit. Einige haben sich teilweise losgerissen und vollführen nun wilde Tänze im Wind.

Flora zieht ihre Jacke enger um sich. Sie späht im Licht der kleinen Lampe über der Eingangstür nach ihrem Auto. Eine Schrecksekunde lang denkt sie, dass es verschwunden ist. „Mein Auto!"

„Des hab ich umgeparkt", kommt Max Stimme von hinten. „Des war denen im Weg. Da hab ich es aus dem Hof rausgefahren und draußen am Straßenrand geparkt."

Auf Floras ärgerlichen Seufzer hin meint er leicht beleidigt: „Sie können froh sein, dass ich den Wudler überzeugen konnte, dass das Auto nichts mit dem Verbrechen zu tun hat. Sonst hätte er womöglich sonst was damit angestellt. So haben sie nur die Reifenspuren abgenommen, zum Abgleich. Hier ist der Schlüssel."

Während er ihr den in die Hand drückt, meint er leicht vorwurfsvoll: „Des Auto war ja nicht abgeschlossen, und der Schlüssel hat noch im Zündschloss gesteckt. Sowas soll man fei echt ned machen, weil sonst –"

„Weil sonst so ein bescheuerter Schubbo daherkommt und es wegfährt", sagt Basti ärgerlich. „Ich bin sicher, Flora macht das normalerweise nicht, den Schlüssel stecken lassen – halt immer nur dann, wenn sie auf einem Hof eine Leiche findet. Und im Übrigen ist das hier Privatgelände." Er sieht Max boshaft an: „Das Auto war also auf einem privaten Grundstück gestanden, bevor ein gewisser Polizeibeamter es unerlaubt von dort entfernt hat."

Max schüttelt den Kopf: „Mei, Basti, seit wann bist du denn so grantig? Man könnt glatt denken, du wärst mit der Gerda verwandt. Ich glaub, du brauchst jetzt erst mal ein Bier. Oder eine gute Runde Schlaf. Oder am besten beides. Aber nicht zu viel Bier, damit ihr morgen so um zehn auf der Inspektion in Forchheim erscheinen könnt."

Max hebt nun zum Abschied die Hand und wandert ab, vermutlich Richtung Zuhause.

Nun kommt Gerda noch mal aus dem Haus. Sie fängt an, die Absperrbänder der Polizei abzureißen und einzusammeln. „Die kumma edserd aufn Müll", erklärt sie. „Des schaud ja aus wie a Daadord. Bis eds hads noch kaana midgrichd, dass des hier aufm Hof bei mir woar, und des soll auch so bleibn. Wenn morgen der Michi vo der Bosd kummd, der muss des ned wissn. Sonsd waaß des bald a jeder."

„Darf man offizielle Polizeibänder denn einfach so abmachen?", zweifelt Basti.

Gerda schüttelt ungeduldig den Kopf: „Die kumma edserd wech, basda."

Als sie zum Auto gehen, erkundigt sich Flora bei Basti: „Warum wolltest du eigentlich nicht, dass sich Gerda diese alten Filme mit der Miss Marple anschaut? Die sind doch gar nicht so schlecht, die bringen sie ja immer wieder mal an den Feiertagen oder so. Ich finde die echt lustig."

„Sie sind aber überhaupt nicht so wie die Bücher", meint Basti, „die mit der richtigen, ursprünglichen Miss Marple." Flora rollt die Augen: „Sag bloß, du bist so'n Hyper-Purist, der keine Filme mag, von denen er vorher das Buch gelesen hat?"

„Nee, überhaupt nicht", Basti schüttelt den Kopf. „Es ist nur so, dass die Miss Marple ja ursprünglich so 'ne sanfte, zarte ältere Dame ist, die in ihrem Dörfchen sitzt, strickt, Tee trinkt und Spitzenhandschuhe trägt. Aber diese Margaret Rutherford, die in den alten Filmen die Miss Marple spielt, die ist so'n richtiges Schlachtross, energisch, rüde und immer voll drauf, ohne Rücksicht auf Verluste."

„Das klingt jetzt echt voll nach Gerda", Flora nickt belustigt. „Genau deswegen will ich ja nicht, dass das noch schlimmer wird bei ihr. Ich meine, Hektor und ihr Nudelholz, das ist ja gut und schön, aber Oma Gerda wird immerhin nächstes Jahr siebzig, und so'n junger Verbrecher mit Baseballschläger, der ist allemal schneller als sie. Oder womöglich sogar jemand mit einem Messer … Es wäre mir jedenfalls sehr viel lieber, wenn sie sich da ein bisschen zurückhalten würde, statt sich gleich mit Volldampf in die Schusslinie zu schmeißen."

Flora sperrt das Auto auf und meint: „Na ja, erst mal will sie ja nur die Bücher lesen und vielleicht ein paar Filme schaun. Diese ‚Duhbm', damit meint sie YouTube?"

„Genau. Sie hat ja keinen Fernseher, also schaut sie nur Filme im Internet. Aber was heißt hier ‚nur‘ Bücher und Filme? Genau da kriegen die Leute doch ihre blödesten Ideen her, oder?"

„Immerhin hat sie ja keinen Fernseher. Aber ich glaube, heutzutage kriegen die Leute die allerblödesten Ideen aus den Social Media. Weil da jeder seinen letzten Schwachsinn reinkotzt, ungefiltert."

Basti sieht sie quer übers Autodach an: „Du bist kein Fan, schließe ich daraus?"

„Nö, nur das Nötigste. Ist die Gerda denn da unterwegs, in den sozialen Medien?"

„Aber wie! Sie hat ihre eigenen Accounts, also unter ihrem eigenen Namen – aber ich glaube, sie hat noch eine ganze Reihe andere laufen, unter diversen Decknamen, sozusagen. Aber da hält sie sich bedeckt, das sagt sie nicht mal mir, was da läuft."

Als sie sich anschnallen, grinst Flora Basti an: „Also deine Oma, die ist schon irgendwie 'ne faszinierende Frau."

Gewissenhaft erklärt Basti: „Genau genommen ist sie eigentlich gar nicht meine Oma. Sondern meine Tante. Also ganz genau genommen ist sie auch nicht meine Tante, sondern meine Großtante. Aber auf der anderen Seite ist sie letzten Endes fast sowas wie meine zweite Mutter, weil sie mich und meine Schwester weitgehend großgezogen hat."

Er verstummt, und Flora überlegt, ob sie da nachfragen soll. Neugierig wäre sie schon.

Aber dann lässt sie es lieber bleiben. Es geht sie ja eigentlich nichts an. Und Basti wirkt müde und irgendwie – also nicht direkt knurrig, das passt nicht zu ihm – aber definitiv nicht happy.

Na ja, war ja jetzt auch nicht unbedingt so ein schöner, entspannender Abend, mit Leiche und Polizei …

Flora fährt los, weiß aber am Ende der Straße in der Dunkelheit erst mal nicht, wohin.

„Links oder rechts?"

Basti schreckt aus seinen Überlegungen hoch: „Was?"

„Müssen wir jetzt links oder rechts? Ich kenne mich hier ja nicht aus, und in der Dunkelheit schon gleich gar nicht. Und mein Navi funktioniert nicht."

„Rechts." Dann klappt Basti den Mund wieder zu.

„Und danach?", bohrt Flora weiter.

„Links."

Nachdem er dann gleich wieder in tiefes Schweigen verfällt, sagt sie schließlich genervt: „Also, das ist ja schlimmer als Zähne ziehen. Sag mal, was ist eigentlich los mit dir? Klar, das mit der Leiche war für uns alle nicht schön. Aber es war ja ein total Fremder, und da steckt man sowas dann doch leichter weg. Ist vielleicht oberflächlich, aber so sind wir Menschen halt gestrickt. Und du hattest es ja auch erst mal verdaut, anscheinend."

Basti schüttelt den Kopf. „Ja, nee, das ist es nicht. Es ist nur wegen – dieser Blick von der Gerda …"

Flora grinst: „Der Böse Blick? Hat Gerda den etwa?"

Nun muss auch Basti grinsen. „Nee, die macht das alles mit ihrer spitzen Zunge."

Dann wird er wieder ernst. „Aber sie hatte vorhin kurz diesen Blick – wie wenn ihr etwas einfällt, und dann fällt es ihr gleich wieder raus – so beschreibt sie selber das. Ist wohl irgendwie ihr Unterbewusstsein, das sich da meldet – aber dann wird es vom Oberbewusstsein gleich wieder abgemeldet, oder so ähnlich. Sie hatte sowas schon öfter mal, und bis jetzt war es immer was total Wichtiges. Ich hab die ganze Zeit gegrübelt, was diesen Blick ausgelöst hat. Und ich glaube, ich weiß jetzt, was es war."

„Was denn?"

„Die Scheune."

„Die Scheune? Wann denn? Die Gerda war doch gar nicht in der Scheune."

„Nein, aber du hast die Scheune erwähnt, wegen der Mausi, glaube ich. Und in genau dem Moment hat dieser Blick in Gerdas Augen aufgeblitzt. Soweit ich mich erinnere."

„Die Scheune, hmm. Haben die Kripo-Leute die untersucht?"

„Nur flüchtig", meint Basti. „Als ich mal aus dem Fenster geschaut hab, waren da zwei gestanden, haben die Tür und das Schloss angeschaut, vorsichtig die Tür aufgemacht und sind kurz rein. Aber die sind dann ziemlich bald wieder rausgekommen, und der eine hat seinen Kopf geschüttelt. Offenbar haben sie gedacht, da war nichts. Sie haben dann wohl irgendwie noch Spuren vom Schloss abgenommen, aber mehr nicht."

„Da war ja wahrscheinlich auch nichts, oder? Soweit ich das mitgekriegt habe, ist der Mann dort im Hof erschlagen worden, wo wir ihn gefunden haben."

„Ja, schon – aber Gerdas Blick ..."

Flora seufzt: „Dann ruf sie halt an und frag sie einfach ganz direkt. Mit der Gerda kann man doch direkt sein, oder?"

„Meistens schon. Aber wahrscheinlich weiß sie ja sowieso selber nicht, was da genau ist. Sonst hätte sie es vorhin schon lange gesagt, ganz direkt eben. Und vermutlich würde sie meinen Anruf eh nur wegdrücken, weil sie denkt, ich will sie nerven. Und wenn nicht, dann wäre sie höchstwahrscheinlich stinksauer, wenn ich sie auf – auf den *Blick* eben, anspreche.“

„Sauer? Warum das denn?“

„Na ja, weil das mit dem Blick bedeutet, dass ihr die Sache dann eben irgendwie doch nicht einfällt, jedenfalls nicht sofort. Und dann kriegt sie immer einen Schrecken, dass sie vielleicht langsam dement wird.“

„Die Gerda und dement? Also, das kann ich mir echt nicht vorstellen.“

„Ich auch nicht. Und sie wahrscheinlich auch nicht. Aber sie hat halt doch irgendwie – Angst davor. Das haben, glaube ich, fast alle ab fünfzig oder so. Wenn *wir* mal Scheiß machen, zucken wir einfach nur die Achseln und sagen: Mann, bin ich blöd. Aber wenn jemand älter ist, dann denkt er immer gleich: Oh Gott, oh Gott, ich hab Alzheimer.

Oma Gerda zum Beispiel, die kann diese ganzen elend langen alten Gedichte auswendig dahersagen. Die musste man früher wohl noch lernen. Also Schillers Glocke zum Beispiel, das hat vierhundert Zeilen oder so, und wenn Gerda bei Zeile 377 mal kurz nachdenken muss, wie das denn genau hieß, dann kriegt sie schon Panik, dass sie jetzt galoppierenden Alzheimer hat.“

„Hat sie aber nicht. Wenn da wirklich was mit der Scheune war, wird ihr das schon noch einfallen.“

Basti stößt einen tiefen Seufzer aus. „Am liebsten würde ich noch mal umdrehen und mir die Scheune genauer anschauen."

„Dann kriegst du wahrscheinlich von der Gerda eins mit dem Nudelholz übergezogen. In der Dunkelheit erkennt sie dich vielleicht nicht gleich, und wahrscheinlich würde sie erst mal zuschlagen und dann fragen. Würde ich vermutlich auch, in der Situation, jetzt …

Außerdem haben die von der Kripo sich ja immerhin umgeschaut. Wenn es da in der Scheune was Offensichtliches zu finden gäbe, hätten sie das vermutlich bemerkt. Und auch Gerda selber. Vielleicht fällt es ihr ja morgen ein."

Wieder ein tiefer Seufzer von Basti. „Du hast wahrscheinlich recht."

Dann schaut er aus dem Fenster und fragt verblüfft: „Wo sind wir denn jetzt?"

„Gute Frage", sagt Flora ärgerlich, „nachdem du nicht geruht hast, mir Infos zum Weg zu geben, bin ich eben irgendwie gefahren. Ist eh alles dunkel."

„Ich seh schon", kommt es jetzt von Basti, der intensiv nach draußen gespäht hat. „Na ja, das war jetzt nicht gerade der kürzeste Weg …"

Auf Floras wütendes Schnauben hin lenkt er hastig ein: „Aber immerhin sind wir noch nicht in Richtung München unterwegs oder so. Also, da vorne jetzt links."

Basti dirigiert sie nun zu seinem Wohnheim in der Erlanger Innenstadt. Das ist gar nicht so weit entfernt von Floras Wohnung, und sie will das auch impulsiv sagen – aber dann klappt sie den Mund wieder zu.

Es ist einer ihrer eisernen Grundsätze, zu den Studenten in ihren Tutorien freundlich zu sein, aber deutlich Abstand zu halten. Am Ende vom Semester mal mit in die Kneipe oder den Biergarten, das ist okay, aber mehr nicht. Sie hat da gewisse Erfahrungen gemacht.

Und dass sie jetzt Bastis Oma Gerda kennt, ist eigentlich schon zu viel. Er ist ja sehr nett – aber gerade deswegen …

Also schmeißt sie ihn mit einem kurzen *Tschüss* aus dem Auto und fährt weiter, um einen Parkplatz für die Nacht zusuchen.

Zwischenfall auf Gerdas Hof

Flora träumt von flackernden Feuern. Ein Gesicht starrt sie durch die Flammen hindurch an – sie weiß, das ist Miss Marple, aber das Gesicht verfließt und verzerrt sich – dann steht hoch oben auf einem Hügel ein riesiger, heulender Geisterhund.

Sie schreckt hoch und denkt verwirrt: Nee, der Hund von Baskerville, das war nicht Miss Marple, das war doch Sherlock Holmes, oder? Dann dämmert sie wieder weg, ein grinsender pinker Totenschädel kommt auf sie zugeflogen und Gerdas Stimme erklingt: Des is doch bloß der Max …

Schließlich wacht Flora endgültig auf und fühlt sich wie gerädert. Aber ein Blick auf ihren Wecker zeigt ihr, dass es schon fast neun ist. Und um zehn sollte sie ja in Forchheim auf der Polizeiwache sein …

Gähnend schaltet sie ihre altmodische Kaffeemaschine ein. Deren Gluckern, Gurgeln und Zischeln empfindet sie gerade morgens als angenehm beruhigend. Und außerdem macht das Ding guten Kaffee, mit der Hamburger Mischung, die sie aus ihrer Heimatstadt mitgebracht hat. Demnächst wird sie sich hier um eine neue Kaffeequelle kümmern müssen.

Dann startet sie auf ihrem Laptop das Radio – ein lokaler Sender, den sie jetzt extra öfter hört, damit sie als Nordlicht wenigstens ein bisschen was von dem mitkriegt, was hier aktuell so läuft.

Sie melden mal wieder ein Stau auf dem Frankenschnellweg. Na ja, das ist gerade um die Morgen- und Abendzeit keine wirkliche Neuigkeit, so viel hat Flora in ihrer kurzen Zeit hier schon mitgekriegt. Eigentlich müssten sie nur noch durchsagen, wenn es während der Rushhour dort mal *keinen* Stau gibt, das wäre dann eine Nachricht wert.

Doch dann horcht sie auf. Der Sprecher sagt in seinem ernsten Nachrichtenton: „Gestern Abend wurde auf einem Anwesen im Landkreis Forchheim die Leiche eines etwas fünfzigjährigen Mannes gefunden. Die Polizei konnte den Toten noch nicht identifizieren. Wir haben gerade eine Meldung erhalten, dass es auf dem Anwesen, auf dem der Tote gefunden wurde, heute Nacht einen Zwischenfall gegeben haben soll, bei dem eine Frau verletzt wurde. Nähere Einzelheiten hat die Polizei noch nicht mitgeteilt."

Flora starrt alarmiert den Laptop an, aus dem nun ein Jingle klingt.

Eine Frau verletzt?! Auf dem Hof?

Das kann nur Gerda sein!

Verletzt? Sie haben nicht gesagt, wie schwer verletzt und ob sie ins Krankenhaus musste, oder nicht.

Und was ist dann eigentlich mit Hektor, Mausi, Pascha, den Ziegen und all den anderen Tieren?

Eigentlich geht sie das ja alles nichts an, versucht Flora sich selber zu überzeugen.

Aber die Ungewissheit zerrt an ihren Nerven und sie beschließt, nach Niedlasreuth rauszufahren. Liegt ja eh fast auf dem Weg, wenn sie zur Polizeiinspektion nach Forchheim muss.

Na ja, vielleicht nicht so wirklich auf dem Weg, aber zumindest ist es nicht absolut die falsche Richtung, deutschlandweit gesehen …

Apropos Weg und Richtung – ohne Basti findet sie wahrscheinlich gar nicht hin zu Gerdas Hof, oder jedenfalls nicht ohne ewiges Kurven durch halb Mittel- und Oberfranken. Nachdem Basti ja kein Auto mehr hat, wird er wahrscheinlich sowieso froh sein über eine Mitfahrgelegenheit, also ruft sie ihn am besten an.

Anrufen, ja – nur wie?

Ihr wird bewusst, dass sie gestern keine Nummern ausgetauscht haben. Eine E-Mail hat sie auch nicht von ihm. Dieses gezielte Abstandhalten von ihren Studenten hat sich ansonsten zwar bewährt, aber in diesem besonderen Fall war es vielleicht doch keine so gute Idee. Jetzt hat sie keinerlei Möglichkeit, ihn irgendwie zu kontaktieren. Mist.

Dann kommt ihr, dass sie immerhin weiß, wo er wohnt, sie hat ihn ja direkt vor seinem Wohnheim abgesetzt. Also gibt es die gute alte un-digitale Möglichkeit, hinzufahren und persönlich bei ihm zu klingeln.

Allerdings sind Leute oft schlicht und einfach nicht da, wenn man sie einfach so auf gut Glück überfällt. Vielleicht ist Basti ja eh schon mit Bus oder Fahrrad unterwegs in Richtung Niedlasreuth oder Forchheim? Eigentlich ist es ziemlich unwahrscheinlich, dass Basti noch in seinem Wohnheimzimmer hockt, überlegt Flora mit einem Seufzer.

Trotzdem. Wenn man nur eine einzige Möglichkeit hat, dann ist das vielleicht die schlechteste, aber eben auch die beste. Und eben die einzige.

Also macht sie sich auf den Weg.

Zentimeterweise bewegt sich Flora in ihrem Auto durch das enge Einbahnstraßengewirr der Erlanger Innenstadt, Stoßstange an Stoßstange mit anderen Autos. Trübe überlegt sie, dass sie vielleicht lieber zu Fuß zu Bastis Wohnheim hätte gehen sollen. Sehr viel schneller als zu Fuß bewegt sie sich ja jetzt auch nicht vorwärts.

Und je näher sie ihrem Ziel dann doch rückt, desto stärker wird dieser Gedanke. Denn die Frage ist nun: Wo soll sie das Auto lassen, wenn sie bei Basti klingelt? Die Tatsache, dass hier überall absolutes Halteverbot herrscht, spielt eigentlich keine Rolle, weil trotzdem jeder physikalisch verfügbare Quadratzentimeter mit Autos vollgeparkt ist.

Doch da sieht sie auf einmal einen blonden Wuschelkopf auf dem Gehsteig – das sieht doch tatsächlich aus wie Basti – ja, genau, das ist Basti!

Oder genauer gesagt, das *war* Basti. Der nun zügigen Schrittes in die Richtung läuft, aus der Flora gekommen ist. Und dies ist eine Einbahnstraße, also rennt er in die falsche Richtung, weg von ihr. Und sie kann nicht hinterher.

Flora bremst und hupt ein paar Mal. Prompt fängt der hinter ihr auch an zu hupen, wahrscheinlich weil er weiterfahren will. Kann sie ja irgendwie verstehen, aber wenn sie weiterfährt, hat sie überhaupt keine Chance mehr, Basti zu erwischen.

Das Tröten hinter ihr wird immer eindringlicher. Der Typ übt wohl Drumming auf seiner Hupe. Und noch andere Huptöne von weiter hinten gesellen sich jetzt dazu.

Dieses wüste Hupkonzert könnte Basti vielleicht doch bemerken?

Tatsächlich, da sieht sie im rechten Rückspiegel, wie Basti angespurtet kommt. Er hat sich wegen des ganzen Gehupes wohl doch umgedreht und ihre alte Karre erkannt.

Er reißt die Tür auf und schmeißt sich auf den Beifahrersitz: „Nach Niedlasreuth?"

Flora nickt erleichtert: „Nach Niedlasreuth!"

Gerdas Hof liegt still und leer da. Der Rest eines Absperrbands, der sich in einem Fensterrahmen verfangen hat, flattert leicht im Wind, Sonst bewegt sich nichts.

„Kein Hektor, keine Gerda", meint Basti besorgt. „Das sieht irgendwie nicht gut aus!"

Auch er hatte im Radio von diesem „Zwischenfall" mit der verletzten Frau gehört, und Gerda dann nicht erreichen können.

Ratlos sehen sie sich um.

„Ich hab natürlich einen Schlüssel", meint Basti zögernd, „am besten schauen wir mal ins Haus. Aber wenn sie da auch nicht ist – dann müssen wir die Krankenhäuser durchtelefonieren – obwohl, das hört man immer so, aber erst mal muss man da die richtigen Nummern kriegen, wo einem einer was sagen kann, und dann muss man durchkommen. Und ob die einem überhaupt was sagen … Ich bin ja genau genommen nur ihr Großneffe."

Flora überlegt kurz. „Hast du eine Nummer vom Max? Der weiß doch wahrscheinlich Bescheid, als Nachbar und Polizist. Wenn da so ein Zwischenfall war, dann hat er da sicher was mitbekommen, oder spätestens hinterher davon erfahren." Basti nickt erleichtert. „Ich hab seine private Handynummer, da erreiche ich ihn fast immer."

Doch als er gerade sein Smartphone aus der Tasche ziehen will, erklingt ein fröhliches: „Hallo!"

Gerda und Hektor kommen nun in den Hof marschiert. „Mir ham grad die Viecher auf die Weidn brachd!"

„Oma Gerda!" Basti rennt auf sie zu und umarmt sie fest. Als er sich wieder von ihr löst, schaut sie ihn erstaunt an: „Also, was war des edserd?"

Basti erklärt: „Wir haben im Radio gehört, dass es nachts hier einen Zwischenfall gab, und dass eine Frau verletzt wurde – das warst also nicht du?"

„Naa, des woa a Frau, die had wohl aufm Hof rumschnüffln wolln – kaa Frau, eingdlich, mehr su a Madla, die war noch ned so alt, vielleicht zwanzig. Der Max had gsachd, er kennd die, des is a Bloggerin aus Erlang', die machd öfders Ärcher. Des is die, wo verleddsd is."

„Du – du hast doch wohl hoffentlich nicht mit dem Nudel-holz auf sie eingeschlagen?", fragt Basti entsetzt.

Gerda schüttelt ungeduldig den Kopf: „Naa, ich bin doch kaa Schlächerdübb ned. Und des waß I fei scho, mid am Nudel-holz schbassd ma ned. Da gibbds die aldn Widds, dass die Weiber ihrm Aldn auflauern, wann er bsuffn hammkummt, und ihm dann aane über die Rübn gebn und so a Zeuch, aber des is a ernsdhafde Waffn. Wennsd so an Holzglods jemand gscheid überbrädsd, der schdehd womöchlich nimmer af. Des würd ich nur im Eggsdremfall machn."

Basti atmet erleichtert auf. „Dann ist es ja gut. Aber wieso ist diese Frau dann verletzt?"

„Weils a debberde Urschl is, desderweng", Gerda schüttelt ärgerlich den Kopf.

Basti überlegt kurz: „Also gut, wenn du so reagierst, heißt das, sie ist nicht allzu schlimm verletzt?"

„Naa, die Sanis hams midgnumma zum Röndgn, aber der Max had dann schbäder simmsd, dass kaa Knong zergnaggsd is."

Basti sieht Gerda nachdenklich an: „Also, dass diese Bloggerin ausgerechnet in der Nacht nach dem Mord hier aufgetaucht ist – das ist doch kein Zufall, oder?"„Der Max glaabds ned", Gerda zuckt die Achseln. „Er wills heud morgen nochamal grilln, die Bloggerin, had er gsachd."

„Wieso war der Max überhaupt da?", wundert sich Basti.

„Weil er Nachddiensd ghabd had. Deshalb had er ja gesdern frei ghabd."

„Und jetzt hat er schon wieder Dienst, oder immer noch? Der arme Kerl", meint Flora.

„Der Max schiebd meisdens a echd ruhiche Kugl", erklärt Gerda mitleidslos. „Des dud dem guud, wenn er amol sei Flossn beweng muss."

Basti, der sich schon eine Weile unruhig umgesehen hat, fängt nun zögernd an: „Oma Gerda, wie ist denn das eigentlich mit der Scheune –?"

Da er offenbar nicht wirklich weiß, wonach er eigentlich fragen will, lässt er die Frage so in der Luft hängen.

Gerda nimmt den Ball auf ihre Art auf: „Scho, aba ich bin noch ned so weid. Der Mosd is noch zu jung. Schbäder vleichd."

Dann schaut sie von Flora zu deren Auto: „Wo ihr scho da seid, da könnd ihr mich midnehm' auf Forchheim. Mei Anlasser kummd ersd in a boar Doog. Und des mit dem Bus is a gude Erfindung, eingdlich. Aber wenn ma ihn dadsächlich benudsn muss, dann kommder zu früh, wenn mer späd dran is. Oder er kommd zu späd und mer schdehd sich die Baa in Bauch. Und drinnen stingd's. Da nehm ich scho lieber dei Karrn." Sie nickt Flora zu.

„Flora fühlt sich geehrt", sagt Basti sarkastisch. Aber natürlich tropft das an Gerda einfach ab. Ungerührt meint sie: „Ich hol nur noch mei Jaggn und mei Daschn, und der Heggdor gricht noch a Leggerli. Dann gehd's los."

Im Zentrum des Verbrechens

In der Polizeiinspektion bekommt Flora mit, wie ein Beamter dem Mann vor ihnen erklärt, dass er jetzt erst mal warten muss.

Mit einem Seufzer stellt Flora sich auf eine längere Wartezeit ein. Ist ja schließlich auch eine Behörde.

Aber da sieht der Beamte Gerda und erblasst regelrecht. „Frau Obmüller!", japst er geschockt.

Und in Nullkommanix werden Gerda, Basti und Flora in ein Besprechungszimmer befördert.

Als sie sich gerade hingesetzt haben, kommt auch schon Max. „So!", meint er zufrieden. „Die lass ich jetzt erst mal schmoren!"

„Wen lässt du schmoren?", will Basti wissen.

„Die Cindy Bärholz, damit sie endlich sagt, wo sie das her hat."

„Ist das die Bloggerin? Was war denn nun mit der?"

„Ja, des ist die Bloggerin – eine richtig Hübsche, aber sie macht eine Menge Blödsinn." Max lässt sich auf einen Stuhl fallen und schüttelt den Kopf: „Sie hat mir ziemlich wirres Zeug erzählt, aber ich kenn ja Gerdas Hof, also hab ich mir die Sache zusammengereimt. Diese Cindy hat irgendwie von dem Mord erfahren und wollte deswegen auf den Hof – *nachts auf dem Mörderhof von Niedlasreuth* oder so, das wollte sie in ihrem Blog bringen."

Er runzelt die Stirn: „Also, des muss ich noch rauskriegen, wer des war, von dem sie des erfahren hat. Wie haben ja extra nicht bekanntgegeben, wo genau der Mord passiert ist, also hätte sie das offiziell überhaupt nicht wissen können. Aber sie rückt einfach nicht damit raus, wer ihr des gesteckt hat, und da mach ich mir schon einen schlimmen Kopf, ich muss wissen, wer das war –"

„Okay, okay", drängt Basti, „sie ist also nachts auf dem Hof von der Oma Gerda eingebrochen?"

Max wirft ihm einen leicht beleidigten Blick zu: „Ja genau, das wollte ich gerade sagen."

„Hat denn Hektor nicht im Hof aufgepasst?", wundert sich Flora.

Gerda starrt sie entrüstet an. „Ich lass doch den arma Hund ned draußn bei dera Käldn nachds, und wenn da womöchlich noch aana rumschleichd, der ihm was Bös' will … Naa, der had bei mir ohbm gschlaafn. Un mir hams hald ned ghörd, zerschd, weil i glesn hab, und der Heggdor had gschnarchd. Nacherd hammers dann scho ghörd, wie's laud gworn is."

„Und dann?" Flora sieht nun wieder Max an.

„Schön, dass ich auch mal wieder was sagen darf. Also, sie hat dann einfach mal eine von den Türen probiert, sagt sie, und wie's halt der Teufel so will, hat sie den Stall erwischt." Ein schadenfrohes Grinsen erscheint nun auf Max' Gesicht.

Basti erläutert: „Da schlafen die Ziegen und der Herkules – das ist das Pferd, ein Kaltblüter, um genau zu sein. Der ist ein ehemaliges Brauereipferd und kriegt bei der Gerda sein Gnadenbrot."

„Und die Bomba is aa noch do", ergänzt Gerda.

Flora denkt an die Stampede gestern Abend zurück: „Die Bomba – ist das dieses dicke braune Schwein?"

„Ja, die is a Wildsau, die hab ich als glaana Frischling gnumma, aber die is fei scho gwachsn."

„Und in den Stall mit den Ziegen, der Wildsau und dem Riesenpferd ist diese Bloggerin also eingebrochen", überlegt Flora laut, „und das in der Dunkelheit. Na ja, dann kann ich mir fast schon vorstellen, dass da was abgegangen ist."

Max nickt grinsend: „Als Erstes sind sicher die Ziegen aufgewacht, weil da jemand Fremdes nachts in ihren Stall reingerumpelt ist, also haben sie Stress gemacht. Das hat den Herkules total erschreckt, und dann hat die Bomba sich halt auch noch eingemischt. Und statt dass die Cindy dann einen flotten Abgang hingelegt hätte, ist sie dageblieben, des war halt echt dämlich. Die Bomba hat sie gegen die Wand geschubst, da hat sie sich dann die ersten blauen Flecke geholt. Dann hat sie wohl angefangen, mit den Händen rumzufuchteln, und des hat den Mucki aufgeregt, des ist der große Bock. Der hat sie dann in den Arm gebissen, und als sie rückwärts weg wollte, ist der Herkules ihr auf den Fuß gesappt – der arme Kerl war sicher völlig verängstigt."

„Die arme Cindy vermutlich auch", meint Flora, „und außerdem brutal gequetscht. So ein großes Pferd wiegt doch vermutlich eine Tonne oder so?"

„Es war ja nichts gebrochen", meint Max herzlos.

Und Gerda schüttelt den Kopf: „Hädds hald ned in mein'
Schdall eibrechn solln, bloß weils was für ihren Blog gsuchd
had."

„Da hätte sie ja jetzt was gehabt", überlegt Flora, „aber das
wird sie wahrscheinlich eher nicht posten …"

„Die hat schon öfter allen möglichen Mist gemacht, weil
sie unbedingt was für ihren Blog haben wollte", erklärt
Max. „Aber diesmal – also, sie ist auf jeden Fall auf den
Hof, weil sie das mit dem Mord wusste, des ist ihr in dem
ganzen Elend so rausgerutscht. Sie wollte nachts auf den
Mörder-Hof und die Stimmung beschreiben oder so, des
hat sie noch erzählt. Aber dann hat sie dichtgemacht und
jetzt rückt sie aufs Verrecken nicht raus damit, wer ihr das
verraten hat. Und das ist echt übel, weil das bedeutet ja – wir
haben einen Maulwurf!"

„Aan Maulwurf?", Gerda runzelt die Stirn.

„Gibt's da kein fränkisches Wort dafür?", fragt Flora erstaunt.
Gerda überlegt: „Mei Dandn aus Färd had immer Muudwerf
gsacht. Aber für mich sind des einfach Maulwürf."

Ungeduldig meint Max: „Des sind halt Erdratzn."

„Naa", Gerda schüttelt entschieden den Kopf, „des ned,
Erdratzn sind Wühlmäus, kaa Maulwürf."

Max rollt die Augen: „Ist doch wurscht!"

„Naa, des is überhaubds ned worschd. Maulwürf fressen
Käfer und Engerling, des is guud. Wühlmäus fressen die
Wurdsln vo meine Rosn, und mei Rübn und überhaubds
alles, die sind a Blaang."

„Ich meine ja auch nicht *so* einen Maulwurf", Max schüttelt
ungeduldig den Kopf, „sondern einen Verräter. Einen aus
unseren eigenen Reihen, der nicht dichthält." Vorwurfs-

73

voll schaut er Gerda an: „Des kommt davon, weil du keine Agentenfilme schaust, und keine Krimis."

Flora fragt Gerda neugierig: „Aber Sie haben doch heute Nacht Miss-Marple-Bücher gelesen, oder?"

Gerda nickt. „Drei von dene Romane hab ich mir auf die Schnelle neizoong. Und noch a boar Kurzgschichdn. Woar ganz lustich. Aba dann had des Madla im Schdall des Rumgreischn oogfanga, da bin ich nimmer weider kumma. Und a Maulwurf war in kaam von dena Büchern."

Flora kommt ein Gedanke: „Vielleicht wusste diese Cindy ja deswegen von dem Mord, weil sie selber die Mörderin war?"

„Oder zumindest was damit zu tun hatte", schiebt Basti nach.

Max schüttelt den Kopf. „Nee, leider wohl nicht. Sie hat ein knallhartes Alibi – sie war bis spätabends in München."

„Aber sie könnte ja eine Komplizin des Mörders sein", beharrt Basti. „Und der hat ihr dann Bescheid gesagt, und dann ist sie bei der Oma Gerda eingebrochen."

Max seufzt. „Schon ... vielleicht ... aber warum? Des war ja schon ein ganz schönes Risiko. Und des ist keine Profi-Einbrecherin, dass die erwischt wird, war schon fast klar. Wenn's nur mal wieder um so einen Blog-Mist ging, das kannte sie ja schon, und wir auch. Aber wenn sie echt was Kriminelles machen wollte, ich glaub, des hätte sie sich nicht getraut. Und was hätte sie da auch machen sollen, der Mord war ja schon lange vorbei."

„Vielleicht hat der Mörder was vergessen und sie sollte es holen?", spekuliert Flora.

„Im Stall?", Max schüttelt zweifelnd den Kopf.

„Haben eure Leute denn den Stall gecheckt?", hakt Basti nach.

„Also, die ganzen Gebäude, da haben sie geschaut, ob Fingerabdrücke am Schloss waren, oder Aufbruchspuren, und dann haben sie noch gecheckt, ob es innen irgendwie verdächtig aussieht. Aber am Stall war da wohl nichts."

Flora sieht das etwas zynisch: „Vielleicht hatten sie auch nur keine Lust, sich in dem stinkenden Stall die Hände – und überhaupt alles – dreckig zu machen?"

„Viele Spuren hätten sie da eh nicht sichern können", seufzt Max. „Und gestern Nacht sowieso nicht, nachdem die ganzen Viecher ja drin waren. Ich werde mit dem Wudler drüber reden, ob er doch nochmal ein Team durchschickt. Aber er ist ein gebranntes Kind, was die Kosten für solche Aktionen angeht, da ist er jetzt schon ein paar Mal von ziemlich hoher Stelle zusammengepfiffen worden, weil er immer so grandiose Aktionen gestartet hat, die irre was gekostet, aber überhaupt nichts gebracht haben."

„Das kann man doch vorher gar nicht so genau wissen", meint Flora.

„Aber man kann das schon mal so ein bisschen überschlagen, voraussehbare Kosten versus möglicher Nutzen und so, halt mit Vernunft und Augenmaß. Nur sind das beides Dinge, die der Wudler eher nicht so im Überfluss hat."

Dann sieht Max Flora und Basti an: „Wo wir schon von Spuren reden – ich bräuchte noch eure Fingerabdrücke zum Abgleich. Wir haben zwar ehrlich gesagt kaum was zum Abgleichen, aber halt der Vollständigkeit halber."

„Ich geh derweil aufn Abbord", Gerda nickt Max zu und marschiert davon.

Flora sieht ihr etwas irritiert hinterher. „Von ihr brauchen Sie doch auch die Fingerabdrücke, oder?"

Max schüttelt den Kopf: „Nee, die von der Gerda haben wir schon. Die ist aktenkundig."

„Heißt das, die Gerda ist vorbestraft oder so?" Flora sieht Max schockiert an.

Max zuckt die Achseln: „Na jaaa – aber des war nie was wirklich Schlimmes. Beleidigung und Verleumdung hauptsächlich. Aber auch nicht einfach so, die Gerda ist keine garstige Tratschen. Sondern sie hat den Leuten Bescheid gesagt, und des waren immer Typen, die hatten das voll verdient, Abzocker und Immobilienhaie und Umweltverschmutzer, aber halt viel Geld, verstehst du? An denen ist nie was hängengeblieben – außer dann an ihrem Porsche mal 'ne üppige Ladung an Mist oder Gülle, und des hat denen so gestunken, dass sie die Gerda dann auch noch wegen Sachbeschädigung angezeigt haben. Deswegen ist die Gerda halt polizeibekannt, und nicht nur, weil sie meine Nachbarin ist."

Basti steuert noch bei: „Und dann bei Demos, da ist sie auch schon öfters mal polizeilich aufgefallen, weil sie natürlich immer vorne mit dabei war."

Flora nickt nachdenklich. „Da sind die Demonstranten sicher froh, wenn sie so eine Dampframme wie die Gerda auf ihrer Seite haben."

Max schaut zweifelnd. „Na ja, des hält sich in Grenzen mit dem Frohsein, glaube ich. Die Gerda sagt ja auch den Leuten auf der Demo ihre Meinung, also den anderen halt, die auch demonstrieren. Bei der Gerda gibt's kein After-Demo-Kuscheln, die sagt denen knallhart ins Gesicht, wenn ihr was an denen nicht passt – und da ist fast immer was."

Wudler verhört.

Als die Fingerabdrücke abgenommen sind, ist Gerda von der Toilette zurück. Nun kommt auch Kommissar Wudler in das Besprechungszimmer.

„Ich bin extra von Bamberg hierhergefahren", sagt er gewichtig.

Es klingt so, als ob er eine lange, beschwerliche Reise hinter sich hätte. Dabei weiß sogar Flora, dass es von Bamberg nach Forchheim gerade mal zwanzig Minuten mit dem Auto sind. Mit Stau vielleicht auch mal einiges mehr, aber es ist jetzt nicht gerade eine Weltreise.

Stirnrunzelnd verkündet Wudler nun: „Leider ist meine Kollegin, Kommissarin Gottlieb, erkrankt."

Zu sich selber bemerkt er leise, aber hörbar: „Frauen halt immer …"

„Sie hat sich beim Hockeyspielen des Bein gebrochen", erklärt Max.

„Also, ein Beinbruch beim Hockey ist ja jetzt nicht so ein typisches Frauenleiden", meint Flora etwas ärgerlich.

Wudler wirft ihr einen erstaunten Blick zu und zuckt dann die Achseln: „Sie sollte halt nicht so gefährliche Hobbys treiben. Wie auch immer, sie fällt die nächsten Wochen erst mal aus. Und da wir personell momentan sehr knapp besetzt sind, habe ich leider nur Polizeihauptmeister Güdlein für den Fall zugeteilt bekommen."

„Des is jetzt fei wieder eine Super-Mitarbeiter-Motivation", mosert Max leise, aber doch noch so laut, dass der Kommissar es gehört haben muss.

„Da haben Sie ja Glück", sagt Flora laut, „dass Sie einen fähigen Beamten im Team haben, der sich in der Gegend vom Tatort so gut auskennt."

Max wirft ihr einen dankbaren Blick zu, Wudler ignoriert sie.

„Weiß man inzwischen eigentlich, wer der Tote ist?" meldet sich nun Basti zu Wort.

Der Kommissar erklärt stolz: „Wir haben nationenübergreifende Datenbanksuchen gestartet, unter weltweiter Einbeziehung relevanter Behörden, und von den meisten haben wir auch schon Rückmeldungen."

Gerda sieht ihn spöttisch an: „Weldweid? Da findens dann auch aan, dens bei die glaana griena Männla aufm Mars vermissn?"

Max seufzt. „Aber für den Toten haben wir leider null Hits bis jetzt. Also, jedenfalls vorhin, als ich zum Verhör von der Cindy Bärholz bin, da war noch nichts."

Wudler merkt auf: „Ja genau, da haben wir doch diese Bloggerin. Sehr verdächtig."

Er versucht, Max von oben herab anzuschauen, was er aber nicht wirklich schafft, angesichts der Tatsache, dass Max einen Kopf größer ist als er. „Sie haben wahrscheinlich nichts aus ihr herausgebracht?"

„Doch, sie hat mir erzählt, dass sie von dem Mord erfahren hat und deswegen auf dem Hof war. Aber sie rückt einfach nicht raus damit, von wem sie das erfahren hat."

Wudler zupft sich das Jackett zurecht und steht auf. „Jetzt werde *ich* die Beschuldigte vernehmen", verkündet er mit gewichtiger Stimme. „Da werden wir doch mal sehen, was ich so alles in Erfahrung bringe."

Max organisiert nun Kaffee für alle. Stolz präsentiert er dann einen Teller mit Keksen: „Des sind die guten, mit viel Schokolade, an denen sparen sie sonst, da muss man schon wissen, wie man die kriegt."

Als Basti nachfragt, wie denn genau, grinst Max nur verschwörerisch: „Polizeigeheimnis!"

Da taucht Wudler wieder auf, mit rotem Gesicht und finsterer Miene: „Wir haben eine Krise. Sie will ihren Rechtsbeistand anrufen."

„Ihren Rechtsbeistand?", fragt Max mit erhobenen Augenbrauen.

„Ja, das hat sie genau so gesagt: Sie will ihren Rechtsbeistand anrufen."

Max fängt an zu lachen.

Wudler funkelt ihn an: „Das ist nicht lustig!"

„Doch, weil – des kenn ich schon. Ich hatte ja schon öfter mit ihr zu tun, weil sie für ihren Blog immer solche hirnrissigen Sachen macht. Und des erste Mal, wo sie mit dem Rechtsbeistand angefangen hat, hab ich auch einen Schreck gekriegt.

Aber dann ist er mal hier gewesen: Des ist ihr Freund, so ein pickliges Bürschchen, der studiert Jura im dritten Semester oder so. Der kommt immer mordsaufgebrezelt hier an, mit

Anzug und Schlips und Aktentasche, aber er hat überhaupt keine Ahnung. Er macht dann so Sprüche, die er wahrscheinlich in einem amerikanischen Krimi aufgeschnappt hat, aber der kann uns garnix. Vor dem müssen Sie wirklich keine Angst haben."

„Ich habe auch keine *Angst*", sagt Wudler eisig. „Es verkompliziert nur die Sache. Aber wir müssen sie auf jeden Fall intensiv verhören, sie unter Druck setzen, bis sie uns ihre Quelle verrät."

„Wir haben allerdings noch nicht mal eine Anzeige", gibt Max nun zu bedenken.

Wudler starrt nun Gerda an: „Sie müssen diese Cindy wegen Hausfriedensbruch anzeigen."

„Ich muss goanix", sagt Gerda fest. Dann zuckt sie die Achseln: „Des bringt doch nix, wenn i da a Anzeing mach, des is dann bloß a unnödigs Gfregg mid dem gandsn Behördnmisd. Des Madla had ja nix gabuddgmachd, und die machd des auch ned nochmal. Die kommt bschdimmd nimmer auf mein' Hof." Stolz ergänzt sie: „Da sichd mer amol, wofür meine Menascherie alles guhd is."

Wudler redet nun auf sie ein, dann legt sich auch Max ins Zeug.

Schließlich seufzt Gerda widerwillig. „Also guud."

Sie bohrt Wudler den Zeigefinger in die Rippen und sagt streng: „Aber hörn'S', ich mach des fei nur, weil der Max mit Ihna zammärberd, gell?"

Wudler rückt von ihr ab und sagt ärgerlich: „Polizeihauptmeister Güdlein arbeitet nicht als solches mit mir zusammen, sondern er wird mir *zuarbeiten*."

„Ja, dass des der Max sein wird, der wo die eingdliche Ärberd machd, und ned Sie, des is mir scho kloar."

Dann steht Gerda auf und wendet sich an Max: „Also, bring mer's hinder uns. Wie zeich ich die edserd oo? Und der andre Gram, mid Brodogolle und Underschrifdn und so?"

Gerdas Scheunenschatz

Als sie wieder in Niedlasreuth auf dem Hof angekommen sind, werden sie von Hektor schwanzwedelnd begrüßt.

Nachdem sie ihn ausgiebig durchgekrault hat, sagt Gerda: „Ich muss euch was zeing. In der Scheune."

Basti und Flora werfen sich einen Blick zu und folgen dann gespannt Gerda und Hektor zu dem großen alten Steingebäude.

„Ganz schön massive Scheune", bemerkt Flora, „normalerweise sind Scheunen ja mehr so aus Holz."

„Des is ja auch der Schdall gwen", erklärt Gerda.

Verwirrt zieht Flora die Augenbrauen zusammen: „Ich denke, das da drüben ist der Stall? Das große Ding da aus Holz? Wo die Bloggerin – tja, ihr Erlebnis hatte?"

„Naa, des is die Scheune gwen", kommt es nun von Gerda.

Flora schaut noch verwirrter, und Basti erbarmt sich ihrer: „Gerda redet von dem ursprünglichen Zweck. Das war halt früher genau andersrum. Da war das, was jetzt der Stall ist, die Scheune, und die Scheune war der Stall."

„Is hald bragdischer so rum edserd, für die Viecher und für mich."

Energisch reißt Gerda nun die alte braune Holztür zur Scheune auf.

Drinnen ist es ziemlich schummrig. Gerda drückt einen Schalter und zwei funzlige Lichter an den beiden Enden des großen Raums gehen an. Hektor läuft eifrig schnüffelnd zwischen Kisten, Schränken, alten Koffern und offen herumstehendem Krimskrams hin und her. Ein paar größere Objekte sind von Planen bedeckt.

Es sieht nicht besonders aufregend hier drin aus, findet Flora. So weit sie sieht, gibt es nichts sonderlich Interessantes. Außer vielleicht, wenn man so ein Kunst-und-Krempel-Typ ist, der beim Anblick verspinnwebter Dachböden oder modriger Scheunen glänzende Augen bekommt.

Als ob Gerda ihre Gedanken gelesen hätte, sagt sie nun: „Heud morng hab ich beim Bügln Radio ghörd. Und da hams was von Gunsd und Grembl derzäld. Also, ich hab ja kaa Gloddsn, aber von dera Sendung hab ich scho ghörd. Wo's hald so aldes Graffl oschlebbn und hoffn, dass da an Mordsbaddsn Geld dafür krieg. Und da is mir was eigfalln."

Gerda packt nun eine der Planen und wirft sie beiseite – mit einer so grandiosen Geste, als ob ein weltberühmter Künstler sein neuestes Werk enthüllt, für das er sich Millionen erhofft.

Unter der Plane steht – ein Motorrad. Rot-schwarz und ein ziemlich altes Ding, dem Design nach zu urteilen. Es ist weder riesig noch sonderlich schnittig, eigentlich überhaupt nicht eindrucksvoll, findet Flora.

„Zündapp" steht drauf, und „KS 175".

„Die alte Zündapp vom Opa Leo", sagt Basti etwas ratlos. „Was ist mit der?"

„A subber Maschin' is des", sagt Gerda stolz. „Die kann fei 180!"

Basti schüttelt ungläubig den Kopf. „So 'ne alte Zündapp, die kann doch höchstens 100 oder so. Aber doch nicht 180 ..."

„Die machd logger 180", beharrt Gerda. „Die is doch gedjuhnd, richdich klasse." Sie wirf Basti einen vorwurfsvollen Blick zu: „Du hasd dich ja nie für Modorräder indressierd, ned wergli. Mit deim billing aldn Mofa bisd durch die Gengd zuggld, und mehr hasd ned wolln. Aber des hier, des is a Dobb-Maschin!

Da woar mal aner da, damals, der had in der Fränggischen Urlaub gmachd und dann auch hier a Bed gsuchd. Egli hieß der, der war aus der Schweiz – des war so richdig a weldbekannder Modorrad-Baabsd, des had der Leo hinderher rausgfundn. Der is dann zwaa Wochn hierbliehbn, had sich subber mim Leo verschdandn, und dann had er eben die Zündabb gedjuhnd."

„Also, wenn dieser Egli das Ding getuned hat, dann hat das jetzt ordentlich PS." Basti starrt das Motorrad prüfend an. Gerda schüttelt ungeduldig den Kopf: „Des scho auch – die Leud' hänga sich immer an die BS auf – aber des Drehmomend, da kummds drauf oo, des is des, wo dich inan Sids neidrüggd und du ziehsd ab wie a Rakeden – da brauchd ma Drehmomend, Moddsdrehmomend. Und des hadd's."

Nach einer kurzen Pause fragt Flora zögernd: „Okay, aber was hat das jetzt mit Kunst und Krempel zu tun?"

Und Basti setzt nach: „Und hat das irgendwas mit dem Mord zu tun?"

Gerda seufzt. „So genau waaß ich des ja aa no ned. Aber der Dübb had mir hald so viel Geld bodn und wolld mich gar ned in Ruh lassn – einfach ned kabbiert hadder des, das ich des Modorrad nie im Lebn verkaffn däd. Und des woar des aanzige, was in der leddsdn Zeit seldsam woar. Außer dem Mord. Desderweng spukd mir des irgendwie im Hirn ummanand."

„Dir wollte also jemand das Motorrad abkaufen, für viel Geld?", fragt Basti stirnrunzelnd. „Wer war das denn?"

Gerda zuckt die Achseln. „Hab noch nie vorher was von dem ghörd. Dorsdn Undermaier haaßder, wohnd in Werdsburch. Ich hab echt kaa Ahnung, wie der drauf kumma is, dass ich die Zündabb verkaafa däd. Aber er gibbd kaa Ruh, rufd mich immer widder oo, schiggd lauder Mails – a echde Nervensäng."

Basti nickt nachdenklich: „Das sollten wir dem Max sagen. Da kann er dann von seinen Würzburger Kollegen diesen Torsten Untermaier mal überprüfen lassen." Er runzelt die Stirn: „Wenn einer etwas so hartnäckig will, dann ist er womöglich auch bereit, dafür zu morden."

„Aber das Motorrad ist ja noch hier", gibt Flora zu bedenken, „also falls er wirklich dafür gemordet hat, dann war das erfolglos."

„Wahrscheinlich haben wir ihn unterbrochen, als wir angekommen sind. Da musste er abhauen und konnte das Motorrad nicht mitnehmen. Mensch, da müssen wir wirklich den Max drauf ansetzen, damit dieser Untermaier schnell aus dem Verkehr gezogen wird. Nicht dass er nochmal herkommt, um das Ding doch noch zu holen. Wenn er womöglich schon dafür gemordet hat, dann will er es sicher wirklich haben", überlegt Basti laut.

Flora schaut sich unwillkürlich in der dämmrigen, riesigen Scheune um, mit ihren vielen noch dunkleren Winkeln …

„Wir sind ja zu dritt", versucht sie sich dann zu beruhigen, „und tagsüber wird er sich nicht trauen."

„Vielleicht war es das, was diese Cindy holen sollte? Sie sollte die Zündapp klauen?", mutmaßt Basti.

Gerda schüttelt entschieden den Kopf: „Naa, bschdimmd ned, des wär gar ned ganga, so wie die aufbredsld war. An halbn Meder hohe Absädds, Fingernägl so lang wie ihre Händ' – so häd die kaan Meder foan könna mid der Zündabb."

„Und selbst wenn dieser Untermaier das Motorrad klauen wollte", spekuliert Flora weiter, „warum sollte er dann jemanden umbringen? Also, wenn es Gerda gewesen wäre, die er umbringen wollte, weil sie ihm da im Weg stand, das hätte ja noch Sinn gemacht …" Sie bremst ihren Theorienflug und schaut Gerda verlegen an: „Sorry, aber …"

„Hasd ja rechd, wenn ich ihn derwischd häd, auf frischer Dad erdabbt, dass er mich dann derschlong würd, des basserd zamm. Aber so a Fremder da – warum war der überhabbds hier? Ich verschdeh's ned."

„Vielleicht wollte der die Zündapp auch haben?", überlegt Basti nun. „Und er wollte sie dem Untermaier wegnehmen, oder umgekehrt? War da noch ein zweiter Interessent, der dich genervt hat, Oma Gerda?"

Sie schüttelt den Kopf. „Naa, da war nur der Undermaier. Ich hab's ja ned inseriend oder so – und des verschdeh ich eben aa ned, wie der des überhabbds had wissen könna, dass ich die Zündabb in meiner Scheun drin stehn hab. Des waaß ansonsdn kanna."

Basti nickt nachdenklich. „Selbst ich hätte das jetzt nicht so wirklich gewusst, dass das alte Ding immer noch hier in der Scheune steht, da unter der Plane."

Er starrt das Motorrad leicht verwundert an: „Also, dafür, dass das jetzt die ganzen letzten Jahre hier in der Scheune rumgammelt, sieht das aber erstaunlich gut aus. Das Metall glänzt ja richtig."

„Ich puds des Modorrad hald immer", sagt Gerda knapp. Dann wendet sie sich ab, verlässt die Scheune und stapft in Richtung Wohnhaus. Hektor hört mit seinem Herumschnüffeln auf und rennt ihr eilig nach.

Basti sieht ihr mit einem leichten Kopfschütteln hinterher. „Ich frage mich, was da dahintersteckt ... Wieso putzt sie das alte Motorrad? Und warum gibt sie es so ungern zu?"

Flora schüttelt ungeduldig den Kopf, von Basti hätte sie irgendwie mehr Empfindsamkeit erwartet: „Ist doch klar, weil sie das Andenken an ihren verstorbenen Mann hochhalten will. Und weil ihr das peinlich ist, war sie so kurz angebunden."

„So einfach ist das nicht", sagt Basti langsam, „Oma Gerda ist nicht so eine, der ihre Gefühle peinlich sind. Wenn das wirklich wegen Opa Leo wäre, dann hätte sie das genau so erklärt. Stattdessen ist sie – einfach weggetaucht." Er runzelt die Stirn. „Sowas wie ein schlechtes Gewissen gibt es bei ihr eigentlich selten, aber irgendwie sieht es fast so aus, als hätte sie jetzt eins ..."

„Weil sie das Motorrad putzt?", fragte Flora verwundert.

„Da steckt bestimmt noch was anderes dahinter, die Frage ist nur, was?"

Seufzend macht Basti sich nun auch auf in Richtung Wohn-haus. „Aber wenn Oma Gerda nichts sagen will, dann sagt sie nichts. Und wenn man versucht, sie zu drängen, dann wird sie erst richtig bockig. Na mal sehen, vielleicht kriege ich es noch irgendwie raus."

Aufschrei

Im Wohnzimmer stellt Gerda ihnen einen großen Krug selbstgemachte Limonade hin, Zitrone mit Minze.

Während Flora gierig trinkt, holt Basti sein Smartphone aus der Tasche. „Ich ruf jetzt den Max an und sag ihm, er soll diesen Torsten Untermaier überprüfen."

„Ich will aber ned dem Wudler sei Arbeid machn", beschwert sich Gerda. „Und hinderher meggerd er womöchlich aa no, weil er doch ned will, dass ich Miss Maabl schbieln du."

„Es ist ja für den Max", versucht Basti sie zu überzeugen.

„Eigentlich ist es sogar andersrum", meint Flora listig. „Wir selber können ja nicht so einfach rausfinden, wer dieser Torsten Untermaier ist. Deshalb lassen wir das jetzt die Polizei erledigen, dass die den für uns überprüft. Also arbeitet die Polizei für uns, und nicht umgekehrt."

Das gefällt Gerda – doch jetzt klopft es an der Haustür.

„Gibt es hier keine Klingel?", wundert sich Flora.

„Schon", erklärt Basti, „aber viele Leute hämmern einfach an die Tür."

„Was heißt hier *einfach* – hämmern ist doch viel anstrengender, und sogar schmerzhafter, als wenn man einfach auf einen Klingelknopf drückt?"

„Du bist halt eine Städterin", Basti zuckt die Achseln. Doch dann grinst er sie an: „Ich ehrlich gesagt auch schon so halb. Ich hab der Gerda vor ein paar Jahren eine wunderschöne Türklingel geschenkt, mit so einem richtig melodischen Gong, und die hab ich auch installiert. Aber die Leute aus dem Dorf hämmern trotzdem alle gegen die Tür. Na ja, das ist schon gut so, weil man deswegen dann weiß: Wenn einer klingelt, ist es ein Fremder."

Der Mann, der jetzt mit Gerda reinkommt, ist jedenfalls kein Fremder.

Gerda kommentiert: „Wemmer vom Deufl redd!"

Basti sagt gleichzeitig: „Wenn man von der Sonne spricht – scheint sie einem ins Gesicht!"

Max grinst Flora an: „Also, ich wäre lieber die Sonne als der Teufel. Obwohl, wenn ich es mir genauer überlege, interessanter wär's vielleicht als Teufel …"

Er lässt sich in einen der Sessel fallen und erklärt: „Ich hab jetzt Feierabend. Ich hatte ja Nachtdienst, und bin eh schon viel länger geblieben. Der Wudler hat ja auch kapiert, dass des mit der Cindy bedeuten könnte: Wir haben einen Maulwurf, der ihr von dem Mord erzählt hat. Deswegen ist er jetzt voll auf Touren und grillt jeden Einzelnen in der Inspektion erbarmungslos. Und als Nächstes will er sich die im Spusi-Team vornehmen. Also, es mag ihn ja eh keiner, aber jetzt wird seine Beliebtheit echt unterirdisch werden."

Basti erklärt nun: „Auch wenn du Feierabend hast, wir hätten da eine Info für dich. Kennst du einen Torsten Untermaier?"

„Meinst du dienstlich?"

„Dienstlich, persönlich, wie auch immer. Kennst du ihn?"

„Nee, also der Name sagt mir jetzt nichts. Was soll mit dem sein?"

„Der nervt die Oma Gerda seit Wochen, dass sie ihm die alte Zündapp vom Opa Leo verkauft."

„Ja, und?"

Basti und Gerda bringen nun Max auf den neuesten Stand. Der erkundigt sich schließlich: „Habt ihr diesen Untermaier denn schon im Internet gesucht?"

Gerda schüttelt den Kopf: „Ich will ja nix vo dem, also weswegn hädd ich den suchn solln? Aber hasd rechd, ich schau edserd glei amol."

Sie fährt den Rechner in der Ecke des Wohnzimmers hoch. Flora will sagen, dass sie das auch schnell auf ihrem Smartphone checken kann. Aber da gesellen sich schon Basti und Max zu Gerda und starren neugierig auf den riesigen Monitor des Rechners. Und Flora wird bewusst, dass für Gruppen-Gucken so ein großer Monitor sehr viel praktischer ist als ein Mini-Smartphone-Display.

Also stellt sie sich dazu und schaut ebenfalls, was Gerdas Suche hervorbringt.

Der erste Treffer ist „Torsten Untermaier, Antike Raritäten", mit einer Adresse im Osten Würzburgs.

„Also, Opa Leos Zündapp ist ja nun nicht antik", mäkelt Basti.

„Aber halt wahrscheinlich schon eine Rarität, mit diesem Spezialtuning vom Egli", gibt Flora zu bedenken. „Außerdem heißt sowas wie ‚antike Raritäten' wahrscheinlich einfach nur, dass er halt mit so altem Kram handelt, was immer er in die Finger kriegt."

Die Webseite von Untermaier ist äußerst dürr. Praktisch nur eine Visitenkarte, mit Adresse, E-Mail und Telefonnummer.

„Nicht mal ein Bild von seinem Laden, und schon gar nicht von ihm selber", beschwert sich Max. „Gibt's denn da keine Bilder?"

Ein paar Bilder werden auf der Suchseite angezeigt, aber ganz verschiedene. Ein älterer graublonder Herr, ein junger dunkelhaariger bärtiger Typ…

Wenn Gerda draufklickt, stellt sich jedes Mal heraus, dass das Bilder von irgendwem sind, nicht von Untermaier. Die kommen nur hoch, weil da irgendwo in der Nähe auch mal der Untermaier erwähnt wurde: der Bürgermeister in einem Gemeindeblatt, in dem der Untermaier inseriert hat; auf einer News-Webseite ein Schauspieler in einem Theaterbericht neben einer Liste der Unternehmen in Untermaiers Gegend. Aber Bilder von Torsten Untermaier selbst – Fehlanzeige.

„Vielleicht macht der halt öfters halbseidene Geschäfte", mutmaßt Max. „Und da will er nicht, dass Bilder von ihm im Internet kursieren, sowas gibt's öfters. *Je dunkler die Geschäfte, desto weniger Lichtbild*, hat mal ein Kollege gesagt."

Aber jetzt ist Gerdas Ehrgeiz geweckt. Sie hackt Suchbegriffe ein, die Flora sich nicht erklären kann, klickt sich durch obskure Webseiten, findet nichts, hackt weiter.

„Des hat doch keinen Zweck", setzt Max an, während Gerda sich gerade durch die Seiten eines Würzburger Tennisvereins klickt.

„Da had scheinds a Dorsdn Undermaier vor zeh Joar amol in ana driddn Mannschafd irngd an Breis gwunna", kommentiert sie. „Bloß hams ‚Undermaier' anders gschriem, mit am weichn D."

„Halt so wie du ihn aussprichst", grinst Basti.

„In die E-Mails had er sich mid am hadden D gschriem. Aber im Inderned gibts ja viele Dibbfehler, vleichd isser des ja droddsdem", meint Gerda und ruft das Bild dazu auf.

Dann – ein Aufschrei aus vier Kehlen, so laut, dass der dösende Hektor in seinem Korb hochschreckt.

„Des isser!", Max pumpt die Faust in die Luft. „Feierabend hin oder her, ich muss mit den Kollegen telefonieren!"

Während er sein Handy aus der Tasche holt und rausrennt, schüttelt Gerda den Kopf.

„Der wird mi edserd nimmer blaang", seufzt sie. „Ich hab mich scho gwunderd, weil er sich die ledsdn beidn Dog nimmer grührd hod."

„Aber warum hat ihn dann jemand auf Ihrem Hof ermordet?", überlegt Flora. „Ich meine, er wollte das Motorrad, also ist er wahrscheinlich heimlich hergekommen, um sich das mal anzuschauen oder es womöglich sogar zu klauen. So weit macht das noch Sinn. Aber dann? Wieso war dann da jemand, der ihn mit einem Baseballschläger erschlagen hat?"

Langsam spekuliert Basti: „Also, dieser Untermaier muss ja von irgendjemandem erfahren haben, dass die Gerda diese spezielle Zündapp in der Scheune stehen hat, und wo diese Scheune überhaupt ist und alles. Vielleicht hat dieser Jemand sich mit ihm getroffen? Damit sie sich zusammen die Maschine anschauen und verhandeln – tja, was immer da zu verhandeln war."

Flora spinnt den Faden weiter: „Ich nehme an, dieser Jemand wollte Geld vom Untermaier. Wenn er ihm den Tipp gegeben hat, dann war das vermutlich nicht aus Menschen-freundlichkeit, sondern weil er einen Deal machen wollte. Entweder hat er sich als Verkäufer hingestellt und wollte das ganze Geld, oder er wollte es mit ihm zusammen klauen und dann seinen Anteil haben."

„Und wenn's um Geld gehd, wern die Leud' webbserd", Gerda nickt, „woarscheinds wolld jeder mehr, und weil der andre auch mehr wolld, ging des ned zsamm, sie haddn an Schdreid und – bamm!"

Max kommt strahlend wieder rein. „So, ich hab die Kollegen jetzt in die Spur gesetzt", sagt er stolz, „oder auf die Spur angesetzt? Na egal, die haben jetzt jedenfalls den Untermaier, und von da aus können sie endlich was machen."

Er holt sich ganz ungezwungen ein Glas aus der Vitrine, gießt sich Limonade ein und lässt sich wieder in den Sessel fallen. Basti erklärt ihm, was sie eben spekuliert haben.

Max nickt und schaut dann Gerda an: „Also, wenn du weißt, wer des mit dem Motorrad gewusst hat, dann haben wir vermutlich unseren Mörder!"

Ärgerlich schüttelt Gerda den Kopf: „Aber ich waaß des fei echd ned! Ich führ doch die Leud' ned in dem Graffel in der Scheuna rum und erzähl dena, was do rumschdehd."

Flora überlegt: „Wollten Sie vielleicht mal auf einen Floh-markt und haben da –"

„Naa", kommt es entschieden von Gerda, „wenn der Hegg-dor Flöh' had, des langd mer. Auf so am Flohmargd, da schdehd ma sich die Baa in Bauch, verkaffd nix von dem, was mer loswern wolld, und weil mer sich langweild, kaffd ma vo die andern Schdänd a Graffl, was mer ned brauchd.

Und hinderher had ma weniger Geld und mehr Graffl –
deswegn geh ich nie auf so Flohmärgd'."

Max seufzt. „Denk nach!", drängt er Gerda, „denk richtig
scharf nach! Wer wusste von dem Motorrad?"

Gerda funkelt ihn an: „Wennsd mich no a weng mehr under
Drugg seddst, nacherd fälld mer ned amol mehr mei Rech-
nerbassword ei. Und des ko ich eingdlich im Schlaf aufsong."

Kücheneinfall

Dann steht Gerda energisch auf: „Waaßd was? Ich muss edserd kochn. Fei so richtig mit Radio an und alls. Des brauch ich, um zu dengn. Vleichd fälld's mer dann ja ein." Auch Basti springt auf: „Ich helf dir."

Gerda drückt ihn zurück auf den Stuhl: „Naa, des mach ich allaans, des schdörd mich beim Dengn, wenn mir da einer dazwischn waafd."

Flora steht langsam auf. „Also, dann werde ich mal wieder heimfahren", sagt sie zögernd.

Aber Gerda schüttelt heftig den Kopf: „Naa, du mussd edserd dableim, weil des ja jemand essn muss, was ich koch. Der Basdi und ich allein, wir schaffen des ned. Und mei Diefgühler is voll bis an die Deggn."

„Ich ess gerne mit", bietet Max begeistert an.

„Scho, aber ich koch edserd an richding Riesndobf voll, da braung mer alle."

Ihr Zeigefinger richtet sich streng auf Flora: „Sie bleim da und essn mid."

Basti ist das sichtlich peinlich: „Also, wenn du was anderes vorhast oder dir das nicht passt, musst du wirklich nicht –"

Flora winkt ab: „Das ist schon okay, ich bin ja noch neu in Erlangen, und ich hatte nicht wirklich was vor. Mein Doktorvater kommt erst im Oktober aus dem Urlaub, bis dahin kann ich eh noch nicht richtig loslegen. Also hab ich nur die Tutorien mittwochs und freitags, bis das Semester anfängt."

Basti seufzt und sieht Gerda hinterher, die in Richtung Küche verschwindet: „Das war bestimmt die ruppigste Essenseinladung, die du je bekommen hast."

Flora lacht. „Aber bestimmt auch die ehrlichste. Manchmal wird man eingeladen, und man weiß überhaupt nicht: War das jetzt nur Höflichkeit, und die hoffen inständig, dass man Nein sagt; oder wollen sie wirklich, dass ich zum Essen bleibe und wären beleidigt, wenn ich Nein sage? Da bin ich dann total unsicher. Bei ihr weiß ich aber sicher, dass sie es genau so meint."

Basti nickt erleichtert: „Ja, das ist das Tolle bei Oma Gerda, man weiß immer genau, wo man mit ihr dran ist." Nach einer kurzen Pause fügt er an: „Also, halt jedenfalls meistens …"

Max steuert bei: „Raffiniert kann sie schon auch sein. Also, wenn sie was nicht sagen will oder so."

„Ich hätte gedacht, wenn sie was nicht sagen will, dann sagt sie es einfach nicht? Genauer gesagt, dann sagt sie deutlich, dass sie das nicht sagen will?"

Max zögert. „Schon, meistens. Aber manchmal, da will sie was nicht sagen, aber sie will auch nicht, dass man merkt, dass sie es nicht sagen will, das gibt es schon auch. Dann wird sie eben – raffiniert."

Gerda hat inzwischen in der Küche das Radio wohl auf volle Lautstärke gedreht. Rockige Reggae-Klänge beschallen nun auch das Wohnzimmer.

„Interessanter Sender", meint Flora. „Klingt gar nicht so – fränkisch, irgendwie."

Max schaut leicht beleidigt. „In Hamburg kommen im Radio auch nicht bloß Shantys, oder? Wir Franken sind fei schon weltoffen."

Basti nickt. „Vor allem die Gerda."

„Ja, die ist manchmal fast schon zu weltoffen", Max verzieht das Gesicht. „Des wüste Zeugs an Musik, was sie da manchmal hört – also, der Reggae jetzt da, des mag ich auch. Aber so andere Sachen, des ist nicht so meins."

Basti grinst. „Ja, Oma Gerdas Musikgeschmack ist – interessant. Vielfältig."

„Man könnte auch sagen, wirr", Max schüttelt den Kopf. „Sie mag eben solche ‚Weltmusik' und Rock, Jazz und Opern, und was weiß ich. Und schon auch fränkische Volksmusik."

„Sie spielt sogar selber welche, mit der Posaune", sagt Basti stolz.

Max verdreht die Augen: „Mit der Posaune macht sie auch andere Musik, also das ist dann wieder –"

Flora grinst ihn boshaft an: „Ganz so weltoffen sind Sie dann auch wieder nicht, hmm?"

Max schaut leicht beleidigt, während Basti erklärt: „Vielleicht ist das, was Gerda im Moment an hat, auch kein hiesiger Sender, sie hat da die tollsten Stationen aus der ganzen Welt als Internetradio. Und auch ihre eigenen Sticks, mit ihren ganz eigenen Musikmischungen. Manche davon sind schon – na ja, eben Geschmackssache. Und über Geschmack kann man ja bekanntlich nicht streiten."

Flora schüttelt den Kopf: „Doch – ich hab den Spruch schon immer blöd gefunden. Gerade über Geschmack kann man super streiten, und da streiten sich die Leute ja auch ständig drüber."

Basti scheint widersprechen zu wollen, und Max greift schlichtend ein: „Da müsst ihr euch jetzt nicht drüber streiten."

Plötzlich ertönt ein lauter Schrei aus der Küche.

Sie alle rennen hin, Basti reißt die Küchentür auf.

Gerda steht mit wildem Gesicht vor dem Herd, sticht kriegerisch ein riesiges Küchenmesser in die Luft und schnaubt: „Der hads gwussd!"

Dann lässt sie das Küchenmesser wieder sinken und schüttelt den Kopf. „Naa, aber des machd kaan Sinn…"

„Dir ist was eingefallen?", fragt Basti gespannt.

„Ja, mir is was eigfalln. Weng dera Musig."

Auf die fragenden Blicke der anderen erklärt sie ungeduldig: „Des is Inner Sörkl. A Reggi-Bänd aus Dschamaika, aus die Achdziger."

Die anderen lauschen nun auf die Musik. Es ist ein treibender Reggae und die Titelzeile scheint zu sein: „Bad Boys".

„Ja, und?", drängt Max. „Sag schon!"

Gerda schüttelt nun heftig den Kopf. „Naa, da gibds nix zum sohng. No ned. Des is – kombliziert. Ich verschdeh des ned …"

Gerda überlegt kurz.

Dann deutet sie mit dem Riesenmesser auf Basti: „Du bleibsd do, und mir redn edserd amol."

Nun richtet sie das Messer auf Max: „Und du gehsd edserd mim Heggdor Gassi und nimmsd die Flora mid."

Max und Flora schauen etwas beleidigt, dass sie so einfach weggeschickt werden, wo es gerade interessant wird.

Basti wirft den beiden einen entschuldigenden Blick zu und schaut dann besorgt auf Gerda.

Nur Hektor, der wohl das Wort „Gassi" verstanden hat, scheint sich zu freuen. Er springt aus seinem Korb und läuft schwanzwedelnd zur Tür.

Max sieht Gerda stirnrunzelnd an: „Du weißt fei schon, Gerda – wenn du in einem Mordfall wichtige Informationen zurückhältst, dann machst du dich sogar strafbar."

„Edserd bumb di ned aaf wie a Oggsnfrosch", Gerda schüttelt ärgerlich den Kopf. „Der Wudler had scheinds scho auf dich abgfärbd. Ich werd's dir sohng, wenn's so weid is, dass ich's sohng koo, aber des is erschd, wenn ich waaß, was da los is, und kaan Momend eher. Und edserd droll di, der Heggdor ward' scho."

Mit finsterem Gesicht stapft Max nun Hektor hinterher.

Als Flora zögert, schiebt Gerda sie aus der Küche und macht nachdrücklich die Tür hinter ihr zu.

Flora trödelt extra noch ein bisschen und hört durch die Tür, wie Gerda mit erhobener Stimme sagt: „Basdi, du verschbrichsd mir fei edserd, dass du ned meggern wirsd, und ned schimbfn, und auch kaa Schnuhdn zihn."

Bastis Antwort ist so leise, dass Flora sie nicht verstehen kann. Doch sie nimmt an, dass er zustimmen wird – damit Gerda ihm erzählt, was sie ja offensichtlich mit ihm diskutieren möchte. Aber nicht mit Max und ihr.

Jetzt verlässt auch Flora das Wohnzimmer. Nicht so sehr aus Anstand, weil man nicht lauscht – da wäre ihre Neugier vielleicht doch stärker. Aber wenn Gerda nun die Küchentür wieder aufmacht und Flora dort stehen und lauschen sieht, womöglich benutzt sie dann dieses riesige Messer, um aus ihr Gulasch zu machen?

Natürlich nicht, aber Gerdas Zorn will sie jedenfalls lieber nicht auf sich ziehen. Also folgt sie Hektor und Max.

Als sie hinter dem Stall auf einen Feldweg einbiegen, rennt Hektor begeistert voran.

Max läuft mürrisch hinter ihm her, und Flora versucht, mit den beiden Schritt zu halten.

„Die Gerda ist fast so schlimm wie der Wudler. Will mir nix sagen, aber kommandiert mich dauernd rum."

„Der Wudler ist wahrscheinlich kein toller Chef, oder?"

„Echt ned. Der Kaffee in unserer Inspektion schmeckt ihm nicht, also schickt er mich dauernd rüber zur Tankstelle, dass ich ihm da einen Kaffee hole. Dabei schmeckt die Brühe da auch nicht besser. Und er vergisst immer ewig, mir das Geld zurückzuzahlen. Und überhaupt: Ich bin ein Polizeihauptmeister, und er schickt mich zum Kaffeeholen! Ich bin doch ned dem sein Bolandi!"

„Bolandi? Das klingt exotisch – ist das Italienisch?"

„Naa, des is Fränkisch."

Flora schaut verblüfft: „Also, für mich ist das Fränkische schon ganz schön exotisch. Aber was ist denn ein Bolandi?"

„Na ja, sowas wie ein Depp." Etwas unsicher sieht Max Flora an: „Das kennt man doch auch in Hamburg, oder?"

Flora lacht. „Ja, klar, es gibt jede Menge Deppen in Hamburg."

„Gibt es da eigentlich ein extra Wort auf Norddeutsch, für Depp?"

„Was heißt hier *ein* Wort, da gibt es viele. Döskopp zum Beispiel, oder Dösbaddel – auf jeden Fall *dös*."

Max sinniert nun: „Obwohl – ein Bolandi ist einer, der nicht einfach nur dumm ist, sondern eher – halt einer, der alles mit sich machen lässt."

„Also das Gegenteil von Gerda."

Max grinst: „ Genau. An der Gerda, da beißt sich der Wudler auf jeden Fall die Zähne aus. Und da ist sie mir dann doch wieder viel lieber als er."

„Sie sind wohl wirklich kein Fan von dem."

Max seufzt. „Ich hatte halt schon öfters mit ihm zu tun."

„Also finden Sie es blöd, dass Sie jetzt für ihn arbeiten müssen?"

„Nee, nee, des find ich schon gut. Okay, des is der Wudler – irgendeine Fliege paddelt halt immer in der Suppe. Aber dass ich da mal so richtig mitmachen darf, bei einem Mordfall, des find ich schon klasse."

„Ansonsten – sind Sie da eher Verkehrspolizist oder so?", fragt Flora vorsichtig.

„Naa, des nicht mehr, zum Glück. Die drei B muss ich normalerweise nicht mehr machen."

„Die drei B?"

„Halt Blitzen, Blasen und Bargn. Des hab ich hinter mir. Aber es ist meistens eher so langweiliges Zeug – geklaute Fahrräder, besoffene Gröler, Leute, die ne Schnapsflasche im Supermarkt mitgehen lassen. Deswegen ist des auch eine Riesenchance für mich, wenn ich da bei einem Mordfall gut dasteh'. Aber wenn mir die Gerda nichts sagen will …"

„Wird sie schon noch", meint Flora tröstend.

Max schüttelt trübe den Kopf: „Die Gerda ist stur wie eine Horde Ochsen – ach was, sturer. Die sagt mir einfach nix, wenn sie nicht will."

Dann verfällt er in ein brütendes Schweigen.

Als Flora, Max und Hektor zurückkommen, steht auf dem Esstisch ein großer Topf, aus dem es wunderbar duftet. Ein Eintopf mit viel Gemüse, Kräutern, Kartoffeln und etwas Speck.

Max ist immer noch beleidigt und löffelt still schmollend seinen Eintopf.

Basti starrt schweigend und stirnrunzelnd vor sich hin. Was Gerda ihm anvertraut hat, beschäftigt ihn offenbar ziemlich.

Um die ungemütliche Stille zu brechen, wendet Flora sich an Gerda: „Sie haben ja heute Nacht ein paar Miss-Marple-Bücher gelesen – was sagen Sie denn dazu?"

Gerda zuckt die Achseln: „Sie is hald so a Läidi, wo viel schdriggd, des mach ich aa gern, aber davo allaans find mer kaan Mörder. Na ja, und sie had hald auch noch kaa Inderned ghabd und aa kaa Händi. Aber sonsd war's fei scho glever. Wennsd hald die Menschn kennsd, des hilfd immer."

„Der Max hat gesagt, Sie sind ansonsten nicht so eine Krimi-Leserin?"

Gerda zuckt die Achseln. „Die ledsdn boar Jahrzehnd' ned. Aber als Diehnäidscher, da hab ich ja scho lauder so Grimmis glesn."

Flora versucht, sich Gerda als Teenager vorzustellen – und scheitert. Aber vermutlich haben Teenager damals sowieso ganz anders ausgeschaut – Flora rechnet: Nächstes Jahr wird Gerda siebzig, hatte Basti gesagt. Also ist sie Mitte der

Fünfziger geboren, und war ein Teenager in den Sechzigern, bis in die Siebziger. Hm, damals ist ja doch schon einiges los gewesen – allerdings wahrscheinlich eher nicht hier draußen in Niedlasreuth.

Und dann fällt ihr ein: Damals hat ja sogar die Agatha Christie noch gelebt … Und die ganzen modernen Krimis, die hat es noch überhaupt nicht gegeben …

Neugierig fragt sie: „Die Pater-Brown-Geschichten, hat es die damals eigentlich schon gegeben?"

„Na freili, die sind fei echd ald, des woar scho damols a gaanz alds Zeuch. Lesn die Leud' des noch?"

„Hauptsächlich schauen sie es im Fernsehen, glaube ich, oder halt im Internet. Und da holen sie sich dann ihre Theorien her, wie man einen Mordfall löst."

„Ich hab da mei eigne Deorie, wie ma so an Griminalfall lösn solld. So wie ma alle andern Sachen, die rädslhafd sind, aa lösn solld.

Des is wie wenn ma an Bullover aufribbeld – mer schaud, dass ma irngdwo a Fädla derwischd, na zubfd mer dro und schaud, ob was bassierd – und immer wieder, bis der ganze Bullover aufgribbeld is. So däd ich des machn, wenn ich a Dedegdiv wär."

Max vergisst sein Schmollen und überlegt eifrig: „Den ersten Faden haben wir ja jetzt schon, wo wir wissen, wer der Tote ist. Jetzt können wir schaun: Was hat der so gemacht, wen hat er gekannt, wer hat einen Vorteil von seinem Tod, alles sowas."

Vorwurfsvoll starrt er Gerda an: „Und den nächsten Faden hätten wir ja vielleicht auch schon – bloß du spuckst ihn nicht aus!"

„Ich hab ned gern Fädn im Mund, des is a eglichs Gfühl. Aber ich waaß ja noch ned amol, ob's überhabds a Fadn is, oder nur – a Schdügg Schdroh."

„Stroh kann brennen!", murmelt Max düster.

„Geh Max, edserd hörsd auf mid deim Gfregg und gehst ham und legst di schlofn."

Max nickt widerstrebend: „Ich muss jetzt wirklich ne Runde schlafen. Heut Abend um fünf muss ich schon wieder rein, weil der Martin ausgefallen ist."

„Das ist aber echt brutal", Flora sieht ihn mitfühlend an. „Wie diese Doppelschichten im Krankenhaus."

„Der Max muss wenigsdns kaan aufschneidn", kommentiert Gerda ungerührt. „Wenn er a weng an Blödsinn red, weil er zu müd is, des fälld eh kaam aaf."

Max wirft ihr einen bösen Blick zu.

Sein großartig beleidigter Abgang wird aber getrübt durch die Tatsache, dass er sich von Gerda noch eine große Plastikschüssel voll Eintopf mitgeben lässt. Etwas verlegen murmelt er ein „Danke" und verdrückt sich dann.

Gerdas Geheimnis

Während Flora Max belustigt hinterherschaut, fragt sie Gerda: „Hat Max eigentlich keine Familie?"

„Naa, der Max is noch aaschifdi", kommt die Antwort.

Auf Floras fragenden Blick hin übersetzt Basti: „Auf Neudeutsch heißt das *single*."

„Komisches Wort", wundert sich Flora, „so wie Arsch und ifdi?"

Basti muss lachen und meint dann: „Ich hab keine Ahnung, woher das kommt. Aber man sagt das halt hier über Männer, die keine Frau haben."

„Über Frauen nicht?"

Basti denkt kurz nach: „Ich weiß nicht, aber ich hab das eigentlich bis jetzt nur über Männer gehört."

Gerda steuert bei: „A Fraa wo ned verheierd is, da sogd ma hald, des is a alde Jungfer."

„Auch wenn sie erst in den Zwanzigern ist oder so?"

„Früher warsd scho mid einundzwanzig a alde Jungfer, heud hald eher ned. Da heiradns ja erschd mid über dreißig. Außer der Franzi vleichd."

Ein seltsamer Blick tritt nun in Bastis Augen. Wer wohl diese Franzi ist, fragt sich Flora.

Doch dann zuckt Basti die Achseln und sagt zu Gerda: „Du hast doch auch erst mit über dreißig geheiratet."

„Ja, da hams ja auch alle scho gsagd, die kriegd kaan mehr ab. Und überhaubds is des bei mir was anderschd."

„Bei dir ist es immer was anderes", Basti schüttelt lächelnd den Kopf.

„Bei mir is des fei auch wergli was anderschd, findsd ned?" Basti nickt friedlich und Flora erkundigt sich: „Wie alt ist der Max denn eigentlich?"

„So Anfang dreißig", meint Basti.

Flora sieht ihn erstaunt an. „Erst? Irgendwie kommt er mir viel älter vor."

Gerda erklärt: „Der Max, der woa scho immer ald. Mindesdens seid er sechzehn is. Seiddem gehd er auf die Sechzig zu. Die andern Fregger in seim Alder, die ham damals an Dschob gwolld, der indressand is, oder wo's viel Kohle machn oder die Maadla beeindruggn. Den Max had mid seine sechzehn Joa aber nur sei Bension indressierd, desderweng is er auch zur Bolizei."

„Er ist aber kein schlechter Polizist", meint Basti.

Gerda nickt. „Der Max, der bassd scho."

Basti grinst Flora an: „Das solltest du dir merken, das ist das höchste fränkische Lob: Bassd scho."

„Das heißt also, *es passt schon*, okay. Aber wenn die Franken mal wirklich etwas so richtig mega toll finden, was sagen sie dann?"

Gerda zuckt ungeduldig die Achseln: „Hald, bassd scho."

Nachdem da nicht mehr kommt, meint Flora nun: „Bei seinen Kollegen steht der Max jetzt sicher gut da, nachdem er den Toten identifizieren konnte."

„Aber zfriedn isser ned. Edserd zied er a Lädschn, weil ich ihm ned sohng will, was mir da eigfalln is – aber des gehd wergli ned."

Basti schaut nun sehr unglücklich drein: „Ich versteh dich ja, Oma Gerda, und ich finde das auch irgendwie bescheuert. Aber es ist nun mal, wie es ist, und ich denke, die Polizei muss das wissen. Vielleicht gibt es ja eine ganz harmlose Erklärung. Das muss die Polizei eben rausfinden."

„Aber nacherd schberrns nan gleich ein, und die Marga verregd mir vor lauder Greina. Und womöchlich muss ich a Schdraaf aa nu zahln. Und vleichd schdimmds ja sowieso ned."

Flora schaut von einem zum anderen und versteht gar nichts mehr.

„Sie könnten es auch mir erzählen", schlägt sie schließlich zaghaft vor. „Ich bin ja sozusagen unbeteiligt. Vielleicht habe ich ein paar nützliche Gedanken dazu, mit etwas Abstand."

Basti nickt begeistert. Gerda sieht sehr viel weniger begeistert aus, doch dann sagt sie: „Aber kaa Word zum Max oder zu sonsdwem, hörsd?"

„Ich werde schweigen", verspricht Flora feierlich.

Gerda macht eine Geste in Bastis Richtung, dass er es Flora erzählen soll. Der denkt kurz nach, dann fängt er an: „Der Oma Gerda ist etwas eingefallen. Nämlich dass doch jemand was von dem Motorrad gewusst hat – obwohl er nicht gewusst hat, wo es steht, aber ich denke, das ließ sich dann rausfinden."

„Ob der Sefdl des rauskriegd had?", fragt Gerda zweifelnd.

„So viele Möglichkeiten gibt es ja nicht, wo du das unterbringen kannst", erklärt Basti.

„Von wem redet ihr eigentlich?", hakt Flora nach.

„Vom Ralfi. Das ist der Sohn von der Marga, einer Bekannten von Oma Gerda."

„Und dieser Ralfi weiß von der Zündapp?"

Gerda seufzt. „Ich fahr hald so gern Modorrad. Aber des wieder offiziell anmeldn, des kosd ned nur Geld – des is so a Gfregg, die vom DÜV meggern weng die Änderungen von dem Djuhning."

Gerda sagt nun mit affektierter Stimme: „Das entspricht aber überhaupt nicht der Standardausstattung, Frau Obmüller! Das können wir so nicht abnehmen!"

Und dann wieder mit normaler Stimme: „Also mach ich's hald einfach so."

„Jawohl", schnaubt Basti, „einfach so. Du rast mit 180 über die Autobahn auf einem nicht zugelassenen alten Motorrad, mit einem ungefähr genauso alten Helm, einfach so."

„Basdi, du hadsd mir verschbrochn …"

„Jaja, schon gut."

Während Gerda und Basti sich finster ansehen, versucht Flora, ihre Gedanken zu sortieren: „Also gut, Sie fahren manchmal mit dem Motorrad spazieren."

Diese Formulierung gefällt Gerda offensichtlich sehr viel besser als Bastis Beschreibung und sie lächelt Flora richtig freundlich an.

„Und dann – hat Sie jemand dabei gesehen?"

Gerda nickt mit einem tiefen Seufzer: „Da is a Fuchs diregd vor mir über die Schdrassn, da hab ich bremsn müssn und an Modor abgwürgd. Des bassierd mir fei ned ofd, wergli ned!" Sie fühlt sich dadurch offenbar in ihrer Ehre gekränkt, und Basti legt ihr beruhigend die Hand auf den Arm.

Dann fährt sie fort: „Des war auf der Schdrass in Niedlasreuth, dichd bei wo die Marga wohnd, und da had mich der Ralfi hald leider gsehn. Und dann had er a weng rumgwaafd, dass des a schöns Modorrad is, und so Zeuch – und ich debberde Urschl hab ihm auch noch derzähld von dem Djuhning und so."

„Dass Sie die Zündapp in der Scheune aufbewahren, haben Sie ihm das auch erzählt?"

„Naa, des ned. Aber der Basti had scho rechd, selbsd so a Doldi wie der Ralfi könnerd des schnell rausfindn, gibd ja ned so viele Möchlichkeidn. In der Garaasch hädd ich's bargn könna, aber da is ka Blads, da hab ich ja scho mei Audo und den Borsche. Also mussd's ja die Scheuna sein." Sie seufzt: „Ja, der Ralfi, der had's scho wissn könna."

Gerda und Basti schauen bedrückt.

Dann sagt Gerda: „Aber ich glaub's ned, dass der Ralfi a Mörder is. Naa, des machd einfach kan Sinn. Dass er sich vleichd a weng a Geld häd vergralln wolln mid dem Modorrad, des scho, des glaab i soford. Es war ned umsonsd, dass mir des mim Ralfi wieder eingfalln is bei dem Lied vo dene ‚Bad Boys', die bösn Bubn. Für a weng a ihsy manni däderd der Ralfi viel machn. Aber dass er aan umbringd, naa, da had der Ralfi gar ned die Kuraasch dafür."

Auch Basti schüttelt den Kopf: „Ralfi ein Mörder, nee, das würde der gar nicht auf die Reihe kriegen. Dass er womöglich versucht, das Motorrad hinter Oma Gerdas Rücken zu verticken, ja, das trau ich ihm auch voll zu. Aber jemanden umbringen …"

„Vielleicht war es ja ein Unfall?", überlegt Flora. „Und er wollte den Untermaier gar nicht umbringen?"

Basti sieht sie skeptisch an: „Also, wenn man jemandem mit dem Baseballschläger den Schädel einschlägt – das wäre jetzt nicht meine Vorstellung von einem Unfall. Das passiert einem doch nicht einfach so aus Versehen."

Flora muss zugeben, dass er recht hat.

Basti überlegt: „Es macht aber wirklich überhaupt keinen Sinn, für den Ralfi. Wenn der da seine Finger mit im Spiel hatte und dem Untermaier die Zündapp andrehen wollte, dann war der Untermaier ja quasi sein Kunde, oder auf jeden Fall hat er sich ordentlich Kohle von ihm erhofft. Warum sollte er ihn dann umbringen? Man tötet doch nicht die Kuh, die einem Milch gibt."

„Aber wenn man ein Steak will?", kann sich Flora nicht verkneifen.

Basti denkt tatsächlich ernsthaft darüber nach, und Flora will schon klarstellen, dass das mehr so ein Scherz war. Basti scheint immer alles total ernst zu nehmen.

Doch da schüttelt er den Kopf: „Nee, so, wie ich das sehe, kann Ralfi von dem toten Untermaier überhaupt nicht profitieren. Es sei denn, Untermaier hat Ralfi was in seinem Testament vermacht oder so."

„Weil Ralfi sein lange verschollener leiblicher Sohn war?"

Wieder scheint Basti ernsthaft über ihre scherzhafte Bemerkung nachzudenken. Bevor Flora ihn bremsen kann, sagt er: „Das können wir aber nicht checken, dazu braucht es wirklich die Polizei. Die können überprüfen, ob es da Beziehungen zwischen Ralfi und Untermaier gab, und was er für ein Testament hat und so."

Flora nickt, da hat er auf jeden Fall recht.

Dann setzt Basti nachdenklich hinzu: „Wenn es der Ralfi war, dann würde das immerhin erklären, warum es keinen Ärger mit Hektor gab. Der kennt den Ralfi natürlich und hätte ihn bloß schwanzwedelnd begrüßt und sich dann wieder hingelegt. Und der Ralfi hätte auch gewusst, dass Gerda mittwochs immer zum Shopping fährt, nach Erlangen oder Bamberg oder sonst wohin, also – freie Bahn auf dem Hof."

Gerda runzelt die Stirn: „Des wissen aber fei fasd alle in Niedlasreuth, dass ich middwochs ned do bin, ned bloß der Ralfi."

Dann springt sie auf und hebt den Zeigefinger: „Mir gehn edserd zum Ralfi und frong ihn selber!"

„Ist das nicht gefährlich?", fragt Flora zögernd. „Ich meine, wenn er jetzt *doch* ein Mörder ist und wir fordern ihn quasi heraus, womöglich versucht er dann, uns zum Schweigen zu bringen?"

„Doch ned der Ralfi", sagt Gerda kopfschüttelnd. Und auch Basti sieht eher belustigt aus: „Also, mit dem werde ich notfalls sogar noch alleine fertig. Und wenn wir da zu dritt hingehen, vielleicht noch mit Hektor, dann sucht sich der Ralfi schlimmstenfalls ein Mauseloch, in das er sich verdrücken kann." Rasch fügt er an: „Das heißt, falls du mitkommen willst. Sonst gehen die Gerda und ich alleine, ist vielleicht eh besser."

„Nein, nein, ich komme mit", sagt Flora schnell. Ihre Neugier würde ihr sonst keine Ruhe lassen. „Aber woher wissen wir, dass dieser Ralfi zu Hause ist?"

„Er arbeitet in einer Kneipe und fängt erst abends an", erklärt Basti. „Wenn überhaupt. So der intensive Arbeiter ist der Ralfi eher nicht."

Und Gerda ergänzt: „Der hoggd dagsüber bloß immer in seiner Budn und gäimd und qualmd und hörd sei fürchderliche Musig. Ich hab fei an breidn Gschmagg, aber des, was der hörd, da grümmd's aam die Zehnnächl. Und wenn er doch ned daham is, nacherd red ma hald zerschdmol mid der Marga, was die so midgriegd had. Viel werd des ned sei, die Marga is scho a wengerl a Sunnabluma. Aber ob der Ralfi daham war gesdern, des wirds scho wissn."

„Sonnenblume - ?", fragt Flora erstaunt.

Basti zuckt die Achseln. „Das ist Oma Gerdas Bezeichnung für die Damen in ihrer Bekanntschaft, die – tja, eigentlich schon ganz nett sind, aber halt jetzt nicht so die Intelligenzbestien."

Gerda kommentiert nur: „Der Basti, der red' immer so höflich."

Sie schnalzt kurz mit der Zunge, was Hektor aus seinem Korb aufspringen lässt.

„Also, gemmer!"

Der Wimmerlaswäi

Während Flora, Basti und Gerda mit Hektor die schmale Landstraße entlang laufen, erzählt Gerda von Ralfi und seiner Familie.

„Die Marga is einglich aa Reigschmeggde."

Basti übersetzt: „Eine Zugezogene – Eingeheiratete – halt nicht ursprünglich von hier."

„Aber ich hab's schon kennaglernd wies zwanzig woar und den Gerd geheirad had. Aber den Ralfi hads erschd ghabd wies schon über fertzig woar, und desweng hads dann immer a Gfregg gmachd mid dem, des woar nimmer schee."

Basti nickt. „Ja, ich glaube, sie hat ihn ziemlich verhätschelt. Damit hat sie ihm aber keinen Gefallen getan. Er ist ja ungefähr so alt wie ich, aber mit dem hat nie einer spielen wollen. Er wollte immer alles bestimmen, und wenn das nicht lief, dann hat er immer gleich geheult. Er hat überhaupt viel geheult, selbst als er schon älter war."

Gerda nickt. „Dabei war der Basdi so a sanfds Bürschla, der had kaam was daan. Aber der Ralfi had drodsdem immer gheuld, wenns Fanga gschbild ham, des war scho a rechder Wimmerlaswäi, und des is er immer noch, a rechds

Greinmeicherla. Aber der Marga is der Ralfi wie a Wunda vorkomm', weils zwanzig Joar ned gschaffd had, a Kind zu krihng. Dabei war des bloß, weil sie endlich den Gerd losghabd hod. Sie woar ja erschd amol völlich feddich, als der Gerd ganga is, zu seiner jung Schnalln. Dabei häds froh sein solln, dass ihn losworn is, weil dann hads den Schorsch kennaglernd, und des woar's dann. Dann is auch bald der Ralfi kumma."

„Sie wissen wohl über jeden im Dorf genau Bescheid?", fragt Flora belustigt.

„Naa, ned über alle. Die ganz neuen, die kennd ma ja nimmer, wenn ma ned zufällich was mid dene zu dun had."

Basti erläutert: „Mit ‚ganz neu' meint Oma Gerda die Leute, die erst vor zwanzig oder dreißig Jahren nach Niedlasreuth gezogen sind."

„Es gibd aber fei echd auch ganz, ganz neue", beharrt Gerda, „die sin erschd seit zwaa oder drei Joar hier."

„Über die meisten weiß Oma Gerda aber trotzdem irgendwie Bescheid", erklärt Basti, „die CIA ist nichts dagegen."

Sie biegen nun von der Landstraße ab, in eine Siedlung mit ein paar Dutzend ähnlich gebauten Häusern, so aus den Siebzigern, schätzt Flora.

Hektor rennt zu einem der Häuser und stellt sich schwanzwedelnd vor die Haustür.

Nach dem Klingeln wird ihnen rasch geöffnet. Neben Gerdas hagerer, großer Gestalt sieht die kleine, rundliche Marga wie die Zweite in einem Komiker-Duo aus.

„Mensch, Gerda, du warst ja schon ewig nicht mehr da! Und der Basti! Und eine Freundin? Kommt erst mal rein!"
Aus dem Obergeschoss dringt wummernde Musik.

Gerda zeigt nach oben: „Der Ralfi is also daham?"

Marga zuckt die Achseln. „Ich weiß nicht – er lässt ja auch oft die Musik einfach an, wenn er weggeht, und ich darf ja nicht in sein Zimmer, also kann ich sie nicht ausstellen."

„Wir wolldn nämlich a wengerl mid ihm waafn", erklärt Gerda.

Flora erwartet, dass Marga erst mal nachfragt, warum.

Aber entweder ist sie von Natur aus nicht neugierig, oder sie ist es gewohnt, Gerda widerspruchslos zu folgen.

Marga stellt sich an die Treppe und ruft nach oben: „Ralfi! Besuch!"

Keine Reaktion.

„Vielleicht ist er doch nicht da", überlegt Marga.

Basti seufzt. „Wahrscheinlich kann er das Rufen bei der lauten Musik gar nicht hören."

Marga nickt. „Vielleicht hat er auch Kopfhörer auf, das hat er öfters."

Flora starrt sie an: „Kopfhörer? Wozu braucht er bei der Lautstärke Kopfhörer?"

Marga erklärt: „Halt für sein Gaming. Und manchmal wird ihm die Musik auch selber zu krass, sagt er, da dämpfen die Kopfhörer dann."

Flora will etwas sagen, klappt dann aber den Mund lieber wieder zu. Sie ist hier ja nur als Gast von Basti. Und der eigentlich als Gast von Gerda. Und die wiederum ist Gast bei Marga. Also sollte Flora besser ihre Klappe halten. Gerda wird schon reden.

Die erkundigt sich nun auch bei Marga: „Gesdern Nach-middag, war der Ralfi da eingdlich daham?"

Marga schaut etwas verwundert: „Gestern? Ja, ich denke schon."

Gerda hakt nach: „War des der Ralfi selber, der wo da war, oder bloß sei Musig? Hasd du ihn echd gseng?"

Wieder wundert sich Flora, dass Marga nicht zurückfragt, was diese ganze Fragerei eigentlich soll.

Aber Marga denkt nochmal brav nach und sagt dann: „Ja – nein, jetzt fällt's mir wieder ein. Gestern war er doch weg, ja, da war er in der Oberpfalz, wandern."

„Der Ralfi, wandern? In der Oberpfalz?", wundert sich Gerda.

Marga nickt eifrig: „Ja, er hat mir sogar Bilder geschickt, warte mal, wo hab ich denn mein Handy ..."

Während sie ihre Gäste ins Wohnzimmer bittet, sieht sie sich suchend um. Zunehmend hektisch setzt sie die Suche nach ihrem Handy fort, während die anderen schon längst auf dem cremefarbenen Sofa sitzen und Hektor sich neben Gerdas Füßen ausgestreckt hat.

Schließlich zückt Gerda seufzend ihr Handy und drückt eine Nummer.

Eine blechernes Stückchen von Mozarts Kleiner Nachtmusik ertönt, und wird immerzu wiederholt, während Marga erfolglos versucht, sich ihr Handy zu angeln. Es ist wohl irgendwie hinten in die Ecke unter einen riesigen, an die Wand gerückten Arbeitstisch gefallen, wo man nicht richtig herankommt.

Gerda seufzt wieder und gibt ein paar leise Laute von sich. Hektor springt auf, läuft zu dem Tisch, drückt sich geschickt darunter, und taucht schließlich mit dem Handy im Maul wieder auf.

„Schlauer Hund!", ruft Marga erfreut und greift nach dem Handy. „Igitt", sagt sie dann, „das ist ja ganz nass!"

„Des mussd freili noch abwischn", meint Gerda ungeduldig, „da is ja dem Heggdor sei Spodsn dran. Aber wenigsdns hasd es edserd."

Nach einer kurzen Säuberungsaktion mit Papiertaschentüchern tippt und wischt Marga sich ein Bild her.

„Da schau", stolz reckt sie es Gerda hin, „der Ralfi in einer Kneipe mit so einem komischen Namen – ach ja, da ist ja das Gasthaus-Schild: ‚Mir Pfalz'." Sie wischt eifrig weiter: „Und da ist der Ralfi mit einem Bier, und da mit einem anderen Bier, und da mit so nem Mann, den kenn ich aber nicht, und da ist der Ralfi mit einem Schnaps – "

„Bier, Schnaps – ist der Ralfi danach eigentlich noch gefahren?", erkundigt sich Basti.

Marga schaut etwas verwirrt. „Also, mein Auto hatte er nicht, und selber hat er ja zurzeit keins. Wahrscheinlich ist er mit dem Zug gefahren."

Gerda hat sich inzwischen das Handy geschnappt und checkt die Bilddaten. „Also, des war scho ziemlich schbäd abends, so schbäd fährd doch nix mehr aus der Oberbfalds hierher."

„Er war auch erst am Morgen wieder da", überlegt Marga, „und hat dann bis Mittag geschlafen, er wollte nicht mal Frühstück. Ich hoffe, der arme Ralfi wird nicht akut krank, er ist irgendwie so – komisch heute."

Gerda sieht sie nun fest an: „Wir müssen fei wergli mim Ralfi redn. Du hubfsd edserd hoch und ballersd an sei Dür und holsdn aus seim Bau naus."

„Aber das mag der Ralfi gar nicht", jammert Marga, „wenn ich zu ihm in sein Zimmer will, da wird er immer sauer."

Gerda starrt sie streng an: „Du holsd edserd den Ralfi nunder."

Die arme Marga ringt die Hände, übel in der Klemme zwischen dem voraussichtlichen Zorn von Ralfi, und dem von Gerda.

Doch als Gerda die Aufforderung nachdrücklich wiederholt, macht Marga sich schließlich mit unglücklichem Gesicht auf den Weg nach oben.

„Hat er denn nun ein Alibi?", fragt Basti Gerda. „Du hast doch die Zeiten auf den Bildern gecheckt."

Gerda nickt. „Des is hald grenzwerdich", meint sie stirnrunzelnd, „wenn er da gleich nachm Mord voll Schdoff nüberdüsd is, hädd ers vleichd schaffn könna. Ich verschdeh bloß ned, was er da wolln had? In der Oberbfalds? Bschdimmd ned wandern, des macherd der Ralfi nie. Und Gneibn hams in Forchheim und Erlang' auch gnuch, da brauchd er ned bis in die Oberbfalds."

„Vielleicht wollte er sich vor der Polizei verstecken?", schlägt Flora vor.

„Aber er ist ja zurückgekommen", wendet Basti ein. „Heute Morgen war er ja wieder da. Vielleicht wollte er sich tatsächlich – quasi ein Alibi beschaffen? Der Ralfi ist zwar nicht der Allerhellste, aber so viel kapiert er sicher, dass er ein Alibi brauchen kann, wenn er Mist gebaut hat. Und wenn Oma Gerda sagt, es war knapp, dann heißt das: Er kann behaupten, so schnell käme man da nicht hin und zurück, und – im Zweifel für den Angeklagten. Jedenfalls besser als überhaupt kein Alibi."

„Das heißt aber auch, dass er wusste, er braucht ein Alibi."

„Ja, das auf jeden Fall. Aber die Frage ist, wofür? Für einen Mord, oder nur für einen kleinen illegalen Motorradhandel?"

Ralfi in der Oberpfalz

Marga ist nun wieder unten. Hinter ihr trottet ein blasser, unrasierter junger Mann mit mürrischem Gesicht. Er ist nicht direkt fett, wirkt aber irgendwie feist. Überhaupt sieht er nicht sonderlich sympathisch aus, findet Flora.

Dann ermahnt sie sich selbst: Man soll nicht nur nach dem Äußeren gehen.

Aber eigentlich ist es ja sowieso nicht das Äußere, was sie gegen ihn einnimmt, sondern das, was Gerda und Basti ihr von dem Typen erzählt haben. Selbst wenn er aussähe wie George Clooney in Jung und die Intelligenz Einsteins ausstrahlen würde – Flora würde ihn vermutlich immer noch unsympathisch finden.

Sie sollte echt nicht so voreingenommen sein. Energisch nimmt sie sich vor, Ralfi so sympathisch zu finden wie möglich.

Nun starrt Ralfi sie an und grinst unangenehm. „Hey, wer is'n das?", fragt er heiser.

Basti sagt eisig: „Das ist Flora, meine Mathe-Tutorin."

Ralfi zuckt die Achseln: „Also, mit Mathe hab ich nix am Hut. Aber sie könnt mir gern was anderes beibringen." Er starrt sie lüstern an.

Bastis Miene verfinstert sich.

Doch nun greift Gerda ein und kommandiert: „Ralfi, du sedsd dich edserd a weng her zu mir."

Man sieht Ralfi an, dass ihn die Vorstellung wenig begeistert, aber er kennt Gerda wohl zu gut, um zu widersprechen. Widerstrebend lässt er sich in einen der Sessel fallen.

Mit einem Blick auf Hektor meint er dann: „Aber lass den blöden Hund raus."

Marga öffnet die Terrassentür, und auf ein kurzes Signal Gerdas hin tobt Hektor nach draußen.

Gerda wendet sich nun an ihre Freundin: „Marga, du machsd uns edserd mal dei Quargschbeisn, die mid die griemnen Äbfl."

Marga zögert: „Die Quarkspeise? Das dauert aber, da muss ich die Äpfel reiben und die Sahne und den Quark schlagen …"

„Des hod kaa Eil‘, mir waafn derweil a weng mim Ralfi."

Nochmal zögert Marga, aber dann verlässt sie gehorsam das Wohnzimmer.

Gerda sieht nun den jungen Mann fest an: „Ralfi."

Er drückt sich tiefer in den Sessel, als ob er sich Gerda entziehen wollte. Aber er hat natürlich keine Chance.

„Es is weng dem Mord", sagt Gerda kurz, und sieht ihn dann prüfend an.

Ralfi wird noch etwas blasser. Er knetet seine Hände und rutscht nervös im Sessel hin und her.

Also, der sollte wirklich niemals Poker spielen, denkt sich Flora kopfschüttelnd. Da würde ja sogar einer wie der Wudler sofort sehen, dass dem Ralfi das schlechte Gewissen aus allen Poren trieft.

Gerda schweigt und starrt Ralfi nur an.

Schließlich bricht es aus ihm heraus: „Da hab ich nix damit zu tun!"

Als Gerda weiterhin nichts sagt, fährt er sie an: „Was willst du überhaupt deswegen von mir?"

Und Gerdas weiteres Schweigen produziert schließlich: „Bloß weil es auf deinem Hof war –"

„Hah!" Gerdas Zeigefinger schießt in Ralfis Richtung. „Woher waaßd denn, dass des auf meim Hof war? Des is fei nirgendwo gschdandn, des hieß immer nur *auf einem Anwesen im Landkreis Forchheim*. Also, woher waaßd *du* des?"

„Das kriegt man halt so mit", murmelt Ralfi trotzig.

„Du kriegst doch nie was mit", sagt Basti mit einer Boshaftigkeit, die Flora ihm gar nicht zugetraut hätte.

Ralfi setzt sich nun auf und zieht ein Smartphone in einer schmuddeligen grünen Hülle aus seiner Hosentasche.

„Und überhaupt, ich hab fei ein Alibi!", sagt er triumphierend. „Ich war gestern in der Oberpfalz, wandern, hier, da sind die Bilder."

Flora erwartet, dass Gerda ihn nun grillen wird, woher er denn überhaupt weiß, für welche Zeit er ein Alibi braucht. Und die Kneipenbilder, die kennt Gerda doch eh schon von vorhin, die wird sie mit ihrem ungeduldigen Temperament sicher nicht zum zweiten Mal anschauen.

Doch Gerda sagt nur ganz friedlich: „Aha, in der Oberpfalds. Da is fei schee, gell. Zeich amol."

Sie streckt die Hand aus, und Ralfi gibt ihr bereitwillig sein Handy.

Gerda wischt ein paar Bilder und schüttelt bekümmert den Kopf: „Iech hald mid meine ungschiggdn aldn Bfodn und meine drübn Aung, des is goa ned so leichd auf dena klaane Händis."

Flora starrt sie sprachlos an. Was ist denn in Gerda gefahren? Nach allem, was sie von Gerda bis jetzt gesehen hat, hat die äußerst geschickte Hände, und Augen wie ein Luchs. Und selbst wenn das anders wäre – sich selbst als schwache alte Frau hinzustellen, das ist doch nicht Gerda!

Ralfi scheint das nicht aufzufallen. Eifrig antwortet er nun auf alle möglichen Fragen von Gerda nach dem Wetter in der Oberpfalz, nach dieser Kneipe „Mir Pfalz", nach seinen Trinkkumpeln, nach der Zeit, zu der die Bilder aufgenommen wurden –

Dabei tippt und wischt sich Gerda eifrig durch die Bilder, erklärt, dass sie sich das genauer anschauen will, vergrößert und verkleinert sie und fuhrwerkt dabei ordentlich auf dem Handy herum.

Schließlich nickt sie zufrieden und gibt Ralfi sein Smart-phone zurück.

Dann starrt sie ihn an und ihr Gesicht wird streng: „Wenn der Max dei Fingerabdrügg nehma däd, und die mit denen am Daadord vergleicherd, würd er dann aan Dreffer ham?"

Ralfi überlegt angestrengt: „Also – nein, nein, ich hab da glaube ich nichts angefasst, da könnte er nix finden."

Er strahlt Gerda triumphierend an: „Nee, das wär kein Problem."

Gerda seufzt: „Des haaßd, du warsd aufm Hof."

„Nein!"

„Doch, du hasd ja gsachd: Ich hab da nix angfassd. Also warsd auf dem Hof."

Während das langsam in Ralfis Gehirn sickert, verdüstert sich sein Gesicht.

Schließlich stößt er hervor: „Ihr könnt mir nix beweisen!"

„Im Momend noch ned", sagt Gerda langsam.

Dann sieht sie ihn beinahe bittend an: „Ralfi, edserd sach hald die Wahrheid. Ich glaab's ja aa ned, dass du a Mörder bisd, aber aufm Hof warsd an dem Nachmiddag, und des wird die Bolizei auch rausfindn."

Ralfi starrt sie an: „Ich war's nicht! Ich hab nichts mit dem Mord zu tun!"

Gerda greift nun wieder zur Taktik von vorhin und starrt ihn nur stumm an.

Es dauert nicht lange und es bricht aus Ralfi hervor: „Ich schwör's dir, Tante Gerda, ich bin kein Mörder!"

Und nach weiteren stummen Sekunden ohne eine Reaktion von Gerda schnauft er mit unglücklichem Gesicht: „Es war – so ein verdammt bescheuerter Zufall! Es war Zufall, echt, ein total unglücklicher Zufall, ich wollte doch nur –"
Ralfi verstummt.

Basti schaltet sich jetzt ein: „Du wolltest nur Oma Gerdas alte Zündapp an den Untermaier verscherbeln, oder?"

Ralfi schiebt die Unterlippe vor und schweigt. Schließlich sagt er trotzig: „Ich sag gar nichts mehr."

Gerda sieht ihn wieder streng an: „Wo hasdn dein' Bäisbohlschläcker?"

Wie aus der Pistole geschossen kommt: „Ich hab keinen Baseballschläger."

„Das ist aber merkwürdig", Basti sieht ihn herausfordernd an. „Du hattest doch immer einen, in deinem Zimmer unter dem Bett."

Ralfi schüttelt stur den Kopf: „Nein, ich hab keinen Baseballschläger!"

„Natürlich hat er einen Baseballschläger", erklärt Marga. Sie kommt gerade mit einer großen dampfenden Kaffeekanne ins Zimmer. „Einen ganz neuen sogar, einen richtig guten aus Eschenholz, den haben wir ihm letzte Weihnachten erst geschenkt, weil der alte so abgenutzt war. Wieso, was ist damit?"

„Klar Mama", schnaubt Ralfi bitter, „du hast natürlich kein Problem damit, mich an den Galgen zu bringen!"

Marga starrt ihn entgeistert an. „Aber Ralfi – was ist denn los?"

Gerda kommandiert nun: „Also Basdi, du gehsd edserd mid'm Ralfi hoch und holsd des Ding. Und wenn er a Gfregg machd, nacherd erklärsd ihm, dass ihn des woascheinds endlasdn koo, hörsd?"

Basti nickt und zieht den widerstrebenden Ralfi mit sich.

Marga setzt die Kaffeekanne auf dem Couchtisch ab und sinkt auf einen Sessel.

„Ich versteh gar nichts mehr", sagt sie schwach.

„Des brauchsd du auch ned", sagt Gerda beruhigend.

Flora findet das ziemlich unverschämt, und sie würde sich an Margas Stelle jetzt erst recht aufregen und wissen wollen, was los ist. Aber Marga scheint sich durch die Bemerkung tatsächlich beruhigt zu fühlen.

Nun sieht Gerda ihre Freundin aufmerksam an: „Du hasd doch gsachd, der Ralfi war heud so kobberneggisch?"

Marga nickt. „Echt komisch, ja. Total – launisch. Erst ganz abwesend, irgendwie, und dann ärgerlich, und dann fast so – verzweifelt, und dann wieder ganz weit weg. So kenn ich meinen Ralfi überhaupt nicht. Aber des kommt bestimmt von dieser rätselhaften Krankheit."

„Grangheid? Der Ralfi had a Grangheid?"

Marga nickt unglücklich. „Aber er will mir ja nichts sagen – er sagt immer bloß, da ist nichts, er ist völlig gesund. Aber ich weiß, dass das nicht stimmt, weil er ständig beim Dr. Adelmeyer anruft – das ist so ein interner Doktor in Erlangen, bei dem bin ich auch, wegen meinem Magen."

„Und hasd du bei die Delefonade auch ghörd, was er für a Grangheid had?"

Marga schüttelt den Kopf. „Ich hab das ja nicht gehört, ich hab nur auf seinem Handy gesehen, dass er ständig die Nummer vom Dr. Adelmeyer angerufen hat, ein paarmal pro Woche. Bis vor zwei oder drei Wochen."

„Und seiddem had er nimmer delefonierd?"

„Das weiß ich nicht, weil – dann hat er gemerkt, dass ich mir manchmal sein Handy angeschaut hab, und dann hat er da so ein Passwort draufgemacht, jetzt komme ich da nicht mehr dran."

„Und was hasd dann gmachd?"

„Ich bin zum Dr. Adelmeyer und hab ihm gesagt, er soll mir sagen, was mit dem Ralfi ist."

„Und?"

Ärgerlich erklärt Marga: „Er hat gesagt, der Ralfi ist volljährig, deswegen kann er mir nichts sagen."

„Das ist ja auch korrekt, wegen Datenschutz", kommentiert Flora.

Nun richtet sich Margas Ärger auf sie: „Was heißt hier Schutz, vor wem soll der denn da was schützen? Ich bin doch Ralfis Mutter! Ich habe ihn geboren und großgezogen. Aber dieser aufgeblasene Herr Doktor hat nur die Achseln gezuckt und gesagt, ich soll den Ralfi halt selber fragen."

„Und?"

„Ich sag's doch, der sagt einfach nichts! Er sagt halt, dass da nichts ist, dass er gesund ist. Aber warum ruft er dann immer wieder den Arzt an?"

„Hasd ihn des auch gfrachd?"

„Natürlich, aber da ist er nur sauer geworden und hat mir vorgeworfen, dass ich ihm hinterherspioniere! Ich, seine eigene Mutter!"

„Wer solld ihm aa sunsd hinderherschbioniern, wenn ned sei eichne Mudder."

Marga schaut etwas verwirrt, doch da kommt Basti wieder ins Wohnzimmer.

Gerda sieht ihn gespannt an: „Hasdn? Den Bäisbohlschläcer?"

Basti nickt. „Ich hab ihn vors Haus gelegt. Der Hektor bewacht ihn. Der Ralfi ist oben und hat eine besonders fürchterliche Musik aufgedreht." Er zeigt gegen die Decke, die leicht zu vibrieren scheint.

Marga seufzt. Dann steht sie auf, holt einige Tassen aus dem Schrank und gießt Kaffee ein, allerdings nicht für sich selbst.

„Ich geh dann noch die Quarkspeise fertigmachen", erklärt sie und verschwindet wieder.

Ralfis süßes Geheimnis

Basti berichtet: „Der Ralfi hat tatsächlich einen Riesenzirkus gemacht. Er hat gedroht, dass er sich den Baseballschläger schnappt und abhaut und ihn verschwinden lässt."

„Hatte er den Schläger dabei in der Hand?", fragt Flora etwas ängstlich.

„Nee, der war da noch unter seinem Bett gelegen. Ich hab ihm dann gesagt: Okay, von mir aus, lass das Ding verschwinden, dann locht die Polizei dich auf jeden Fall ein. Weil sie dann denken, du hast den Untermaier damit erschlagen, und jetzt klebt sein Blut dran, und deswegen hast du das Ding verschwinden lassen. Andererseits, wenn sie deinen Baseballschläger untersuchen und feststellen, da klebt kein Blut dran, dann wissen sie, du warst das nicht."

„Und, hat er das kapiert?"

„Der Gedanke ist im Schneckentempo seine Gehirnbahnen entlang gezogen, aber weil da nicht so viel Gehirn ist, ist das dann doch recht bald angekommen, und er hat das Ding relativ friedlich rausgerückt."

Flora nickt erleichtert.

Plötzlich hört man ein dumpfes Geräusch – die Haustür wird zugeschlagen.

„Haut der Ralfi jetzt ab?", fragt Flora stirnrunzelnd.

Gerda lauscht kurz. „Naa, im Gengdeil, da kummd ana. Des wird der Schorsch sein, der von der Ärberd kummd."

Marga kommt kurz mit Georg ins Wohnzimmer und verschwindet dann nochmal zu ihrer Quarkspeise in die Küche.

Gerda verliert keine Zeit: „Sach amol, Schorsch, der Ralfi, is der edserd echt grang?"

Georg sieht sie verwundert an: „Krank, der Ralfi? Ach so, du meinst, weil die Marga da immer jammert, wegen dem Dr. Adelmeyer. Naa, ich glaub, des ist ganz was anderes – der Ralfi hat nur a neue Freundin."

Georg beugt sich zu Gerda und sagt in verschwörerischem Ton: „Aber erzähl's nicht der Marga, sonst kriegt die wieder Zuständ'. Wenn der Ralfi eine neue Freundin hat, des is für die Marga schlimmer wie wenn er eine Krankheit hätt, glaub ich. Bis jetzt hat sie noch alle vergrault.

Aber ich hab die beiden halt zusammen gesehen, neulich. Da war ich selber beim Dr. Adelmeyer und hab des Rezept für Margas Magentabletten abgeholt. Des is so eine Hübsche, Zarte, Blonde mit einem Pferdeschwanz, auf ihrem Schild war ‚Maja Helldörfer' gestanden. Mir hat sie ja zu viele Ringe gehabt, nicht nur in den Ohren, sondern auch in der Lippe – mir tut des immer weh, wenn ich des nur seh. Und sie hat lauter so Tattoos gehabt, ein Blümchen auf der Hand, und wer weiß noch was alles sonst wo.

Trotzdem, sehr hübsch, des hätt ich dem Ralfi echt gar nicht zugetraut. Aber die beiden waren vor der Praxis gestanden, dicht zusammen, und sie haben geredet. Und ich glaub, sie haben sich gerade gestritten."

Georg sieht Gerda an und grinst: „Wenn die zwei sich sogar schon streiten, daran sieht man doch, dass es was Ernstes ist, oder?"

Interessante Paar-Psychologie, denkt Flora.

„Die haben so intensiv gestritten, dass sie mich gar nicht gesehen haben, und ich hab mich dann verdrückt. Ich hoffe, das wird was, mit dem Ralfi und dieser Maja, vielleicht zieht er dann endlich mal aus."

Nun kommt Marga mit einer großen Glasschüssel voll Quarkspeise ins Wohnzimmer.

„Wer zieht aus?", fragt sie alarmiert.

„Niemand, Schatz, keine Angst", beruhigt Georg sie etwas verlogen. „Ist das deine gute Apfelquarkspeise?"

Während Marga Schälchen und Löffel verteilt, springt Gerda auf: „Ich muss edserd amol delefonieren."

Marga starrt sie an: „Jetzt, wo ich grad die Quarkspeise fertig habe?"

Aber Gerda ist schon nach draußen gestürmt.

„Keine Angst, das kommt schon weg", meint Georg gut-gelaunt. Er klopft sich auf seinen umfangreichen Bauch: „Da ist noch ordentlich Platz!"

Dann schaufelt er sich einen Riesenhaufen Quarkspeise in sein Schälchen.

Na, der entwickelt sich vermutlich zu einem guten Kunden für den Dr. Adelmeyer, denkt sich Flora. Aber die Quark-speise ist wirklich richtig lecker, stellt sie fest, fruchtig, sahnig, nicht zu süß.

Lange kann sie das allerdings nicht genießen, denn nun kommt Gerda wieder angestürmt.

„So, mir gehn edserd!", bestimmt sie.

Basti, dem es wohl auch gut geschmeckt hat, lässt sich von Marga noch eine Plastikdose Quarkspeise mitgeben. Dann brechen sie auf.

Draußen sammeln sie den Baseballschläger und Hektor ein, und wandern zusammen zu Gerdas Hof zurück.

„Also, dieser Ralfi scheint echt nicht das hellste Licht im Kronleuchter zu sein", meint Flora kopfschüttelnd.

„Naa, wo der liebe Godd Hirn nausgebn had, da had der Ralfi ned *hier* gschrien."

Flora seufzt. „Um jemanden mit einem Baseballschläger zu erschlagen, muss man aber nicht allzu intelligent sein, fürchte ich."

Basti wendet ein: „Ja, aber der Ralfi hat schließlich dann doch sehr bereitwillig seinen Schläger für die Untersuchung rausgerückt. Wenn da tatsächlich Blut dran gewesen wäre, hätte er das sicher nicht gemacht, so blöd ist nicht mal der Ralfi."

Gerda schüttelt ärgerlich den Kopf: „Ja, *mir* wissn des edserd, dass es der Ralfi woascheinds ned gwesn is. Aber die Bolizei? Ana wie der Wudler machd doch Haggfleisch ausm Ralfi, weil er da endlich jemandn had, der no brunzdebberder is wie er."

Nun starrt Basti Gerda misstrauisch an: „Sag mal, Oma Gerda, du hast doch da ewig auf Ralfis Phone rumgemacht. Du hast dir dabei bestimmt nicht nur die Bilder angeschaut, oder? Was hast du denn da alles erschnüffelt?"

„Geh, des is doch a Gschmarri", sagt Gerda. Aber sie sieht Basti nicht an, und geht noch etwas schneller. Basti und Flora kommen ihr kaum noch hinterher.

Da sind sie auch schon beim Hof angekommen.

Gerda erklärt nun: „Der Heggdor und ich holn nur schnell noch die Viecher vo der Weidn, dann foar ma zur Bolizei und gebn den Bäisbohlschläcker ab."

Nach einem kurzen Blick auf Floras Auto erklärt sie: „Am besten fährt nacherd der Basti, der kennd die Schleichweg' zur Inschbegsion."

Flora schaut Gerda und Hektor hinterher und meint etwas boshaft: „Na klar, wenn die Miss Marple von Niedlasreuth mein Auto requiriert, dann setze ich mich natürlich gern auf den Rücksitz."

Basti sagt hastig: „Sorry, natürlich kannst du –"

Flora winkt ab. „Nee, ist ja okay, ich lass dich gern fahren, ist einfacher für mich. Aber sie kommandiert einen schon ganz schön durch die Gegend."

Basti nickt. „Sie ist halt gern die Regisseurin, immer und überall. Sie sorgt dafür, dass – na ja, Sachen passieren. Und zwar die richtigen Sachen."

Alarm bei der Polizei

Der Parkplatz an der Polizeiinspektion ist abgesperrt, wegen Bauarbeiten.

Basti schlägt vor: „Ihr springt jetzt schnell raus, und ich parke das Auto und komme nach."

„Aber fei ned verbodn bargn!", mahnt Gerda ihn noch, bevor sie die Autotür zuschlägt.

Flora nickt. „So nahe bei der Polizei falsch zu parken, das wäre wahrscheinlich keine gute Idee."

„Wenn die fauln Sägg' sich ned weit bweng wolln, dann deilns die Zeddla in der Näh aus."

„Sind das nicht die Politessen, die sowas machen?", fragt Flora.

„Da sin fei auch scho Männer dabei, heudzudach", belehrt Gerda sie.

Flora zuckt ungeduldig die Achseln: „Politessen, Politeure – aber jedenfalls nicht die normalen Polizisten. Der Max zum Beispiel hat gesagt, er muss sowas nicht mehr machen. Dafür hat er allerdings solche brutalen Schichten wie zurzeit, wo er kaum schlafen kann."

„Is doch gud, desweng isser ja auch edserd da."

Und da steht Max auch schon, draußen vor der Eingangstür. Lässig an eine Säule des Vordachs gelehnt, daddelt er auf seinem Handy herum.

„Also, nach Ärberdn siehd des ned aus!", bemerkt Gerda vorwurfsvoll.

„Im Moment arbeite ich auch nicht", erklärt Max, „sondern des is meine Raucherpause."

„Raucherpause?" Flora starrt ihn erstaunt an.

„Du rauchsd doch gar ned, Max", ein Kopfschütteln von Gerda.

„Aber viele von meinen Kollegen. Und weil man drin natürlich nicht rauchen darf, genehmigen die sich immer wieder mal eine Raucherpause hier draußen. Und weil des sonst unfair ist, mach ich des auch."

„Was sagt denn Ihr Chef dazu, zu Zigarettenpausen ohne Zigarette?", erkundigt sich Flora.

„Also, mein eigentlicher Chef, der Manni, der sieht des entspannt, wenn ich mal etwas Luft schnappen will. Ich hab ja eh ungefähr tausend Überstunden."

„Und der Wudler?"

„Na, der würde sich natürlich aufführen. Aber da hab ich vorgesorgt."

Max fischt nun aus einer seiner Taschen eine Zigarette.

Gerdas scharfe Augen erkennen es sofort: „Des is doch kaa echde Schbreizn – des is Kaugummi, oder?"

Max nickt. „Ich hab's zuerst mit einer echten versucht, aber die zerkrümeln immer gleich, das ist eine eklige Sauerei."

Flora kapiert: „Und wenn der Wudler Sie draußen sehen könnte, dann nehmen Sie diese Zigarette in die Hand und ziehen auch mal dran und so?"

Max grinst: „Genau."

Dann verschwindet das Grinsen und er starrt Gerda vorwurfsvoll an: „Hast du dir endlich überlegt, dass du nicht nur dem Basti was sagen musst, sondern vor allem mir?"

Gerda schüttelt den Kopf: „Aber mir ham was anders."

Ungeduldig winkt Max sie nun nach innen. Dort nickt er dem rothaarigen Polizisten am Empfang zu: „Okay, Franz, jetzt kannst *du* eine Raucherpause machen, ist ja eh keiner da."

„Sin mir vleichd kaana?", entrüstet sich Gerda.

„Ich meinte, ansonsten. Also, Gerda, wenn du etwas weißt, was für den Mordfall wichtig ist –"

„Mir ham was für deine Schbusi-Leud zum Undersuchn. An Bäisbohlschlächer von aam, der's gwesn sein könnd – bloß dass ich ned glaub, dass er's gwesn is, aber erschd amol muss der Bäisbohlschlächer undersuchd wern. Der Basdi bringdn gleich mid."

„War des wegen der Idee, die du beim Musikhören gehabt hast?"

„Ihr müssd den undersuchn, und wenner nix dran had, kaa Bluhd und so, dann wissmer, dass er's ned gwesn is."

„Wer denn?! Mensch, Gerda, du musst mir wirklich endlich –"

Von außen ertönt ein Schrei: „Max! Alarm!"

Sie stürzen nach draußen.

Basti, mit dem Baseballschläger in der Hand, und der rothaarige Polizeibeamte stehen sich gegenüber.

Der Beamte ist zurückgewichen und legt die Hand an seine Dienstwaffe. „Nehmens die Hände hoch!", fährt er Basti an. Als Basti verwirrt zögert, zieht der Polizist die Waffe aus dem Holster.

Erschrocken reißt Basti schnell die Hände nach oben – den Baseballschläger immer noch in der Rechten.

„Der bedroht mich doch glatt!", zischt der Polizist geschockt. Max seufzt.

„Basti, nimm den Baseballschläger wieder runter. Und du, Franz, krieg dich wieder ein, tu deine Waffe weg. Der Basti will nix Böses, der will uns nur ein Beweisstück präsentieren. Des könnt' fei die Mordwaffe sein. Die muss jetzt schleunigst zur Spusi, dass die schaun, ob da Blutspuren dran sind und so. Kümmer dich drum, Franz, wird doch nix mit Raucherpause."

Dann nimmt er Gerda, den immer noch geschockt dreinblickenden Basti und Flora mit in ein Besprechungszimmer. Er sieht Gerda streng an: „Also Gerda, so geht das wirklich nicht. Du erzählst mir jetzt endlich –"

„Wie wär's vleichd amol mid: Dange, liebe Gerda, weilsd mir a Beweisschdügg bringsd?"

Max nickt etwas zerknirscht. „Sorry, ja, danke."

Und zu Basti gewendet: „Und sorry, dass der Franz da jetzt so heftig reagiert hat."

„Kann man ja verstehen", seufzt Basti. „Er hat halt gedacht, ich bin so ein Bullenhasser-Typ, der ihm jetzt den Schädel einschlagen will. Da hätt ich dran denken sollen, dass ich den Baseballschläger etwas diskreter präsentiere."

Gerda zuckt ungeduldig die Achseln: „Was denn, häddsd nan in Gschengbabier einwiggln solln, mid am Schleifla dro? Des woar hald a Missverschdändnis, aber edserd is guhd."

„Nix ist gut", sagt Max ärgerlich. „Ich weiß immer noch nicht, was los ist. Und von wem der Baseballschläger überhaupt ist – des müssen wir fei wissen, des müssen wir auch der

Spusi mitteilen. Echt, Gerda, ich steh blöd da vor meinen Kollegen, weil du mir nie was sagst."

Gerda starrt ihn an: „Max, du hasd fei a verdammd schlechds Gedächdnis."

Etwas verlegen meint Max: „Okay, des mit dem Untermaier, des hatte ich von dir. Aber des mit dem Baseballschläger und mit deinem Einfall, als du die Musik gehört hast –"

„Des erzähl ich dir edserd aa noch."

Max, der gerade weiterargumentieren wollte, schaut verblüfft: „Echt?"

„Wennsd endlich aufhörsd rumzugreina, dann erzähl ich dir, was mir rausgfundn ham."

Vergleggerdes Gaggala

Nachdem sie Max auf den neuesten Stand bezüglich Ralfi gebracht haben, sagt Gerda: „Und edserd erzählsd uns, was *du* rauskrichd hasd, übern Undermaier. Was woar des denn für a Dübb?"

Max seufzt: „Des war wohl so einer von den Typen, bei denen ich Magenschmerzen kriege. Der ist immer wieder ungeschoren davongekommen. Er hat jede Menge krumme Geschäfte gemacht, aber er hat gewusst, wo er sein Geld vernünftig investiert: in einen richtig guten Anwalt. Der hat ihn dann immer wieder rausgeboxt – oder genauer gesagt, der hat dafür gesorgt, dass es erst gar nicht so weit gekommen ist, dass er boxen musste. Deswegen haben wir auch keine Fingerabdrücke oder so von dem Untermaier, obwohl er öfters mal Besuche auf diversen Polizeiinspektionen machen musste."

Auf einmal steht Kommissar Wudler im Raum und schnaubt wütend: „Güdlein! Sie werden doch wohl nicht etwa interne ermittlungsrelevante Informationen an den erweiterten Kreis der Verdächtigen weitergeben?!"

Mit rotem Kopf stottert Max: „Nein, nein, natürlich nicht. Wir haben nur gerade ein bisschen geplaudert über – äh, den Dahingeschiedenen."

Also, das war jetzt schon ziemlich schwach, denkt Flora. Liegt wahrscheinlich daran, dass der Max total überrumpelt wirkt. Wudler zuckt aber nur die Achseln und meckert in eine andere Richtung: „Ich habe gerade gehört, dass ein Baseballschläger in die Kriminaltechnik gebracht wird. Wieso weiß ich nichts davon? Warum wurde der mir nicht vorher vorgelegt?"

„Was häddns denn damid machn wolln?", fragt Gerda. „Häddns dran schnüffln wolln, oder was?"

Eilig erklärt Max: „Der Baseballschläger gehört einem Ralf Tiegler, wohnhaft in Niedlasreuth, von dem wir Grund haben anzunehmen, dass er sich am Tat-Tag auf dem Hof von Frau Obmüller befunden hat. Frau Obmüller hat uns den Baseballschläger als mögliches Beweisstück zur kriminaltechnischen Untersuchung gebracht."

Wow, denkt Flora erstaunt, der Max hat das ja voll drauf. Wudler starrt Gerda nun finster an: „*Sie* haben eine potenzielle Mordwaffe hierhergebracht? Wie kommen Sie dazu?! Wer weiß, was für Spuren Sie da alles verwischt oder verunreinigt oder vernichtet haben!"

„Wenn da a Blud dro woa, an dem Deil, dann wern mer des wohl kaum abgschleggd ham. Und mid dera Dechnig heutzudag findns doch eh die glaansdn Schburn."

„Schon, aber das ist wirklich äußerst regelwidrig, wenn Sie da einfach eine potenzielle Mordwaffe von einem Verdächtigen entwenden."

„Mir hams ned ‚endwended‘! Er hads uns freiwillig gebn. Hädd mer wardn solln, bis Bolizisdn vorbeikumma und der Ralfi mid dem Bäisbohlschläcker scho lang über alle Berch‘ is?“

„Es war trotzdem äußerst unkorrekt, und ich muss wirklich –“

„Mir könna ihn fei auch wieder midnehm“, raunzt Gerda Wudler jetzt an. „Wenns no a weng meggern, schdadd Dange zu sohng, nacher geh ich nüber zur Schbusi und hol mir des Ding zrügg, und dann schauns fei!“

Wudler schnaubt ärgerlich, lässt dann aber doch von der Sache ab. Er traut Gerda wahrscheinlich glatt zu, dass sie tatsächlich zur Spusi marschiert und sich den Baseballschläger zurückholt. Und vermutlich gibt es kaum Leute bei der Spusi, die sich Gerda in den Weg stellen würden.

Stattdessen verkündet Wudler nun gewichtig: „Die Würzburger Kollegen sind gerade dabei, sich in Torsten Untermaiers Wohnung umzuschauen. Ich erwarte die Ergebnisse spätestens morgen früh.

Währenddessen führe ich die Ermittlungen um Cindy Bärholz weiter. Ich sehe sie nach wie vor als mögliche Komplizin.“

Er runzelt die Stirn: „Falls sie sich in der Beziehung als unschuldig erweisen sollte, haben wir ein anderes Problem, nämlich die Frage: Wo sitzt der Maulwurf, der dieser Bloggerin Details von dem Mord verraten hat? Auch dazu habe ich Frau Bärholz schon intensiv befragt, bisher erweist sie sich jedoch leider als unkooperativ.“

141

Er sieht Gerda, Basti und Flora misstrauisch an: „Das Leck könnte natürlich auch bei denen liegen, die die Leiche gefunden haben."

Scharf fährt Gerda ihm in die Parade: „Also, des glaums doch selber ned, dass mir so debberd wärn, dass mir uns so a Dolln mit Absichd aufn Hof holn dädn!"

Flora überlegt etwas beklommen, dass das zwar für Gerda gilt, und bis zu einem gewissen Grad auch für Basti. Für sie selber als Fremde, die den Hof erst seit gestern kennt, ist das aber nicht wirklich ein Argument.

Sie erwartet, dass Wudler sich entsprechend auf sie stürzen wird. Aber erleichtert stellt sie fest, dass der Kommissar schon wieder anderweitig unterwegs ist: „Diese Cindy ist zumindest schlau genug, die ganze Sache jetzt nicht in ihrem Blog auszuschlachten. Wir haben sie scharf verwarnt, und wir haben es wohl auch geschafft, sie angemessen einzuschüchtern, sie hat das auch beachtet."

Pustekuchen, denkt Flora, sie will sich einfach nicht blamieren bei ihren Followern, die Geschichte ist ja irgendwie schon ziemlich peinlich für sie gelaufen.

Wudler sieht sie nun alle drei streng an: „Das gilt übrigens nach wie vor auch für Sie. Nicht dass sich da einer von Ihnen noch hinsetzt und Bilder und Spekulationen postet über den Mordfall! Diesen ganzen Social-Media-Mist können wir nicht auch noch gebrauchen, die Ermittlungen sind kompliziert genug."

Flora und Basti schütteln beide entrüstet den Kopf.

„So was mache ich nicht", sagt Basti schlicht.

„Ich auch nicht", bekräftigt Flora, „ich bin sowieso weitgehend ein digitaler Abstinenzler." Auf Wudlers fragenden

Blick erklärt sie: „Ich versuche, mich so weit es geht aus diesen ganzen unpersönlichen Netzwerken rauszuhalten."
„Manchmal werden die aber sehr persönlich", meint Max düster, „das ist ja das Schlimme, Mobbing und so."
„Ja, stimmt. Aber oft ist es auch anonym. Das ist meistens noch schlimmer. Also schon ein doppelter Grund, sich da rauszuhalten. Ich schicke meine Messages direkt an Leute, die ich kenne, und umgekehrt. Und ansonsten simse oder Whatappse ich nicht und poste auch nichts."
Flora erwartet, dass Wudler dazu erfreut nicken wird, nachdem er ja gerade über den ganzen Social-Media-Mist gemeckert hat.
Stattdessen starrt er sie missbilligend an: „Sie sind wohl so eine kleine Rebellin, was?"
„Klein bin ich nicht", sagt Flora kühl. Es ist vielleicht billig, aber sie reckt sich auf ihre ganzen Einseinundachtzig und schaut auf den deutlich kleineren Wudler runter.
Er rettet sich mal wieder in lautes Gebell: „Also, Herrschaften, keine Postings auf Social Media, haben wir uns verstanden?"
Gerda sieht Wudler an und sagt: „Sie ham da Gaggerla gleggert auf Ihr Hemd."
Der Kommissar starrt runter auf sein Hemd, und Flora folgt seinem Blick etwas verwirrt. Gaggerla ist doch wahrscheinlich ein Huhn? Huhn auf dem Hemd?
Aber nein, nun sieht sie es auch, der Kommissar hat einen Eier-Klecks auf dem Hemd. „Gaggerla" ist also offenbar kein Huhn, sondern nur der Nachwuchs, sozusagen.

Hastig versucht Wudler, sein Jackett über die mit Ei be-
kleckerte Stelle zu ziehen. Aber das klappt nicht, denn die
Jacke ist für seinen Bauchumfang etwas knapp geschnitten.
„Lassen'S' des lieber", rät Gerda ihm hilfsbereit, „sonst
verschmiern'S' des aa noch an Ihrm Schaggedd."

Dann steht sie auf und kommandiert: „Flora, du fährst uns
edserd naus nach Niedlasreuth."

Max schaut bedauernd, Kommissar Wudler erleichtert.

Heimfahrt mit drittem Mann

Nun fährt wieder Flora und hofft, dass sie den Weg zurück zu Gerdas Hof findet.

Das ist gar nicht so einfach, und Gerda verkündet ihr jetzt auch noch: „Du kummsd morng Middag mid, zum Dr. Adelmeyer. Ich hab vorhin an Dermin bei dem ausgmachd, um zwölfe. Mir schaun uns amol diese Maja an, dem Ralfi sei angebliche Freundin."

„Das schaffe ich nicht", Flora schüttelt den Kopf, „das Tutorium geht ja bis zwölf."

„Nacherd gehsd hald a weng eher."

Flora schüttelt wieder den Kopf. „Das geht nicht, ich bin ja diejenige, die vorne steht und das Tutorium hält, da kann ich nicht einfach früher rausschlüpfen."

„Morgen um zwölfe is fesd. Ich hab da eh scho echd massiv wern müssn, damids mir den Dermin gebn ham. Und ich brauch da an Zweidn, zweggs Schdradegie und so, vielleichd sogar a weng a Beschaddung. Und da bisd du als Madla besser als der Basdi."

Basti klingt alarmiert: „Also Oma Gerda, du kannst die Flora aber doch nicht –"

„Ist schon in Ordnung", winkt Flora ab, „klingt doch ganz interessant. Ich muss nur schaun, wie ich das zeitlich hinkriege, aber mir wird schon was einfallen."

„Der Basdi ko dich hihfoan", erklärt Gerda, „nacherd gehds schneller. Da hubfsd dann einfach nei ins Audo, und vor der Braxis wieder naus."

Dagegen hätte Flora einige Einwände, aber Gerdas Ton macht deutlich, dass es sich nicht lohnt, mit ihr darüber zu diskutieren.

Flora konzentriert sich also wieder aufs Autofahren, während Gerda mit einem Seufzer meint: „Ich hab ja scho a weng a schlechds Gwissen, dass ich den Ralfi so vor die Wölf schmeißn du."

„Also der Wudler ist ja wirklich kein Wolf", meint Basti, „mehr so ein Pinscher."

Flora meint: „Und wenn sie an Ralfis Baseballschläger nichts finden, dann ist er doch raus, oder?"

Doch Basti gibt zu bedenken: „Es wird dann unwahrscheinlicher, dass er der Mörder ist, aber ganz raus ist er nicht damit. Und vor allem ist ja auf jeden Fall klar, dass er an dem Tag von dem Mord heimlich auf Oma Gerdas Hof war."

Flora überlegt. „Ja, die Indizien sprechen da schon gegen ihn. Aber er hatte nicht ganz unrecht, als er gesagt hat, dass wir ihm das nicht beweisen können. Beziehungsweise die Polizei kann das nicht. Und selbst wenn er da war, muss er ja immer noch nicht den Mord begangen haben. Er müsste nur endlich mal damit rausrücken, was da wirklich passiert ist."

Gerda nickt und seufzt: „Und der Doldi machd ja sei Goschn ned auf! Sonsd schmarrd er die ganze Zeid daher, aber edserd, wo's wichdich wärerd, will er nix sohng."

Alle drei schweigen, die Stimmung im Auto ist eher gedrückt. Flora stellt das Radio etwas lauter, gerade läuft ein schöne Musik. Es ist ein Instrumentalstück, gespielt mit einer Zither.

„Kommt mir irgendwie bekannt vor, die Melodie", überlegt Flora.

Basti erklärt von hinten: „Klar, das ist doch diese Filmmusik, der dritte Mann."

Gerda stößt einen lauten Schrei aus.

Erschrocken tritt Flora auf die Bremse – und ist erleichtert, dass keiner hinter ihr war.

„Der dridde Moo, da hammer's doch – da woar noch a anderer, a dridder ehm! Der Undermaier, der Ralfi – und noch wer."

„Aber wer denn?"

„Und ob der Ralfi wohl weiß, wer?", fragt sich Flora.

„Wenn er gleichzeitig da war, muss er es wissen", überlegt Basti. „Aber wenn er davor da war, dann nicht unbedingt."

„Der war bestimmt nicht davor da", sagt Flora entschieden, „der hat das mit dem Mord doch gewusst, sonst wäre er nicht so wahnsinnig nervös gewesen, und hätte sich nicht dieses komische Alibi verschafft – wandern in der Oberpfalz ..."

Basti spekuliert weiter: „Aber wenn er erst hinterher da war, also nach dem Mord, und der Mörder war schon weg, dann weiß der Ralfi vielleicht wirklich nicht, wer es war?"

„Aber warum sagt er das dann nicht? Das würde ihn doch entlasten."

„Des Bürschla is hald zu debberd, der weiß ned, was guhd für ihn is. Und mid der Bolizei wird er eh ned redn wolln, scho aus Gwohnheid."

„Hatte er schon öfter mal mit denen zu tun?"

Basti nickt: „Seit er vierzehn ist. Geklaute Süßigkeiten, Vandalismus, besoffene Schlägereien – nie was richtig Großes, aber halt immer wieder."

„Das sieht nicht gut aus für Ralfi", meint Flora.

„Mir müssn hald den dridden Mo findn", verkündet Gerda.

„Weißt du denn, wie?", fragt Basti hoffnungsvoll.

Gerda schüttelt den Kopf: „Aber des find sich scho. Des is hald edserd aa wieder so a Fädla, und wenn mer aa an die andern Fädla weiderzubfn, dann hammer irngwann den ganzen Bullover ferdich aufgrebbeld."

Bidsa und Max der Rächer

In Niedlasreuth macht sich Gerda mit Hektor gleich auf, um ihre Tiere von der Weide zu holen.

Basti sieht ihr stirnrunzelnd hinterher: „Da ist doch was im Busch. Das mit dem Ei auf Wudlers Hemd vorhin, sowas wäre der Gerda normalerweise total egal. Das heißt, sie hat das nur als Ablenkungsmanöver benutzt."

„Ablenkung – wieso?"

„Weil sie nicht gerne lügt, nicht mal gegenüber dem Wudler. Sie hat das genau an der Stelle eingeschoben, als er uns gewarnt hat, nur ja nichts in Social Media zu posten. Und das wiederum bedeutet, dass sie womöglich vorhat, selber alles Mögliche zu posten."

„Was denn? Und wo?"

„Wenn ich das wüsste, wäre ich ja schon froh." Nach einer kurzen Pause setzt er hinterher: „Oder halt eben auch nicht. Wer weiß, was sie da wieder ausbrütet ..."

Als Gerda die Tiere in den Stall gebracht hat, marschiert sie in die Küche, lässt aber die Tür hinter sich offen.

149

„Große Ehre", raunt Basti Flora zu, „du bist über die Phase Wohnzimmer hinaus befördert worden, und darfst mit in ihre Küche."

Neugierig folgt Flora ihm in die riesige Wohnküche.

Die wild mit bunten Blumen, Vögeln und Grünzeug gemusterte Tischdecke sticht ihr ins Auge. Der Tisch steht in einer Ecke, mit reichlich Sitzplätzen auf einer rundum laufenden Bank. Die hölzernen Küchenmöbel sind schon stark nachgedunkelt, und vom Herd bis zum Kühlschrank sieht alles ziemlich abgewetzt aus. Aber wie auch Gerdas Wohnzimmer ist diese Wohnküche eben wohnlich.

„Ich mach schnell a Bidsa für's Ahmbrod", erklärt Gerda und schaltet den Herd an.

Flora erwartet, dass sie nun zu der großen Tiefkühltruhe in der Ecke gehen wird. Stattdessen holt Gerda eine Schüssel und schüttet Mehl und etwas Salz hinein.

Als sie Wasser dazu gießt und anfängt, zu kneten, fragt Flora erstaunt: „Aber in Pizzateig kommt doch Hefe, und dann muss das erst mal stundenlang gehen, bevor man es backen kann, oder?"

Gerda schüttelt den Kopf: „Des gehd auch so. Da brauchsd bloß a Mehl, a Salz und a Wasser, gnedsd fesd durch und rollsds dünn aus, und issd es frisch. Dann brauchsd ned unbedingd a Hefn."

Flora blickt zweifelnd, hütet sich aber, Gerdas Küchenweisheit infrage zu stellen.

Gerda schaltet noch Musik an – lauter flotte Italo-Popsongs, die richtig beschwingend wirken. Flora und Basti werden für diverse Hilfsarbeiten eingespannt, wie Champignons, Paprika und Artischocken dünn schneiden. Nachdem Gerda mit ihrem Nudelholz ordentlich reingepowert hat, sind zwei Bleche Pizza erstaunlich schnell im Ofen.

Nun hämmert jemand gegen die Haustür.

Gerda macht gerade noch schnell einen Salat, und Basti ist mit Säuberungsarbeiten und Tischdecken beschäftigt. Daher wird Flora zur Türe geschickt, um aufzumachen.

Es ist Max.

Flora sieht ihn erstaunt an: „Was machen Sie denn um diese Uhrzeit schon hier? Sie haben doch noch Dienst, oder?"

Max nickt: „Ich war dienstlich in der Gegend."

Flora sieht ihn erstaunt an: „Was bedeutet dienstlich? Gibt es Neuigkeiten im Mordfall?"

„Ja – nein, also offiziell bin ich hier, weil sie einer jungen Familie in Niedlasreuth ein Bobbycar geklaut haben, oder jedenfalls ist das halt irgendwie abhandengekommen."

„Und wegen sowas rückt dann gleich die Polizei aus?"

Max grinst sie an. „Normalerweise nicht. Aber der Wudler ist wieder in Bamberg. Und ich hab meinen Chef, den Manni, überzeugt, dass des in dem Fall eine gute Idee ist, wenn ich rausfahr. Halt nur ich alleine, um die Bevölkerung zu beruhigen, sozusagen, und um nachzuprüfen, ob des vielleicht eine Einbruchsserie ist oder sowas."

„Und, ist es eine Einbruchsserie?"

„Naa, doch ned hier in Niedlasreuth", erklärt Max im Brustton der Überzeugung.

„Natürlich nicht", meint Flora amüsiert, „da wachen ja Sie, und die Gerda, und der Hektor. Und im Zweifelsfall auch die Ziegen."

Max' Grinsen wird noch breiter: „Genau." Dann hebt er die Nase und schnuppert: „Mmh, macht die Gerda gerade Pizza?"

Rasch läuft er nun in Richtung Küche.

Sie sitzen alle um den Tisch in der Küchenecke, mit Pizza, Salat und Apfelschorle. Für Hektor, der aus einem Napf neben dem Esstisch frisst, gibt es eine fleischige Masse, die nicht aus einer Dose kam.

Während sie einen Bissen von ihrer Pizza absäbelt, summt Flora leise eine der italienischen Melodien mit. Die Stimmung ist gemütlich.

Doch dann sticht Gerda ihr Messer durch die Luft in die Richtung von Max: „Wennsd edsd scho mei Bidsa frissd, dann kannsd uns auch erzähln, was mit dem Undermaier is. Mir verbedsn dich auch ned beim Wudler, also dei Bension wirsd desweng ned verliern."

Max zögert und nimmt erst mal einen großen Bissen Pizza. Basti regt an: „Du hattest uns ja schon gesagt, dass der Untermaier öfter mit der Polizei zu tun hatte. Obwohl nichts hängengeblieben ist?"

Max nickt und kaut weiter. Basti drängt: „Weswegen war denn das? Ich meine, welche Verbrechen hat er denn nun begangen, oder nicht, oder doch?"

„Unsaubere Geschäfte halt, noch und noch. Vor allem Hehlerei, ein paar Mal war er wahrscheinlich auch direkt verwickelt in Diebstähle, und Betrug war auch dabei. Aber letzten Endes konnten sie ihm eben nie was nachweisen." Er nimmt sich noch ein großes Stück Pizza. „Bei solchen Typen bekomme ich echt immer Magenschmerzen."

„Wieso?", fragt Basti.

Max sieht ihn stirnrunzelnd an: „Du etwa nicht? Aber bei mir als Polizist ist es halt besonders schlimm. Da strampelst du dich Tag für Tag ab – und dann kaufen die größten Arschlöcher sich einen Anwalt und womöglich noch mehr, und spazieren ganz happy und als freie Leut' wieder raus aus der Wache oder ausm Gericht. Da frage ich mich dann schon, für was ich mich da eigentlich so anstreng, um miese Verbrechertypen hinter Gitter zu bringen, wenn sie dann ja doch frei rumlaufen und munter weitermachen."

Flora nickt. „Das ist sicher frustrierend. Obwohl das vielleicht nicht ganz politisch korrekt ausgedrückt war."

Max' Augen blitzen auf: „Ja okay, dann sag ich halt: Wir nutzen unsere Ressourcen intensiv, um Personen, die andere durch strafrechtlich relevantes Verhalten schädigen, den geeigneten Rehabilitationsmaßnahmen zuzuführen. Und dann entziehen sich diese Personen dem Strafvollzug und setzen ihre illegalen Aktivitäten fort."

„Wow, Sie haben das ja voll drauf", Flora sieht Max anerkennend an.

„Ich hör halt gut zu bei den Seminaren. Aber Magenschmerzen krieg ich trotzdem, wenn so ein Typ wie der Untermaier immer wieder davonkommt und grinsend rumläuft und gleich schon seine nächsten halbseidenen Aktivitäten plant."

„Na ja, jetzt ja nicht mehr", sagt Basti langsam. „Der Untermaier kann jetzt überhaupt nichts mehr planen."

Flora sieht Max nachdenklich an: „Also, wenn man jetzt voll detektivisch denkt, dann müsste man Sie ja fast verdächtigen. Das wäre doch ein Supermotiv: Polizist hasst Verbrecher, der immer wieder davonkommt, und bringt ihn schließlich um, als er ihm über den Weg läuft. Und Sie wohnen ja ganz in der Nähe hier ..."

„Max, der Super-Rächer", Basti grinst schief, aber dann sieht auch er Max an: „Hättest du vielleicht ein Alibi? Dann erübrigt sich das sowieso."

„Also ehrlich!" Max starrt ihn entrüstet an.

Dann wird sein Gesicht nachdenklich und er schüttelt den Kopf: „Ich hatte ja meinen freien Tag. Da bin ich einfach zu Hause rumgehängt, hab Musik gehört und bisschen was in der Küche repariert." Stirnrunzelnd ergänzt er: „Zeugen gibt es keine, höchstens Alfie, meinen Kater. Ach ja, und einmal hat so'n Liefertyp bei mir ein Paket für einen Nachbarn abgegeben."

Basti nickt erleichtert: „Na also, dann gibt es ja doch einen Zeugen. Wenn der aussagt –"

„Nix sagt der aus – nee, also das Fass müssen wir echt nicht aufmachen. Auf so eine absurde Idee wie ihr kämen meine Kollegen überhaupt nicht, dass ich das gewesen sein könnte. Und außerdem wäre es bloß wieder jede Menge Arbeit und Papierkrieg für eine Aussage, die sowieso nix bringt. Und ich hab den Untermaier ja auch gar nicht gekannt, ich hab das nur jetzt in den Akten gelesen."

Als Basti ihn etwas unsicher ansieht, bricht es aus Max heraus: „Mann, du meinst den Blödsinn doch nicht ernst, oder?! Super-Mäx, der Rächerbulle – irgendwie ja eine nette Idee, aber nicht meins, absolut nicht. Du weißt doch, ich würde meine Pension nie riskieren, und mit sowas – Mann, da würde ich ne Menge mehr riskieren als meine Pension."

„Schon gut", Basti grinst entschuldigend, „da habe ich mich wohl etwas reingesteigert. Aber als Detektiv muss man doch gründlich sein, alle Möglichkeiten aussortieren und so."

Max streift ihn mit einem vorwurfsvollen Blick und wendet sich dann an Gerda: „Übrigens, der weiße Transporter, der T6er Bulli, den du gesehen hattest, so einer war auf den Untermaier zugelassen."

„Macht ja Sinn", überlegt Basti, „der Untermaier muss ja irgendwie von Würzburg nach Niedlasreuth gekommen sein. Also war das nicht das Auto vom Mörder, sondern vom Opfer."

„Aber wie ist dann der Mörder da hingekommen?", fragt Flora.

„Vielleicht hat ihn der Untermaier mitgenommen?", ist Bastis Theorie.

„Mit einem Fahrrad?", schlägt Max vor.

„Oder sogar zu Fuß", sagt Flora langsam. „Wenn er in der Nähe gewohnt hat – und nein, ich meine jetzt nicht Max, sondern Ralfi. Vielleicht ist er ja doch cleverer, als wir dachten, und er hat sich schnell einen neuen Baseballschläger zugelegt und den mit den Blutspuren und so beseitigt."

Gerda hat währenddessen mit viel Appetit Pizza und Salat verdrückt und zugehört. Nun fragt sie Max: „Und wo is der Bulli edserd?"

Max zuckt die Achseln: „Verschwunden. Also jedenfalls haben wir ihn bis jetzt noch nicht gefunden. Die Kollegen sagen, der Untermaier hatte einen Parkplatz in der Nähe seiner Wohnung angemietet, aber da steht sein Bulli nicht."

„Ich ko mir scho dengn, wo der edserd is", Gerda steht auf und fängt an, den Tisch abzuräumen.

„Wo denn?", drängt Max.

„Deng hald amol a weng nach. Wennsd es bis morng ned rausgfundn hasd, sag ich's dir."

Max starrt ihr verärgert hinterher.

„Sie hat ja gesagt, dass sie es Ihnen morgen sagt", tröstet Flora ihn. „Und vielleicht kommen Sie ja sogar selber drauf."

Basti fragt: „Musst du nicht wieder zurück nach Forchheim auf die Wache? Du bist doch jetzt eigentlich mitten im Dienst, oder?"

Max springt auf. „Ja, stimmt, irgendwann mal ist die längste Pause vorbei. Es ist echt schon spät. Gerade wenn's Nacht wird, da kommen dann die Sachen rein, ich muss wieder nach Forchheim."

Flora nickt: „Ich fahr jetzt dann auch heim." Sie sieht Basti an: „Bleibst du noch hier?"

„Nee, ich komm auch mit nach Erlangen zurück. Wenn ich darf."

Meine Oma fährt im Hühnerstall Motorrad

Als sie zum Auto gehen, meint Flora: „Die Pizza war echt gut. Ich dachte, ohne Hefe schmeckt der Boden nicht, aber das stimmt gar nicht, der war toll knusprig. Das war 'ne klasse Pizza. Und diese italienischen Schlager, die waren auch gut." Als sie ins Auto steigen, fügt sie an: „Ein kleines Glas Rotwein wäre dazu gar nicht schlecht gewesen, so das volle Bella-Italia-Feeling. Mag Gerda eigentlich keinen Wein?"
Basti schaut bedrückt. „Was heißt hier mögen – aber bei Oma Gerda wirst du keinen Wein kriegen, und auch kein Bier. Sie ist trockene Alkoholikerin."
„Was?!"
Basti nickt: „Ja, nach dem Tod von Opa Leo vor ein paar Jahren ist sie in ein tiefes Loch gefallen ... Sie ist dann auch relativ bald wieder rausgekommen, aber – so ist das eben."
„Das hätte ich nicht gedacht", murmelt Flora geschockt. „Gerda wirkt so – stark."
„Das ist sie ja auch. Deswegen ist sie da auch wieder rausgekommen."

Flora nickt stumm. Sie fährt trotz der eher kühlen Nachtluft die Seitenscheiben halb runter.

„Sonst beschlägt es zu schlimm", erklärt sie entschuldigend. „Da ist irgendwas mit der Belüftung und der Heizung kaputt. Ich hatte ihn schon kurz in der Werkstatt, aber die haben gesagt, keine Ahnung, was das sein könnte, da müssen sie erst mal suchen. Und schon das Suchen kann mich jede Menge Geld kosten, also hab ich die Sache erst mal auf Eis gelegt. Wenn es jetzt kälter wird, muss ich mich aber doch mal drum kümmern."

„Lass die Gerda da mal ran, die ist ein echter Autoflüsterer, die findet das bestimmt raus."

„Stimmt, der Max hatte ja gesagt, dass sie Landmaschinentechnik gelernt hat."

„Ja, sie liebt alles mit Motoren. Deswegen fährt sie ja wohl auch das alte Motorrad. Aber sie sollte es halt wenigstens richtig zulassen und sich einen ordentlichen, modernen Helm kaufen. Da vorne übrigens links."

Eine Weile fahren sie schweigend.

Dann schüttelt Flora wild und ärgerlich den Kopf, als ob sie Mücken vertreiben will.

„Was ist?"

„Ach, ich hab einen Ohrwurm, sozusagen. Dieser blöde alte Song geht mir jetzt dauernd im Kopf rum – *meine Oma fährt im Hühnerstall Motorrad, Motorrad, Motorrad ...*"

Ernsthaft erklärt Basti: „Also, eigentlich ist es ja nicht der Hühnerstall, sondern die Scheune. Und ganz eigentlich fährt sie ja auch nicht drin rum, sondern bewahrt es da nur auf. Und sie ist nicht wirklich meine Oma."

Als Flora mit den Augen rollt, sagt er hastig: „Aber das mit dem Motorrad, das stimmt, okay."

Wieder fahren sie ein Stück schweigend, dann hört sie Basti leise eine Melodie summen.

Flora lacht: „Hah, jetzt hast du ihn auch, den Ohrwurm!"

Sie stimmen nun zusammen das Lied an, doch dann stoppt Flora. Unzufrieden schüttelt sie den Kopf: „Ich merke gerade, ich kann den Text überhaupt nicht. Außer der Hauptzeile halt."

„Außer der Hauptzeile in jeder Strophe gibt es ja auch kaum anderen Text", erklärt Basti. „Deswegen kann man sich ganz einfach selber beliebig viele Strophen dafür dichten, wie haben das zum Beispiel damals in unserer Konfi-Gruppe gemacht.

Das ist immer das gleiche Muster: Du hast zwölf Silben mit ‚Meine Oma' am Anfang, wiederholst am Ende der Zeile die letzten drei Silben nochmal, dann wiederholst du die Zeile als Ganzes und dann kommt am Schluss ‚Meine Oma ist ne ganz patente Frau'."

„Also, das klingt jetzt ganz schön kompliziert."

„Aber es ist ganz einfach, echt. Also, zum Beispiel –"

Basti fängt an zu singen:

„Meine Oma fängt nen Mörder in der Scheune, der Scheune, der Scheune.

Meine Oma fängt nen Mörder in der Scheune,

meine Oma ist ne ganz patente Frau."

Er hat einen schönen, warmen Bariton, und er könnte ruhig noch weitersingen, findet Flora.

Doch nun schaut er sie erwartungsvoll an. Sie überlegt kurz und singt dann selber:

„Meine Oma spielt in Niedlasreuth Miss Mah-pell, Miss Mah-pell, Miss Mah-pell.

Meine Oma spielt in Niedlasreuth Miss Mah-pell,
meine Oma ist ne ganz patente Frau."

Dann fragt sie: „Was genau soll das eigentlich heißen, eine ‚patente Frau'? Das sagt man immer so, aber was bedeutet es wirklich?"

„Weiß ich auch nicht so genau – aber wohl schon so was wie die Gerda. Auch wenn sie gar nicht meine Oma ist."

„Hat sie denn überhaupt Enkel?"

„Nein", sagt Basti leise. Plötzlich wirkt er irgendwie traurig, und Flora fragt lieber nicht nach.

Stattdessen stimmt sie aufmunternd an:

„Meine Oma raucht den Wudler in der Pfeife, der Pfeife, der Pfeife …"

Basti stimmt mit ein, erfindet selber wieder eine Strophe, und so machen sie weiter, mit immer dämlicheren Texten. Der Stress der beiden vergangenen Tage beginnt von ihnen abzufallen, es macht richtig Spaß. Sie werden immer lauter, immer alberner.

In Erlangen müssen sie an einer roten Ampel richtig lange warten. Macht aber nichts, sie singen lautstark weiter:

„Meine Oma haut die Bullen in die Pfanne, die Pfanne, die Pfanne …"

Plötzlich hupt es neben ihnen. Flora sieht, dass neben ihnen an der Ampel ein Polizeiauto steht. Der Polizist fährt die Scheibe herunter, macht eine Handbewegung und ruft rüber:

„Nach der Ampel rechts ranfahren!"

Verflucht, durch die offenen Scheiben haben die das vermutlich gehört. *Bullen* wird ihnen wahrscheinlich nicht gefallen – war das eine offizielle Beleidigung? Können die sie jetzt wegen Beamtenbeleidigung drankriegen?

Sie hält wie befohlen nach der Kreuzung an und steigt aus, ebenso wie einer der Beamten.

„Na, Sie sind ja ganz schön lustig", sagt er mit erhobenen Augenbrauen zu ihr. Dann bellt er: „Führerschein, Fahrzeugpapiere!"

Während Flora das brav präsentiert, ruft Basti aus dem Auto: „Wir sind aber ganz ohne Alkohol lustig! Wir sind einfach nur so albern!"

„Ach ja?" Man kann deutlich sehen, dass der Polizist das nicht glaubt.

Flora kapiert: „Ich soll jetzt pusten?"

Steif bestätigt der Beamte: „Da ich aufgrund Ihres Verhaltens den Verdacht habe, dass Sie alkoholisiert ein Fahrzeug führen, werde ich einen Atemalkoholtest durchführen."

„Okay", Flora nickt eifrig, „klasse, das wollte ich schon immer mal ausprobieren, wie das ist. Wie macht man das?"

Der Beamte sieht sie vorwurfsvoll an: „Das ist fei kein Spiel!"

„Ich habe ja auch nicht damit angefangen", erklärt sie. „Wir haben bloß fröhlich gesungen. Und wenn Sie jetzt wollen, dass ich in so ein Ding puste, dann mache ich das und finde es interessant. Seien Sie doch froh, dass ich mich nicht weigere und einen Zirkus mache!"

Der Beamte starrt sie ärgerlich an, zögert aber.

Sein Kollege ruft nun: „Jetzt mach halt zu!"

Flora pustet schön fest. Mit enttäuschtem Gesicht sieht der Polizist das Ergebnis – null Komma null.

Sie wartet gespannt, ob er sich jetzt entschuldigt, oder wenigstens zähneknirschend zugibt, dass es gut ist, dass sie nichts getrunken hat. Aber er starrt sie nur finster an und schnaubt leicht, während er ihr ihre Papiere wieder in die Hand drückt.

Da sagt sie spitz: „Wie schade für Sie, dass Sie mich jetzt nicht mal ermahnen können, dass ich das nicht nochmal machen soll!"

„Also hören Sie mal –", der Beamte sieht nun richtig verärgert aus. Aber da beordert ihn sein Kollege ins Auto zurück: „Komm, Sigi, wir haben was Besseres zu tun, wir müssen weiter."

Und Basti bittet Flora: „Komm, fahren wir heim."

Flora und der Polizist werfen sich noch einen ärgerlichen Blick zu, dann steigen beide wieder in ihre Autos.

„Musstest du ihn so reizen?", fragt Basti kopfschüttelnd. „Was, wenn der jetzt beschlossen hätte, dein Auto auseinanderzunehmen? Bei so 'ner alten Karre findet ein bösartig gestimmter Polizist bestimmt immer irgendwas, wofür er dich verwarnen kann."

Flora schüttelt entschieden den Kopf: „Das glaube ich nicht. Die defekte Lüftung ist für die uninteressant, und ansonsten ist mein Auto voll verkehrstüchtig. Ich hab sogar einen aktuellen Verbandskasten, Masken, Warnwesten, Warndreieck, halt das ganze Pipapo, das man hinten drin haben muss, das hab ich alles erst vor Kurzem erneuert. So'n aufgeblasener Polizisten-Typ kann mir überhaupt nix!"

Basti starrt sie erstaunt an: „Da hatte der Wudler doch irgendwo recht? Du bist so ein bisschen eine Rebellin?"

„Normalerweise nicht. Aber wenn mir einer blöd kommt, geht der Gaul schon manchmal mit mir durch."

Basti seufzt. „Also gut. Ich hoffe, du rebellierst nicht dagegen, mich jetzt heimzufahren. Ich bin langsam echt hundemüde."

Zum Glück findet Flora in der Nähe von Bastis Wohnheim einen Platz, wo sie zumindest kurz anhalten kann, um ihn abzusetzen.

Basti holt sein Smartphone aus der Tasche: „Warte, wie ist deine Handynummer? Dann schick ich dir meine. Damit du mir nicht jedes Mal zu meinem Wohnheim folgen und mir durch die halbe Stadt hinterherhupen musst", er grinst sie richtig frech an.

Trotz des Schummerlichts im Auto sieht Flora das erste Mal so richtig, wie blau seine Augen sind. Und er hat ein attraktives Grübchen auf der rechten Wange.

Aber er ist ein Student in ihrem Tutorium, ermahnt sie sich selbst. Und von Männern hat sie sowieso die Nase voll.

Also sagt sie mit einer Stimme, von der sie hofft, dass sie nüchtern und trocken wirkt: „Ich hab jetzt endgültig beschlossen, mir ein neues Navi zu kaufen. Bei dem alten hab ich schon zweimal die Software upgedatet, und sie bleibt trotzdem hängen. Morgen geh ich in einen von diesen Elektromärkten und kauf mir ein neues Navi, dann finde ich wieder selbst überall hin."

„Schade", Basti grinst immer noch frech, „na ja, so geht's einem halt als modernem Menschen, man wird durch irgend so ein Techno-Teil ersetzt. Aber so ein Navi kann bestimmt nicht alles, was ich kann."

„Apropos können", Flora sieht ihn nun richtig streng an. „Morgen um zehn Uhr dreißig ist Tutorium. Ich hoffe, du hast die Hausaufgaben alle gemacht?"

Basti schlägt sich gegen die Stirn: „Mensch, mit dem Mord und alles, das ist mir total durchgerutscht!"

Flora schüttelt den Kopf, gibt ihm schnell noch ihre Handynummer, und dann schmeißt sie ihn endgültig raus.

Ralfis schmutziges Geheimnis

Doch am nächsten Vormittag verkündet Basti stolz, dass er seine kompletten Hausaufgaben gemacht und auf StudOn gestellt hat, die Lernplattform der Uni.

Eigentlich hatte Flora sich vorgenommen, die Hausaufgaben ihrer Studenten jedes Mal vor dem Tutorium durchzuschauen. Ihr wird bewusst, dass jetzt sie diejenige ist, der etwas „durchgerutscht" ist. Aber das muss Basti ja nicht wissen …

Er grinst eh schon so triumphierend: „Siehst du, war echt gut, dass es bei Oma Gerda keinen Wein zur Pizza gegeben hat. Mit einem Glas wärst du wahrscheinlich noch nicht über dem Limit gewesen, aber du hättest dem Typen kein ganz so sauberes Nullkommanull schadenfroh unter die Nase halten können."

„Trinkst du eigentlich gar keinen Alkohol?"

„Doch, aber halt eben nicht bei Oma Gerda."

Nun trudeln auch die anderen Studenten ein.

Darunter auch Felix, der smarte Typ, den Gerda vorgestern so rüde vertrieben hatte. Er kommt nun lässig auf sie zu geschlendert. „Na, hat die Alte dich dann auch von der Bank verjagt?", fragt er grinsend. „Die ist schon ganz schön krass, die Oma Gerda, was?"

Eigentlich hat er nicht ganz unrecht, aber Flora stimmt Felix irgendwie nur ungern zu. Sie weiß nicht wirklich, warum. Er hat ihr eigentlich nichts getan und er arbeitet im Tutorium aufmerksam mit. Aber da ist etwas in seiner arroganten Art, das ihren Widerspruchsgeist auf den Plan ruft.

„Ich finde die Gerda eigentlich ganz in Ordnung", erwidert Flora kühl. „Sie ist halt sehr – geradeheraus, das muss ja nichts Schlechtes sein."

Felix schüttelt den Kopf: „Tja, aber wenn sie dir geradeheraus erzählt, dass sie dich bescheuert findet, dann ist das auch nichts Gutes."

„Hat sie mir jedenfalls noch nicht erzählt. Und dir?"

Felix zuckt die Achseln: „Ist mir eh egal, was die Alte von mir denkt."

Das nimmt Flora ihm nicht ab. Der Felix hat ansonsten eine durchaus geschmeidige Art, mit anderen umzugehen. Wenn er so rüde von Gerda redet, bedeutet das, dass sie ihn ganz schön beschäftigt, und reizt. Eigentlich ja auch klar, dass einer wie Felix und eine wie Gerda nicht miteinander können.

Wegen des Termins mit Gerda beendet Flora ihr Tutorium schon eine Viertelstunde früher. Sie hat lange gegrübelt, was sie den Studenten dazu sagen soll. Natürlich könnte sie einfach die Wahrheit sagen – na ja, die Spitze des Wahrheitseisbergs, die da lauten würde: Arzttermin. Aber das will sie nicht, das klingt irgendwie nach Schwäche, und außerdem ist es viel zu persönlich, findet sie. Also hat sie sich überlegt, dass sie den Studenten erklären wird, dass sie ihnen eine Viertelstunde Extrazeit für eigene Arbeiten gibt.

Aber dazu kommt sie gar nicht. Als sie verkündet, dass die Hausaufgaben wie üblich auf StudOn stehen, hellen die Mienen sich auf, die Studenten ahnen den Schluss. Noch bevor Flora irgendwas erklären kann, packen sie schon ihre Taschen und erheben sich.

Also kommt Flora nur noch zu einem kurzen „Dann bis nächste Woche!" und schon sind fast alle verschwunden.

Jetzt sind nur noch Basti und Felix da.

Mit einem hingeworfenen *Tschüß* geht Felix zur Tür, und Basti kommt mit seiner Tasche nach vorne.

„Weißt du eigentlich, was jetzt mit dem Ralfi ist?", fragt Flora. Da sagt Felix' Stimme hinter ihr: „Ralfi? Meinst du den Ralfi, der in Niedlasreuth wohnt und im *Steppenbär* arbeitet?"

Flora fährt ärgerlich herum, fragt dann aber nur sachlich: „Du kennst den Ralfi auch?"

„Klar, der *Steppenbär* ist eine meiner Stammkneipen, und Basti hat mir auch schon einiges von Ralfi erzählt."

Flora schaut beunruhigt – hat Basti Felix etwa von dem Mord erzählt? Doch Basti sagt schnell: „Halt von früher, in der letzten Zeit hatte ich ja nicht mehr viel mit ihm zu tun."

„Aber *du* kennst den Ralfi auch schon?", fragt Felix neugierig.

Flora überlegt schnell: „Ja – über seine Mutter, die Marga." Was strenggenommen auch stimmt.

Felix hakt nach: „Und was soll mit ihm sein? Ist der Ralfi wohl mal wieder in Schwierigkeiten?"

Ausweichend meint Basti: „Der Ralfi ist doch immer in Schwierigkeiten."

Felix nickt nachdenklich: „Ich hab mir schon gedacht, dass Ralfi damit 'ne Bruchlandung machen wird …"

Basti starrt ihn an: „Womit macht er eine Bruchlandung?"

„Na, mit seinem neuen Nebenjob."

„Nebenjob?"

„Also, Genaueres weiß ich persönlich nicht. Aber ein Kumpel von mir hat neulich erwähnt, dass der Ralfi inzwischen gewisse Pillen verticкt."

„Der Ralfi?!"

„Ja, genau das hab ich mir auch gedacht. Wenn so ein Dünnhirn wie der in so ein Geschäft einsteigt, was ja schon so'n bisschen tricky ist, dann fällt er auf die Nase. Oder kriegt eins auf die Nase, oder beides."

Basti schüttelt entgeistert den Kopf. Dann fängt er sich offenbar wieder, schaut auf die Uhr und drängt Flora: „Du, wir müssen, sonst schaffen wir es nicht mehr."

Felix hebt die Augenbrauen: „Soso, wo geht's denn Schönes hin zusammen?"

„Ich bring Flora bloß zu einem Arzttermin und parke dann das Auto", erklärt Basti.

„Wie fürsorglich", Felix schaut spöttisch zwischen Basti und Flora hin und her. „Ihr scheint euch ja schon sehr gut zu kennen, inzwischen …" Das klingt bei ihm irgendwie so, als ob Flora und Basti eine wilde Affäre angefangen hätten, und auch Felix' Blick ist entsprechend.

Basti erläutert hastig: „Na ja, wir haben ja schließlich zusammen eine L–"

„Eine Lerneinheit nochmal diskutiert", fällt Flora ihm mit einem Schienbeinkick schnell ins Wort. Dass sie eine Leiche zusammen gefunden haben, mag ja wahr sein, geht aber

Felix nichts an. Der weiß hoffentlich nichts von dem Mord auf Gerdas Hof, und das soll auch so bleiben.

„Eine Lerneinheit, soso", Felix' Blick wird noch anzüglicher. Dann zuckt er die Achseln und fragt Basti: „Sag mal, die Party heute Abend bei der Suki, bist du da auch dabei?" Flora hat den Eindruck, dass etwas Lauerndes in Felix' Tonfall liegt. Basti wird sichtlich blass. Widerstrebend antwortet er schließlich: „Nee, wahrscheinlich nicht."

Felix bohrt: „Sie hat dich doch eingeladen, oder?"

„Hat sie."

Felix meint nachdenklich: „Wahrscheinlich würdest du da heute sogar den Ralfi treffen."

„Suki hat den Ralfi eingeladen?", fragt Basti ungläubig.

„Nee, bestimmt nicht. Aber der Frido ist heute auf der Party – den kennst du nicht, aber das ist der Kumpel, der mir das mit Ralfis Pillen-Verticken erzählt hat. Und er hat gesagt, er hat sich mit dem Ralfi verabredet, dass der auf der Party vorbeischaut und ihm – na ja, du weißt schon."

Basti sieht ihn kalt an: „Weiß die Suki, dass bei ihrer Party illegale Drogen gehandelt werden?"

Felix verdreht die Augen: „Ach komm, Mister Tausendprozentig, du weißt doch, wie das ist. Zig Gäste und Gäste von Gästen, da kannst du von der Suki kaum erwarten, dass sie für jeden ein polizeiliches Führungszeugnis abfragt, oder über ihre diversen halbseidenen Pläne Bescheid weiß. Und es ist ja keine große Sache, ein paar Tabletten von Ralfi an Frido."

Bastis Gesicht ist finster. Gepresst sagt er zu Flora: „Ich renn jetzt hinter zum Großparkplatz und hol das Auto, du wartest dann vorne an der Goethestraße."

Flora will protestieren, aber er ist schon weg.

Fragend sieht sie Felix an: „Diese Suki – ist das eine Japanerin?"

Felix schüttelt den Kopf: „Nö, überhaupt nicht, ihr Vater kommt aus einer Urberliner Familie und ihre Mutter aus Nürnberg. Aber *Suki* hat halt was attraktiv Exotisches, im Gegensatz zu Susanne Kistenbehr. Und es passt auch zu ihr, also hat sie sich im Zuge ihres Personality-Designs den Namen Suki zugelegt. Und wehe, jemand nennt sie Susanne oder Susi."

„Oder Kistenbehr?"

Felix zuckt grinsend die Achseln.

„Und warum will Basti nicht zu ihrer Party?"

Felix erklärt: „Die Suki ist seine Ex. Das Ganze ist noch nicht so lange her. Da hat der Basti noch ganz schön dran zu knabbern."

Kühl blockt Flora nun ab: „Ach so. Na ja, sowas ist Bastis Privatsache, das geht mich nichts an."

Felix zuckt die Achseln und grinst anzüglich.

Unverschämter Kerl.

Trotzdem bereut Flora es gleich wieder, ihn so brutal abgeblockt zu haben. Vielleicht hätte er sonst noch mehr von dieser Suki erzählt. Obwohl – eigentlich ist es wirklich Bastis Privatsache, und es geht sie echt überhaupt nichts an.

Aber jetzt muss sie erst mal rauskriegen, was Basti gemeint hat, wo er sie abholen will. Felix zeigt ihr auf der Karte auf seinem Smartphone, wo sie hin muss.

Als sie sich bedankt und verabschiedet, meint Felix: „Vielleicht sehen wir uns ja heute Abend auf der Party. Wenn Basti es sich doch noch anders überlegt, wird er jemanden mitnehmen wollen. Du bist attraktiv und intelligent, das wäre genau das Richtige für ihn, um es der Suki zu zeigen."

Wieder dieses unverschämte Grinsen.

„Wohl kaum", erwidert Flora knapp.

Während sie eilig über den Schlossplatz läuft, überlegt sie, dass diese Party vermutlich schon ganz interessant wäre, was Infos über Ralfi und seine zweifelhaften Geschäfte betrifft. Aber zu einer Party seiner Ex wird Basti vermutlich nicht hingehen, Ralfi hin oder her.

Na ja, mal sehen. Jetzt steht erst mal der Arztbesuch mit Gerda an, um diese Maja auszukundschaften – Ralfis Freundin, oder auch nicht.

Praxisplan

Bevor sie zur Praxis von Dr. Adelmeyer im zweiten Stock hochgehen, bleibt Gerda stehen und erklärt Flora: „Also, mir gehn da edserd hoch, und du bleibst ned zu weid weg von mir – aber ned so, dass ma gleich siehd, dass mir zammghörn. Falls mer an Blan B braung."

„Und was ist Plan A?"

„Ich frag des Madla, ob sie die Freundin vom Ralfi is."

Eigentlich eine unverschämte Frage, denkt Flora. Aber sowas hat Gerda vermutlich noch nie davon abgehalten zu fragen, und meistens wird sie wohl auch Antworten kriegen.

„Und wenns' einfach *Ja* sogt – na, da waaf ich hald a weng mid ihr übern Ralfi, mal schaun."

„Und wenn sie Nein sagt? Wenn sie Ralfi verleugnet, so-zusagen?"

„Desderweng hammer ja den Blan B. Also gemmer erschd amol nauf."

Flora zögert: „Aber wenn ich da einfach nur reingehe und mich hinsetze, fragen die mich doch bestimmt, was ich da will. Und wenn ich keine Patientin bin, dann schmeißen sie mich raus."

„Gschmarri, des is a Riesenbraxis, und ich waaß, wie des da läffd, da kümmerds kaan, ob da anner sidsd oder ned. Da koosd sidsn, bisd a Mumie bisd, und wenn die Budsn di ned nauskehrd, sidsd in zehn Monade immer noch do." Auf Floras zweifelnden Blick schiebt sie ungeduldig nach: „Und sonsd is die Schdorri hald, dass du mei Engelin bisd und mid mir zum Doggder kummsd."

Flora seufzt. „Also gut. Aber was soll ich denn machen? Wenn ich nur da sitze, das nützt ja nichts."

„So ganz genau waaß ich des aa noch ned. Ich werd hald versuchn, den Hosn aufzuschreggn. Und du schaust, wo er nacherd naspringd, wenn er wegrennd."

„Hosn?"

Gerda legt die Hände oben an den Kopf wie Ohren: „Hosn – hald wie Karniggel, bloß mid längere Ohrn."

Flora kapiert: „Ah, Sie schrecken den Hasen, sprich Maja, auf, und ich soll dann schauen, wo er hinrennt, also was sie macht."

Gerda nickt zufrieden.

„Aber wenn sie gar nichts macht? Oder was ganz Merkwürdiges? Was mache ich dann?"

„Dir fälld scho was ein. Bisd doch a gscheids Madla."

Gerda legt ihr kurz die Hand auf den Arm, dann sprintet sie die Treppe hoch. Flora hätte ja lieber den Aufzug genommen, folgt ihr aber seufzend.

Flora setzt sich möglichst unauffällig auf einen Stuhl in einer Ecke. Gerda meldet sich am Empfangstresen der Praxis: „Guten Tag, Obmüller mein Name, ich hatte gestern kurzfristig telefonisch einen Termin beim Dr. Adelmeyer ausgemacht, für zwölf Uhr." Das alles in feinstem Hochdeutsch, nur die Klangfarbe verrät die Fränkin.

Flora starrt Gerda mit offenem Mund an. Das kann sie also auch!

Als Gerda an ihr vorbeikommt, wirft sie Flora einen strengen Blick zu. Flora reißt sich zusammen und späht nun eifrig auf die Namensschildchen der Praxismitarbeiterinnen, die am Tresen sitzen oder hin- und herrennen. Aber Maja Helldörfer ist nicht dabei. Vielleicht hat sie heute ja frei, überlegt Flora, dann war alles umsonst.

Doch da kommt aus einer der Türen ein schmales, blondes junges Mädchen mit Pferdeschwanz und einem kleinen Goldring in der Lippe. Sie passt perfekt zu der Beschreibung, die Ralfis Vater gegeben hatte.

Und als Flora es schließlich schafft, auf ihr Schild zu schielen, bestätigt sich ihre Vermutung: Maja Helldörfer.

Gerdas Adleraugen haben das wohl noch schneller erkannt. Sie ist schon von ihrem Stuhl aufgestanden und geht nun langsam auf Maja zu.

Die hat jetzt eine Schublade aus einem Metallschrank neben Floras Ecke gezogen und sucht darin herum.

Gerda steht nun neben ihr und sagt: „Hallo."

Als Maja sie etwas überrascht anschaut, erklärt Gerda halblaut: „Ich bin die Patentante vom Ralfi."

Flora sieht, wie es ganz kurz um Majas Augen zuckt.

Doch die Arzthelferin hat sich gleich wieder im Griff und sagt ruhig: „Sie verwechseln mich da anscheinend mit jemandem. Ich kenne keinen Ralfi."

Gerdas Augen blitzen auf: „Der ist aber Patient hier in der Praxis!"

Maja zögert, denkt kurz nach. Dann zuckt sie die Achseln: „Na ja, vor einer Weile, da war einer, der war ein- oder zweimal da, den hat seine Mutter geschickt, weil sie befürchtet hat, dass er was Ernsthaftes mit dem Magen hat. Seine Mutter hat ihn abgeholt und ‚Ralfi‘ genannt. Meinen Sie den?"

„Des ist mein Ralfi", Gerda nickt zufrieden.

Maja zuckt wieder die Achseln. „Ja, und? Sie wissen sicher, dass wir keinerlei Auskünfte über Patienten erteilen dürfen. Auch nicht an eine Patentante."

Gerda lächelt sie breit an. „Klar, ich wollte auch gar keine Auskünfte – ich wollte Sie ja nur mal sehen, weil Sie doch die neue Freundin vom Ralfi sind."

Nun schaut Maja ziemlich alarmiert drein. „Also wirklich, das muss eine totale Verwechslung sein. Ich hab mit diesem Ralfi nichts zu tun."

Als Gerda sie nur weiterhin mit ihrem breiten Lächeln ansieht, sagt sie schließlich ärgerlich: „Einer, der mit Mitte zwanzig noch bei seiner Mutter wohnt und bloß in einer Kneipe jobbt – mit so einem Loser soll ich zusammen sein? Echt nicht."

Gerdas Lächeln wird noch breiter: „Sie wissen ja sehr genau Bescheid über den Ralfi."

„Das – das hat er selber erzählt", sagt Maja schnell. „Sorry, wenn Sie seine Patin sind – aber ehrlich, mein Geschmack ist er absolut nicht."

Maja sieht immer noch weitgehend cool aus. Aber Flora sieht, dass sich die Hand mit dem Blümchen-Tattoo krampfhaft zusammenballt.

Nach kurzem Überlegen sagt Maja langsam: „Also, versucht hat er es schon, dieser Ralfi. Hat mich immer wieder angemacht, hat abends vor der Praxis auf mich gewartet und so. Aber da läuft echt nix. Und wenn er Ihnen was anderes erzählt hat, dann war das halt, weil er sich's gewünscht hätte. Aber da kann er lange träumen, ich will nix von dem."

Gerda schüttelt betrübt den Kopf. „Der arme Ralfi, der hat nie Glück bei den Frauen. Und jetzt noch der Ärger mit der Polizei wieder, wo sie ihn sogar für einen Mord drankriegen wollen – mei, der Ralfi ist schon wirklich ein Pechvogel."

Inzwischen ist auch Majas zweite Hand geballt. Sie sagt steif: „Ja, das klingt so, als ob dieser Ralfi ein echter Pechvogel wäre."

Sie nickt Gerda kurz zu, dann verschwindet sie hinter der Tür, aus der sie vorhin gekommen ist.

Gerda stellt sich neben Floras Stuhl und sagt leise: „Edserd gehst nunder auf die Schdrassn und wardsd aufn Hosn."

Als Flora aufsteht, bemerkt sie den verwunderten Blick einer älteren Dame, die nicht weit entfernt gerade ihre Jacke überzieht. Sie hat wohl mitgekriegt, was Gerda eben gesagt hat. Aber daraus wird sie wohl kaum schlau werden, hofft Flora.

Beschattung

Unten auf der Straße muss Flora nicht lange warten. Nach wenigen Minuten kommt Maja aus der Tür des Hauses geeilt. Sie hat einen schwarzen Regenmantel an, aus dessen Tasche sie nun ihr Smartphone fischt.

Angespannt wartet Flora, bis Maja sich ein Stück entfernt hat. Wenn sie ihr zu nahe kommt, dann wird Maja womöglich auf sie aufmerksam, und sie verdächtigen, dass sie ihr folgt. Aber wenn sie zu weit weg bleibt, wird sie Maja wahrscheinlich schnell aus den Augen verlieren in dem Freitagmittag-Gedränge. Mann, das ist echt nicht einfach ... Dann geht sie los. Da Maja nun schon ein gutes Stück entfernt ist, läuft sie zügig, um etwas aufzuschließen.

Als sie näher kommt, sieht Flora, dass Maja intensiv mit ihrem Telefon beschäftigt ist. Sie nimmt kaum die Menschen wahr, die ihr entgegenkommen und die sie beim Tippen ab und zu leicht rammt – geschweige denn, dass sie mitbekommt, wer da hinter ihr geht.

Erleichtert schließt Flora nun richtig dicht auf.

Sie bekommt gerade noch mit, wie Maja in ihr Telefon zischt: „Mensch, Ralfi, jetzt hör endlich auf, schon wieder toter Mann zu spielen, und melde dich endlich! Ich muss dich dringend sprechen!"

Dann tippt sie wütend auf das Display, um die Ansage zu beenden, und stopft das Telefon zurück in die Manteltasche.

Vorsichtshalber bleibt Flora wieder etwas weiter zurück.

Doch Maja steuert nun gezielt auf den Eingang eines Cafés zu.

Ratlos bleibt Flora stehen. Was soll sie jetzt machen? Aufgeben und umdrehen? Oder auch in das Café gehen?

Nach langem Überlegen stößt sie schließlich die Tür auf und sieht sich um: Ein kleines Café mit Selbstbedienungstheke, aber gemütlichen Polsterstühlen und Tischen.

Es ist sehr voll, bemerkt Flora enttäuscht, gerade setzt sich Maja an den letzten freien Tisch. Jetzt ist keiner mehr frei, sie muss wohl wieder gehen.

Doch dann wird ihr klar, dass das natürlich im Gegenteil *die* Chance bietet ...

Zum Glück wird die Schlange am Tresen zügig bedient, und so steht Flora kurz darauf an Majas Tisch.

„Darf ich mich hinsetzen?", fragt sie höflich.

Maja, die auf ihrem Smartphone herumwischt, schaut nur kurz hoch. Sie macht eine Handbewegung, die man als *von mir aus* deuten könnte.

Flora setzt ihren Kaffee und den Apfel-Zimt-Muffin auf dem Tischchen ab. Dann zögert sie.

Sie selbst hasst es, von fremden Leuten einfach quer angequatscht zu werden, deswegen macht sie sowas normalerweise auch nicht. Aber in diesem Fall muss es sein.

Nur, wie und was soll sie mit Maja reden? Eines ist klar, sie darf auf keinen Fall Ralfi erwähnen – sonst rast der Hase wieder davon, um bei Gerdas Bild zu bleiben.

Sie erinnert sich daran, dass sie mal in einem Artikel über „Besser smalltalken" gelesen hat, dass man die Leute ermutigen soll, über sich selbst zu reden. Aber Maja wirkt auf sie nicht so wie jemand, der einfach so von sich aus lossprudelt. Wie soll sie das also kickstarten?

Maja ist Arzthelferin, das ist fast das Einzige, was sie über die Frau weiß, außer ihrer eventuellen Beziehung zu Ralfi. Eine Strategie beginnt, sich in Floras Kopf zu formen.

Sie lächelt Maja an, was zunächst mal weitgehend ins Leere geht, weil Majas Kopf immer noch über ihr Handy gebeugt ist. Doch nach einem endgültig wirkenden, festen Tipper lässt Maja ihr Smartphone sinken und blickt auf. Als sie sieht, wie Flora sie anlächelt, verliert auch ihr eigenes Gesicht die finstere Strenge, mit der sie auf das Display gestarrt hatte. Sie lächelt nicht direkt, sieht aber zumindest aufnahmebereit aus.

Flora fühlt sich ermutigt, ihren Ballon steigen zu lassen: „Tschuldigung, aber du bist doch Arzthelferin bei Dr. Adelmeyer?" Auf Majas etwas misstrauischen Blick fügt sie schnell an: „Ich hab da vorhin meine Tante hingebracht und da hab ich dich gesehen. Ich bin Flora."

„Also, genau genommen heißt es aktuell nicht mehr Arzthelferin, sondern Medizinische Fachangestellte, aber ist schon okay", Maja sieht Flora abwartend an.

Die erklärt: „Im Moment bin ich noch Studentin, aber das zieht sich und es wird irgendwie nichts Richtiges draus. Ich hab mir überlegt, ob ich nicht auf was Praktischeres umsatteln soll, und vielleicht Arzthelferin werden. Wie ist denn der Job so?"

„Nervig", erwidert Maja und ihre Augen blitzen auf. Flora wird nun bombardiert mit düsteren Geschichten über unverschämte Patienten, zickige Kolleginnen und ungerechte Ärzte. So genau hätte Flora es gar nicht wissen wollen, aber dafür ist Maja nun richtig gut in Fahrt.

Schließlich fragt Flora vorsichtig nach: „Also ist es nicht so, wie du es dir vorgestellt hattest?"

Maja schüttelt den Kopf: „Die Ausbildung war ganz schön schwierig, und das Gehalt ist einfach lächerlich dafür. Ich mache einen guten Job, und dafür will ich mir auch mal was leisten können."

Sie berührt mit zwei Fingern beinahe zärtlich den schwarzen Regenmantel, den sie über die Lehne ihres Stuhls drapiert hat. „Der da, der ist von Gucci, ein edles Teil."

Für Floras mode-uninteressierten Augen sieht der Regenmantel ziemlich genauso aus wie einer, den man für ein paar Euro neunundneunzig bei einem Kleidungs-Discounter kauft.

Doch Maja starrt das Ding immer noch entzückt an. Sie seufzt:

„Dafür muss man als MFA jahrelang sparen, um sich das leisten zu können. Der war gebraucht, aber immer noch stinkteuer. Die Frau, der er gehört hat, hatte ihn nur ein- oder zweimal an, dann hat sie sich einen neuen gekauft, von Prada, auch ein Superluxusteil. Einfach so. Aufs Geld musste die nicht schauen."

„Dann hätte sie ihn doch auch günstig verkaufen können", überlegt Flora.

Maja sieht sie leicht verächtlich an: „So läuft das nicht. Solche Leute müssen zwar eigentlich nicht drauf schauen, aber gierig sind sie trotzdem, und geizig." Trotzig fügt sie an: „Das ist einfach ungerecht. Ich hab auch ein Recht darauf, mir schöne Sachen leisten zu können!"

Flora sieht zwar nicht so ganz, wie jemand „ein Recht" auf Gucci- oder Prada-Mäntel haben könnte, aber sie will Maja nicht verärgern. Also verkneift sie sich einen Kommentar und streckt neugierig die Fühler in eine andere Richtung aus: „Da gibt es ja dieses dumme alte Klischee, dass Arzt-helferinnen sich einen Arzt angeln …"

Maja zuckt die Achseln. „Ich hätte ja prinzipiell nicht mal was dagegen. Aber hinter jedem halbwegs attraktiven Arzt sind Dutzende Kolleginnen her, ganz zu schweigen von verknallten Patientinnen. Und bei den meisten gibt es auch schon eine Ehefrau im Hintergrund, die aufpasst wie ein Schießhund. Nee, das mit einem Arzt, das sehe ich eher so wie einen Lottogewinn – wäre schon schick, ist aber extrem unwahrscheinlich."

„Hast du schon in verschiedenen Praxen gearbeitet?"

Maja nickt: „Gelernt habe ich in Aschaffenburg. Und dann habe ich jahrelang in einer Praxis in Würzburg gearbeitet."

„Ich war schon mal als Touristin in Würzburg", erinnert sich Flora. „Ist echt eine schöne Stadt."

Maja nickt lebhaft: „Ja, Würzburg ist ne tolle Stadt, da ist was los, mega Clubs und Kneipen. Andererseits auch mal oldfashioned gemütlich, an der alten Mainbrücke abends ein Glas Wein oder so. Shopping ist okay, und wenn man so *richtig* shoppen will, ist man in gut einer Stunde in Frankfurt. Würzburg ist schon echt cool."

„Warum bist du dann weg, nach Erlangen?"

Auf einmal fällt ein Schatten über Majas Gesicht, und sie ist wie ausgewechselt. Eher matt erklärt sie: „Erlangen ist ja auch eine Studentenstadt, da ist auch viel los, geile Clubs und so."

„Bist du schon lange hier beim Dr. Adelmeyer?"

„Über ein Jahr jetzt", murmelt Maja. Sie trinkt hastig ihren Kaffee aus und springt dann auf. „Ich muss zurück in die Praxis, ich hab meiner Kollegin versprochen, dass ich im Gegenzug für eine Kaffeepause hinterher die Praxis aufräume und zumache. Tja, an deiner Stelle würde ich mir das nochmal gut überlegen, ob du umschwenken solltest auf die Schiene MFA. Studier' lieber weiter."

Flora nickt mit einem gemurmelten *Danke* und starrt der davoneilenden Maja dann verblüfft hinterher.

Was hat den Hasen denn jetzt aufgeschreckt?

Untermaier privat

Auf dem Weg nach Niedlasreuth fährt Flora wieder selbst. Gerda sitzt natürlich vorne neben ihr.

Von hinten erzählt Basti Gerda: „Auf dem Großparkplatz habe ich ein Tagesticket für dein Auto gekauft und es dir reingelegt, ich hab ja zum Glück einen Schlüssel. Nicht dass du sonst noch einen Strafzettel kriegst, wenn du da jetzt ewig ohne Parkschein stehst."

„Was hosd du?!", entrüstet dreht sich Gerda zu ihm um. „Du hosd a deuers Geld nausgschmissn, bloß weil ich edserd da schdehn muss? Ich hab doch an Zeddl gschriebn, dass mei Anlasser gfreggd is, und hab den hinglechd."

„Ich glaube nicht, dass dein kaputter Anlasser die Kontrolleure interessieren würde", meint Basti. „Außerdem hast du eine Sauklaue, selbst ich konnte das kaum lesen. So bist du jedenfalls auf der sicheren Seite. Wann kommt denn überhaupt der neue Anlasser?"

„Am Mondach soll der kumma, ich glaab's aber erschd, wenn ich'n in der Hand hob. Und ich hab ka Sauglaue ned, solln die hald lesn lerna. Deswegn muss mer dene ned so des Geld hinderherwerfn."

„Ich wollte dir halt Ärger ersparen", seufzt Basti.

„Den Ärcher kriecherd ned iech, sondern die Kondrollörs-Sefdl, wenns a berfeggde Erglärung ned verschdehn könna", erklärt Gerda. Vermutlich würde sie den Kontrolleuren tatsächlich ziemlich Ärger machen ...

Basti tut Flora leid, Gerda kann schon sehr undankbar sein. Damit Gerda ihm nicht noch mehr Vorhaltungen wegen seiner freundlichen Geste macht, sagt Flora rasch: „Beim Dr. Adelmeyer haben Sie ja perfekt Hochdeutsch gesprochen."

Basti kommentiert amüsiert von hinten: „Oma Gerda kann eben auch Fremdsprachen."

„Andercaver wolld ich hald a weng anders kling'", erklärt Gerda. „Außerdem nehmen's dich gleich viel ernsder, wenns'd hochdeudsch barliersd. Wenns'd Dialegd redsd, dengns immer glei, die is a weng simbl im Kopf. Aber des is mer worschd, mei frängische Goschn, die ghörd zu mir, und die Leud' mergn dann scho schnell, dass ich überhabds ned simbl bin."

Das glaubt Flora sofort. Sie erkundigt sich: „Haben Sie denn den Termin bei Dr. Adelmeyer noch durchgezogen, oder sind Sie dann einfach gegangen?"

„Zum Doggder bin ich scho nei, wenn mer scho amol an Dermin had ... Ich hab ihm scho was derzähln könna, zwengs mei' Innereien – in meim Alder had da a jeder was zum Derzähln. Er had dann gniggd und wolld mir lauder Billn verschreibn, aber ich hob ihm gleich gsachd, die nehm ich eh ned."

„Da war er wahrscheinlich nicht begeistert", grinst Basti.

Gerda zitiert mit affektierter Stimme: „Das ist nicht gut, Frau Obmüller, die Non-Compliance von Patienten ist eine gefährliche Sache." Mit normaler Stimme berichtet sie dann weiter: „Ich hab ihm dann gsachd, wenn er sei Komblaiäns-Rade verbessern will, muss er seine Päischend-Skills dräniern. Da had er nacherd Ruh gebn."

Basti erklärt: „Compliance, das heißt dass man sich an die Anweisungen vom Arzt hält, seine Medikamente brav nimmt und so. Oder bei Non-Compliance eben nicht."

Flora hat das zwar schon gewusst, nickt aber höflich. Dafür erfährt sie gleich noch etwas, das sie noch nicht wusste. Denn mit leichtem Stolz in der Stimme sagt Basti nun: „Ich hab ja mal Altenpfleger gelernt, und dann zwei Jahre in England gearbeitet. Also das Englisch, mit dem die Ärzte rumschmeißen, das verstehe ich meistens."

„Aber vom Geld verschdehsd nix", sagt Gerda verdrossen.

„Ah Dachesdigged! Nur weil mei Karrn kabud is!"

Den Rest des Weges nach Niedlasreuth streiten sich Gerda und Basti noch ein bisschen weiter, und Flora konzentriert sich seufzend aufs Fahren.

Nach der begeisterten Begrüßung durch Hektor auf dem Hof wendet sich Gerda an Flora: „Wennsd mich scho immer rumkudschiersd, sollsd wenigsdens a guuds Essn kriegn bei mir. Ich hab da an afrikanischn Fischdopf im Diefgühler, der is wergli guud, mid aner Erdnusssoßn und a weng a Chili. Möcherdsd du sowas?"

Flora nickt. „Klingt echt lecker."

Es riecht auch sehr verlockend, als Gerda den Fischtopf in einem großen gusseisernen Topf auf dem Herd aufwärmt. Von irgendwoher kommt Pascha angetigert und schnuppert interessiert. Als er merkt, dass es noch nichts zu essen gibt, schaut er zu Flora, die auf der Eckbank sitzt. Er springt hoch und setzt sich auf ihren Schoß. Genüsslich schließt er die Augen, als sie ihn hinter den Ohren krault, und schmilzt quasi dahin.

Eigentlich wollte Flora ihre Hilfe beim Tischdecken anbieten, aber sie bringt es nicht übers Herz, den riesigen roten Kater gleich wieder runterzuschmeißen. Er hat sich jetzt vertrauensvoll auf den Rücken gelegt und lässt sich quer über ihren Schoß floppen, wie ein breites rötliches Fellkissen. Dabei schnurrt er so richtig tief, und Flora entspannt sich. Sie denkt daran, wie sie vor zwei Tagen, am Mittwochmittag, alleine in ihrer noch ziemlich kahlen kleinen Wohnung etwas aus dem Asia-Imbiss reingefuttert hat. Damals wusste sie noch nichts von Gerda oder von Niedlasreuth.

Torsten Untermaier hatte damals vermutlich auch noch nicht gewusst, dass er nicht mehr lange zu leben hatte...

Bevor sie diesen düsteren Gedanken weiterverfolgen kann, hämmert es an der Haustür.

Basti bringt Max in die Küche, der strahlend verkündet: „Ich hab jetzt Feierabend!"

Boshaft merkt Basti an: „Echt, Max, du hast einen siebten Sinn fürs Essen, wie die Katzen. Wenn es bei der Oma Gerda was Gutes gibt, dann stehst du auf der Matte."

Ungerührt fragt Max: „Was gibt es denn Gutes?" Er schnuppert und gibt sich gleich selbst die Antwort: „Afrikanischen Fischtopf! Na, da hab ich ja Glück gehabt, dass ich vorbeikomme."

Auf Bastis spöttischen Blick hin verteidigt er sich: „Aber das Glück ist mit dem Tüchtigen! Wir haben hart gearbeitet am Mordfall Untermaier."

„Und, was ist rausgekommen?", fragt Flora gespannt.

Max' Miene wird nüchtern. „Na ja, wir haben ganz viele Möglichkeiten eliminieren können."

Basti schüttelt den Kopf: „Das heißt doch, ihr habt nicht wirklich was rausgefunden, das euch weiterbringt, oder?"

Einen Moment lang schaut Max etwas geknickt, doch dann hebt er belehrend den Zeigefinger: „Sherlock Holmes hat mal gesagt:

Wenn man alles Unmögliche ausgeschlossen hat, muss das, was übrig bleibt, die Wahrheit sein. Oder so ähnlich. Also ist es schon wichtig, alles auszuschließen, was es *nicht* gewesen ist."

„Des is a Gschmarri", urteilt Gerda. „Dazu geberds viel zu viele Möchlichkeidn, die koosd in zehn Lebn nie alle ausschließn. Da könnerd immer noch was sein."

Max seufzt und zuckt die Achseln: „Wie haben jedenfalls mal das Privatleben von Untermaier durchleuchtet – aber viel Privatleben scheint der gar nicht gehabt zu haben. Laut seinen Nachbarn hatte er hin und wieder mal eine Freundin, aber immer höchstens für ein paar Monate. Und im Moment war er wohl mal wieder solo."

Basti fragt nach: „Und wie ist das nun mit dem Testament vom Untermaier? Wer profitiert davon?"

„Er hat kein Testament gemacht. Und der einzige Verwandte, den sie auftreiben konnten, ist ein Vetter dritten Grades oder so, der in Florida lebt, in Miami Beach."

„Wow", sagt Flora sehnsüchtig.

„Naa, so wow is des gar ned. Der arbeitet da wohl in so einer Burger-Kaschemme und kann sich nicht mal eine gescheite Wohnung leisten."

„Jetzt ja dann vielleicht schon, mit dem Erbe vom Untermaier?"

„Naa, beim Untermaier ist nix zu holen. Wir haben uns seine Bankunterlagen angeschaut, das geht sehr rauf und runter. Mal hat er irgendwo einen tollen Schnitt gemacht, aber dann hat er das ein anderes Mal wieder irgendwo in fragwürdigen Investitionen versenkt."

„Da hat dann ein krimineller Betrüger einen anderen kriminellen Betrüger abgezockt?"

„So ungefähr. Und im Moment war sein Konto mal wieder ziemlich leer, sogar im Minus, also der Vetter in Florida wird damit nicht glücklich werden. Und außerdem hat der ein Alibi, weil er halt mindestens 14 Stunden am Tag in dem Schuppen da schuftet. Also, das ist eine ziemliche Sackgasse, würde ich sagen."

„Du hadsd doch gsachd, der Undermaier woar a weng a zweifelhafder Dübb?"

Max nickt. „Ja, genau. Deswegen haben wir auch so viel durcharbeiten müssen. Am Anfang waren wir uns fast sicher, dass der Täter da irgendwo aus dem halbseidenen Umfeld vom Untermaier kommt – dass das einer war, den er übers Ohr gehauen hat und der sich rächen wollte."

„Aber warum grad ausgrechend auf meim Hof?"

„Keine Ahnung. Aber es sieht fast so aus, als ob das sowieso auch zu nix führt. Weil – von den Leuten, die er in letzter Zeit womöglich übern Tisch gezogen hat, sind ein paar im Gefängnis, einer ist tot und die anderen haben ein Alibi. Obwohl es natürlich immer noch einen geben könnte, von dem wir nichts wissen."

Gerda nickt: „Des is eben des, dass selbst a Scherrlogg nie alle Möglichkeidn ausräuma koo. Also müss mer uns aggdiv überleng, wie's gwesn sein könnerd."

„Kannst du das?", fragt Max zweifelnd.

„Noch ned. Aber des is nur a Frache der Zeid."

Küchendetektive

Dann sitzen sie alle vier um Gerdas Küchentisch, vor sich den dampfenden Fischeintopf. Hektor liegt friedlich zu Gerdas Füßen und Kater Pascha sitzt hoffnungsvoll neben Floras Beinen.

Während Max reinhaut, fragt Basti Gerda und Flora: „Wie war das denn nun mit dieser Maja? Habt ihr irgendwas rausgefunden?"

Da Gerda weiter seelenruhig ihren Eintopf löffelt und keine Anstalten macht zu erzählen, übernimmt Flora das.

Als sie die anderen auf den aktuellen Stand gebracht hat, meint sie nachdenklich: „Also, ich kann ja verstehen, dass Maja Ralfi nicht für einen vorzeigbaren Boyfriend hält. Und es klingt auch sehr plausibel, dass Ralfi halt Maja angebaggert hat, aber sie ihn hat abblitzen lassen."

„Aber warum hads des dann ned gleich gsogt?", fragt Gerda stirnrunzelnd.

„Eben. Irgendwie hat es dadurch dann so gewirkt, als ob sie das Stück für Stück zusammenerfunden hat, damit es plausibel klingt."

189

Max erklärt: „Des ist so, wie des viele in den Verhören machen. Die geben immer nur genau so viel zu, wie wir ihnen sowieso nachweisen können, Stückchen für Stückchen."

„Der Vergleich hinkt", meint Flora. Max schaut etwas beleidigt, aber sie erklärt: „Diese Kriminellen geben ja die Wahrheit zu – aber ich vermute mal stark, dass diese Maja Stückchen für Stückchen eine Fantasiegeschichte zusammenfabuliert. Ich bin mir ziemlich sicher, dass sie mehr mit Ralfi zu tun hat, als sie zugeben will."

Nachdenklich fügt sie an: „Sie ist schon wirklich sehr attraktiv. Ich kann verstehen, dass sein Vater meint, er hätte das dem Ralfi gar nicht zugetraut, so geht's mir auch."

„Wie sieht sie denn aus?", fragt Max neugierig.

„Ich kohs dir zeing", erklärt Gerda. „Im Inderned is so a Fodo von ihr, auf der Webseidn vo der Braxis."

Eilig schlingt Max noch ein paar Löffel Fischtopf hinunter und folgt Gerda ins Wohnzimmer.

Gerda ruft die Webseite der Praxis von Dr. Adelmeyer auf. Dort gibt es ein Foto von jeder Mitarbeiterin. Maja Helldörfer lächelt verführerisch den Betrachter an, eine neckische blonde Strähne fällt ihr leicht über die Wange.

„Wow", Max ist beeindruckt, „ein echter Feger! Also, die und der Ralfi?!"

Gerda erklärt: „Also, wenn des Madla wergli sei Freundin is, dann is des so a zwaseidige Gschichd."

„Zweiseitig? Du meinst, einseitig?", fragt Basti.

„Naa, zwa Seidn, hald ganz verschiedne: Er will a Liebe, sie will a Geld."

„Des is uralt", bemerkt Max weise.

Flora nickt nachdenklich: „Eigentlich passt das total zusammen, das mit der Maja und das mit Ralfis Pillen-Geschäften. Wenn Ralfi auf einmal so eine Freundin hat – oder zumindest die Hoffnung auf so eine Freundin – dann braucht er ordentlich Geld. Mehr, als er vermutlich je in seinem Kneipenjob verdienen kann. Also hört er sich um, lässt sich von einem anwerben, der einen Verteiler sucht, sozusagen, und steigt ins Drogengeschäft ein."

Basti meint: „Felix hat aber recht, für einen wie den Ralfi ist das nichts, da ist Trouble vorprogrammiert."

Flora nickt. „Und eine wie die Maja ist sowieso nichts für den Ralfi – selbst wenn er eine Weile lang auf einmal fette Kohle verdienen würde, dann würde sie die nur absaugen, und ihn hinterher gleich wieder fallen lassen."

Sie überlegt: „Ich frage mich, warum die Maja beim Thema *Würzburg* auf einmal so - zugemacht hat. Es ist ja wirklich eine schöne Stadt, und irgendwie – eher harmlos, oder?"

„Der Undermaier woar aus Werdsburch", gibt Gerda zu bedenken.

„Mensch, ja, natürlich!" Flora schlägt sich mit der Hand gegen die Stirn.

Doch dann sieht sie Gerda etwas ratlos an: „Aber wie ist da der Zusammenhang? Maja hat erzählt, dass sie vor über einem Jahr nach Erlangen gekommen ist. Und selbst falls sie den Untermaier damals in Würzburg irgendwie gekannt hat – warum sollte sie ihn dann jetzt erschlagen, und hier in Niedlasreuth auf dem Hof? Und warum sollte sie ihn überhaupt erschlagen?"

„Ich kann das ja mal die Kollegen checken lassen", meint Max, „ob es da irgendwelche Verbindungen zwischen dieser

Maja und dem Untermaier gibt. Und ob sie vielleicht zufällig Baseball spielt."

Auf die erstaunten Blicke der anderen hin zuckt er die Achseln: „Ja, ich weiß schon, die Leute haben Baseballschläger oft einfach so – nicht wegen dem Baseball, sondern wegen dem Schläger. Aber ich finde des echt schade, dass so viele Idioten Baseballschläger als Waffe benutzen, dabei ist des doch ein Sportgerät, wie ein Tennisschläger, oder ein Paddel."

„Mit einem Tennisschläger oder einem Paddel könnte man wahrscheinlich auch jemanden erschlagen", überlegt Flora.

„Ja, aber es tut keiner!", meint Max. „Oder jedenfalls nicht nennenswert. Aber beim Baseballschläger, da denkt jeder gleich an üble Typen. Dabei ist Baseball wirklich klasse, ich spiel das manchmal mit einer Gruppe von Kollegen und Freunden. Des macht echt Spaß."

„Wenn man es mal kapiert hat", wirft Basti ein. „Ich hab mal zugeschaut, aber ich blick da einfach nicht durch bei diesen ganzen komplizierten Regeln."

„Des ist überhaupt nicht kompliziert", eifrig will sich Max nun in einer Erklärung von Baseball stürzen. Als Basti ihn mit erhobener Hand bremst, sagt Max ungeduldig: „Sogar der Charlie Brown kapiert des – und überhaupt alle amerikanischen Kinder. Und die Gerda kapiert es auch."

„Das heißt ja nichts", meint Basti, „die Oma Gerda kapiert alles."

„Und sie spielt auch oft mit!", erklärt Max.

„Du hast einen Baseballschläger?", fragt Basti erstaunt.

Gerda nickt. „Bin ich edserd verdächdich, weil ich aan hab?"

„Der Wudler würde dich wahrscheinlich gleich verhaften", meint Basti amüsiert.

„Die Gerda ist fei echt gut beim Baseball", sagt Max stolz, „die will immer jeder im Team haben."

Ja, denkt Flora, es ist bestimmt immer gut, die Gerda im Team zu haben.

Gerdas Porsche

Nach dem gemeinsamen Abwaschen holt Gerda ein Strick-zeug hervor – knallrote Wolle und etwas, das wie eine an-gefangene Jacke aussieht. Kater Pascha haut ein paarmal mit den Vorderpfoten nach der Wolle, dann rollt er sich neben Gerda auf der Eckbank zusammen. Hektor liegt neben ihren Füßen ausgestreckt.

„Ich möchd edserd mal wieder so richdich a boar Schdund schdriggn", erklärt Gerda. „Aber ich will fei ned dedegdivirn dabei, sondern einfach nur schdriggn."

Also haben Flora und Basti frei, sozusagen. Allerdings nicht ganz, denn Gerda schickt ihnen noch hinterher: „Ihr könnd a boar Rei'n Rawinzerla sähn, die Düdla sin im Gaddenhaus."

„Rawinzerla?" Flora sieht Basti fragend an.

„Rapunzel- oder Feldsalat, die kleinen runden grünen Blätter. Die kann man auch jetzt noch säen. Oma Gerda liebt die, sie macht sie mit einem warmen Speck-Kräuter-Dressing und Croûtons aus der Pfanne – echt lecker. Dafür nehme ich auch das Gefrickel mit dem Säen und Ernten und Putzen in Kauf."

„Und detektivieren – ist das auch wieder so ein fränkisches Wort?"

Basti schüttelt amüsiert den Kopf: „Nee, das ist pure Oma Gerda. Es gibt halt so Sachen, die bloß die Oma Gerda so sagt. Na ja, was *sie* sagt, das sagt dann bald auch mindestens die Hälfte von den Leuten in Niedlasreuth. Das ist sozusagen ein Extra-Dialekt, Gerda-Fränkisch." Mit entschuldigender Miene fügt er an: „Aber du musst fei nicht hier arbeiten, wenn du keine Lust hast. Das mit dem Säen war nur ein Vorschlag von der Oma Gerda – auch wenn sich das bei ihr halt etwas anders anhört."

Flora zuckt die Achseln: „Ein bisschen Gartenarbeit wäre gar nicht schlecht."

Basti führt Flora um das Haus herum zum Garten. Dabei kommen sie an der großen grauen Garage vorbei, und Flora fällt etwas ein:

„Neulich hat Gerda doch gesagt, sie hat in der Garage keinen Platz für das Motorrad, weil da ihr Auto und der Porsche stehen. Hat sie wirklich einen Porsche in der Garage?"

Basti nickt und grinst.

„Vielleicht so einen alten, einen Oldtimer?"

Basti grinst noch mehr: „Ja, einen richtig schönen roten Oldtimer, gut sechzig Jahre alt. Aber du kennst ja die Gerda, sie hält das Ding top in Ordnung, das läuft wie eine Eins."

„Warum benutzt sie dann jetzt, wo das andere Auto kaputt ist, nicht den Porsche? Ist der nicht zugelassen? Oder möchte sie ihn schonen?"

Basti schüttelt den Kopf. „Weder noch. Aber ich schätze, selbst der Oma Gerda ist es unangenehm, den gesamten Verkehr aufzuhalten."

„Den Verkehr aufhalten, mit einem Porsche? Doch wohl kaum – oder ist das, weil alle starren?"

„Also, der kann nur so knapp 20 Stundenkilometer, das ist heutzutage halt Schneckentempo."

„Knapp zwanzig?", fragt Flora verblüfft, während Basti schwungvoll das Garagentor öffnet.

Und da sieht sie Gerdas schönen alten roten Porsche.

„Ein Trecker!", ruft sie überrascht.

„Ja, ein Bulldog", nickt Basti. „Porsche hat bis Anfang der Sechziger auch Bulldogs gebaut, und Gerdas Eltern hatten sich einen zugelegt."

„Wieso sagst du Bulldog, das ist doch ein Trecker?"

„Hier in der Gegend heißen die Dinger halt Bulldog. Manche sagen auch Schlepper."

„Also, ein Schlepper ist für mich ein Schiff!"

„Vielleicht können wir uns auf Traktor einigen?", bietet Basti an. „Für so ein vielgenutztes Gerät gibt es halt auch viele Wörter."

„Ist aber auf jeden Fall ein schickes Ding", Flora starrt das glänzende rote Fahrzeug fasziniert an. „Meinst du, Gerda würde mich mal damit fahren lassen?"

Basti lacht. „Das versteh ich, als Jugendlicher war ich auch immer total scharf drauf, mit dem Porsche rumzukutschieren. Inzwischen hat das Bulldogfahren für mich etwas an Reiz verloren, meistens musste ich danach oder dabei ja hart arbeiten. Aber du kannst die Oma Gerda gern mal fragen, wahrscheinlich erlaubt sie es dir."

Basti macht das Garagentor wieder zu und führt Flora in den dicht bepflanzten Gemüse- und Kräutergarten hinter dem Haus. Salate, Gurken, Porree, Tomaten, Rüben, Kohl –

Gerda scheint sich alles selbst zu ziehen. Daneben gibt es noch einen kleinen Blumengarten, in dem jetzt hauptsächlich Astern blühen. Aber auch ein paar Rosen an der Hauswand tragen noch große dunkelrote Blüten, die wunderbar duften. Ein paar Hennen picken leise gackernd auf dem Boden herum. „Natürliche Schädlingsbekämpfung", kommentiert Basti lächelnd.

Flora nickt. „Die Hühner sind echt freilaufend, was?"

„Aber wie. Leider sind sie manchmal auch weglaufend, aber meistens kriegen wir sie wieder."

Aus dem windschiefen Holz-Gartenhäuschen holen sie sich nun Samentütchen und Gartengeräte und legen los.

Während sie den Feldsalat in langen Reihen säen, merkt Basti betont beiläufig an: „Vielleicht sollten wir heute Abend doch auf die Party gehen."

Auf Floras fragenden Blick erklärt er: „Das mit Ralfis kriminellen Nebengeschäften ist ja eine heiße Spur. Und wenn wir nur zu ihm rübergehen und ihn einfach fragen, dann wird er mauern. Aber wenn er auf der Party sozusagen aktuell dabei ist, kriegen wir ihn vielleicht irgendwie."

„Du meinst, so eine Art Deal nach dem Motto, wir verpfeifen dich nicht, wenn du uns sagst, was am Mittwoch wirklich los war?"

Basti zuckt die Achseln: „Vielleicht, zum Beispiel. Es ist auf jeden Fall eine Chance. Also sollten wir vielleicht doch hingehen. Würdest du mitkommen?"

Er sieht Flora dabei nicht an. Aber sie spürt, dass er angespannt auf ihre Antwort wartet.

Sie zuckt die Achseln: „Okay, warum nicht? Wann und wo soll das stattfinden?"

„Sukis Eltern haben eine Villa auf dem Burgberg."

„Burgberg, das klingt ja schick. Ich wusste gar nicht, dass Erlangen eine Burg hat?"

„Nee, eine Burg gibt es da nicht, soweit ich weiß, keine Ahnung, warum das so heißt. Aber schick ist es schon, das ist so ein richtig teurer Stadtteil mit alten Villen."

Neugierig fragt Flora nach: „Dann sind die Eltern von dieser Suki also reich?"

„Kann man so sagen", brummt Basti. Doch dann rafft er sich zu einer Erklärung auf: „Ihr Vater ist Chefarzt an der Uniklinik, und ihre Mutter ist Zahnärztin. Da kommt was zusammen."

Unsicher meint Flora: „Also ich weiß nicht, wenn das da so eine schicke Villa von reichen Leuten ist, da passe ich dann wohl eher nicht hin. Ich meine, ich habe keine tolle Kleidung oder so."

„Brauchst du auch nicht. Sukis Eltern sind sowieso nicht da, das ist ja der Grund, warum sie die Party schmeißen kann. Das macht sie immer, wenn ihre Eltern beide verreist sind."

„Das heißt, es wird wahrscheinlich ziemlich wild werden?"

„Na ja, eine gewisse Bremse gibt es schon, das sind die Nachbarn. Die Grundstücke da sind zwar riesig, und es sind auch hohe Hecken und Mauern drumherum, aber dafür sind die Leute halt auch extrem empfindlich. Das erste Mal, als Suki so ne Party geschmissen hat, da wurde es tatsächlich ein bisschen wild, und die Nachbarn haben sich bei Sukis Eltern beschwert. Und seitdem gilt: Partys okay, aber ohne dass die Nachbarn motzen, da muss man schon etwas aufpassen. Die Leute, die Suki einlädt, sind sowieso nicht so die Sorte Rowdys, die sich mit Bier und Wodka volllaufen lassen und dann Randale machen. Die Gäste da haben schon eine andere Klasse."

„Also doch so'n Event mit Designer-Schickimicki", seufzt Flora.

„Nein, ich meine eher so – da sind auch viele erwachsene Akademiker dabei. Die benehmen sich im Zweifelsfall auch miserabel, aber halt eben doch irgendwie – etwas gebremst. Mehr zu verlieren, schätze ich. Also, es ist jedenfalls nicht so ne wilde Studentenparty."

„Wo liegt denn dieser Burgberg, ist das weit draußen?"

„Nee, mit dem Fahrrad sind das keine zehn Minuten von meinem Wohnheim."

Flora seufzt. „Ich muss mir echt ein neues Fahrrad kaufen. Mein altes haben sie mir ja gleich am ersten Tag geklaut, als ich in der Innenstadt damit unterwegs war."

„Hattest du es abgesperrt?"

„Natürlich", Flora schüttelt ungeduldig den Kopf, „ich komme ja nicht vom Dorf, sondern aus Hamburg. Das ist mehrere Nummern größer als Erlangen, aber da haben sie mir mein Fahrrad noch nie geklaut."

„Das ist so ein Erlanger Übel, fürchte ich. Mir haben sie schon Dutzende Male das Fahrrad geklaut. Manche habe ich sogar irgendwo wiedergefunden, weil jemand das nur so für ne Runde Joyriding benutzt und dann ins Gebüsch geschmissen hatte.

Aber gut, zu Fuß sind es auch nur so ungefähr zwanzig Minuten, oder man kann mit dem Bus fahren. Auto würde ich nicht empfehlen, Parkplätze sind echte Mangelware da."

„Ich will sowieso mehr zu Fuß gehen."

„Okay, dann treffen wir uns am besten an meinem Wohnheim, und gehen dann zusammen hin. Ich würde sagen, so um zehn, früher wird der Ralfi kaum auftauchen."

Flora nickt „Na, dann bin ich ja schon sehr gespannt, wie das heute Abend wird."

Basti sagt nichts, schaut aber ziemlich bedrückt drein.

„Ich fahr jetzt heim", Flora schaut Basti fragend an: „Willst du mit?"

„Nee, ich bleib noch auf dem Hof und helfe Oma Gerda mit ein paar Sachen. Ich fahr dann nachher mit dem Bus heim."

Flora sieht aus dem Augenwinkel, dass Basti ihr mit ziemlich düsterem Gesicht hinterherstarrt. Wirklich zu freuen scheint er sich echt nicht auf die Party. Na ja, wenn das seine Ex ist und sie hat ihm erst vor Kurzem den Laufpass gegeben, dann ist das schon eine ungemütliche Situation.

Warum diese Suki ihn wohl überhaupt eingeladen hat? Um sich an seinem Kummer zu weiden? Flora stellt sie sich als ein herzloses, reiches Luder vor. Aber wie konnte sich einer wie Basti in so jemanden verlieben?

Flora schüttelt sich, um all diese Gedanken loszuwerden. Das geht sie alles überhaupt nichts an. Und sie wollen nur auf die Party, um eventuell etwas über Ralfis schmutzige Geschäfte zu erfahren, oder sogar über den Mord direkt.

Party mit Pool

Basti steht kurz vor der vereinbarten Zeit schon vor dem Wohnheim und wartet auf Flora. Zum Glück ist es heute deutlich wärmer als in den vergangenen Nächten, die Luft hat noch etwas sommerlich Mildes.

Flora stellt fest, dass Basti zwar nicht wirklich Partydress angelegt hat, aber schon smarter aufgemacht ist als sonst. Sein hellblaues Polohemd sieht teuer aus, ebenso wie die Markenjeans, die weißen Sneakers und die schwarze Lederjacke.

Flora selbst hat ein bewusst simples Outfit gewählt, weißes Shirt, schwarze Hose, schwarze Turnschuhe und eine helle Wildlederjacke im Retro-Look. Genauer gesagt ist die Jacke nicht nur retro, sondern echt alt, die hat ihre Großmutter ihr vererbt. Das sieht man der Jacke auch an, aber Flora ist stolz darauf.

Nach einer Weile führt der Weg ziemlich steil bergauf. „Hier ist es ja echt bergig", schnauft Flora.

Basti grinst: „Für eine Hamburgerin vermutlich schon."

„Aber hier stehen ein paar wirklich schöne alte Villen", muss sie zugeben.

Basti zuckt die Achseln: „Oma Gerda hat mir oft vorgeschwärmt: Früher, als das noch die originalen Villen waren, wo halt mehr oder weniger nur eine Familie drin gewohnt hat, da hatte das noch Flair, findet sie. Sie haben dann aber viele Villen abgerissen und Apartmentblocks draufgebaut. Und die, die sie stehengelassen haben, haben sie in mehrere Wohnungen aufgeteilt."

„Ist doch eigentlich sozialer, mehr Wohnungen für mehr Personen."

Basti schüttelt ärgerlich den Kopf: „Stimmt, aber das war nicht der Grund, das Ganze hier hat mit *sozial* nichts zu tun. Es ging bloß um mehr Reibach für wenige Immobilienhaie. Die machen natürlich auch immer wieder ‚Nachverdichtung‘, knallen also noch mehr Häuser irgendwo rein. So wie das Haus von Sukis Eltern, da vorne ist es schon."

Das Haus scheint aus lauter Glaswürfeln zu bestehen – schick und supermodern, aber Flora möchte nicht unbedingt in sowas wohnen.

Den Eingang versperrt ein ziemlich hohes blaues Tor aus Metall. Doch Basti drückt es einfach auf. Er scheint sich hier gut auszukennen – na ja, Suki war ja schließlich bis vor Kurzem seine Freundin ...

Er führt Flora über einen mit Natursteinen gepflasterten Weg zu einer Art Terrasse, die über den leicht abfallenden Garten blickt. Der Garten ist offensichtlich professionell gestyled, und verschiedenfarbige Lichter produzieren interessante Effekte – grüne Rosen, lila Blätter, rote Bäume. Eine Menge Menschen laufen, stehen oder sitzen im Garten. In der spätsommerlich milden Nacht scheint die Party weitgehend hier draußen stattzufinden.

An der Seite des Gartens liegt ein ziemlich großer Pool, von Unterwasserlampen beleuchtet. Daneben steht ein Grüppchen mit Gläsern in der Hand, in lebhafter Unterhaltung. Aus dem Haus dringt Musik, die man aber hier draußen im Garten kaum hört – die Nachbarn, erinnert sich Flora. „Wie sieht Suki denn aus?", fragt sie.

Basti deutet auf das kleine Grüppchen neben dem Pool: „Da unten ist Suki, die mit den kurzen dunklen Haaren und dem blauen Jumpsuit."

Die kleine, zierliche Suki trägt ein schimmerndes elektrischblaues Gewand, das für Flora aussieht wie ein Kleid. Als Suki sich nun bewegt, sieht Flora aber, dass es tatsächlich ein supersmartes Jumpsuit ist. Entweder hat Basti extrem genau hingeschaut, oder er kennt das Kleidungsstück.

Als Sukis Blick umherschweift, sieht sie Basti. Ihre Augen verengen sich kurz, doch dann lächelt sie und winkt zu ihm rüber. Flora fühlt, wie Sukis Blick sie von oben nach unten abcheckt, und noch mal von unten nach oben. Es fühlt sich irgendwie so an wie der Scanner am Flughafen.

Floras Hose und ihr Shirt sind Massenware. Zusammen mit der geschenkten Jacke hat ihr gesamtes Outfit vermutlich weniger gekostet als der schmale hellblaue Seidenschal, den Suki um den Hals trägt. Aber Flora weigert sich, sich deswegen irgendwie minderwertig zu fühlen.

Suki hat nun einen dunkelhaarigen, gutaussehenden Typen am Arm genommen und sich mit ihm zusammen aus der Gruppe am Pool gelöst. Die beiden kommen jetzt über eine breite Treppe auf Flora und Basti zu.

Flora überlegt, ob Basti sie wohl wieder als seine Mathematik-Tutorin vorstellen wird?

Offensichtlich versucht Basti nun eine möglichst neutrale Miene aufzusetzen – mit dem Resultat, dass er ziemlich dämlich in die Gegend schaut. Hastig sagt er zu Suki: „Hallo, das ist Flora, eine Freundin aus Hamburg, sie macht hier ihren Doktor."

Aha, *eine* Freundin, aber nicht *meine* Freundin, denkt Flora, und ist sich ziemlich sicher, dass Suki das auch gerade überlegt.

Nun präsentiert Suki ihm im Gegenzug: „Das ist Terry, mein neuer Freund. Er ist Ire und Musiker. Ganz toll an der Fiddle."

Suki nickt Flora knapp zu und setzt ein Lächeln auf, das nicht ganz bis an die Augen reicht: „Ich hoffe, du hast eine gute Zeit heute auf der Party. Basti kennt sich ja gut aus hier, der wird dir alles zeigen."

Bevor Flora etwas erwidern kann, hat Suki sich schon wieder weggedreht, um sich unter ein Grüppchen anderer Gäste zu mischen, mit Terry im Schlepptau.

Flora sieht, dass Bastis Haltung sich entspannt. „Das ist ja immerhin gut gelaufen", sagt er erleichtert und leise, mehr zu sich selbst. Flora findet ja, dass Sukis Blicke und Verhalten eher an der Unterkante von Höflichkeit lagen, aber Basti wirkt nun richtig fröhlich. Flora fragt sich, ob er wohl befürchtet hatte, dass Suki mit ihrem Longdrink-Glas nach Flora wirft oder so?

Obwohl derjenige, der wirklich finster schaut, dieser Terry ist. Die Blicke, die er Basti zugeworfen hat, waren richtig böse. Und auch jetzt blitzen seine Augen wütend auf, als er über die Schulter zurück nochmal auf Basti schaut.

Flora spürt irgendwie Blicke in ihrem Rücken und dreht sich um. Da steht Felix, mit einem leichten spöttischen Lächeln auf dem Gesicht. Er muss auf sie gewartet haben, und Flora wird klar, dass er das Ganze gespannt beobachtet hat. Als er sieht, dass sie ihn bemerkt hat, kommt er langsam auf sie zu geschlendert.

„Mein Kumpel Frido spielt gerade *Warten auf Ralfi*, bis jetzt aber vergeblich." Felix deutet auf einen schmalen Typen, der neben der Terrasse steht und sich hektisch umschaut.

Sie gehen auf Frido zu, der sich gleich an Felix wendet, ohne die anderen beiden groß zu beachten.

Frido schimpft: „Dieser Loser hat gesagt, er kommt um halb zehn, und jetzt ist es schon nach zehn, und er ist immer noch no show. Was glaubt der eigentlich?!"

Nach einem weiteren Blick auf seine teure Armbanduhr murmelt er ärgerlich: „Vielleicht sollte jemand mal seinem Chef stecken, was der Ralfi sich da mit seinen Kunden erlaubt."

„Seinem Chef?", hakt Basti nach, „dem Frank vom Steppenbär?"

„Nee, der doch nicht, ich glaub nicht, dass der damit irgendwas zu tun hat. Ralfi macht sich immer fast in die Hosen, dass der Frank davon erfahren könnte und ihn rausschmeißt. Nee, ich meine diesen Chris. Das ist sein Dealer-Chef, oder wie immer man das nennt, ich kenne mich da nicht so aus." Verteidigend fügt er an: „Ich bin ja kein Junkie, ich brauch ja nur n paar Aufputscher, damit ich durch die Prüfungen komme und so."

Ha, kein Junkie, denkt sich Flora spöttisch. Frido schaut nun schon wieder auf die Uhr, sein Blick ist hektisch, und

Schweißperlen stehen auf seiner Stirn. Vielleicht sind das ja wirklich „nur" Aufputschmittel, aber Frido scheint schon ziemlich abhängig von ihnen zu sein, wenn ihm Ralfis Verspätung so zusetzt.

Laut fragt sie: „Woher weißt du denn, dass dieser Chris sein Chef ist? Hast du den schon mal getroffen?"

Frido grinst verächtlich. „Der Ralfi ist so ein Schwachkopf, der hat sich natürlich bei der ersten Gelegenheit verplappert. Neulich Nacht hat er ganz stolz erzählt, dass er jetzt gleich neuen Nachschub kriegt, von Chris. Und man ist ja neugierig, also bin ich ihm einfach mal unauffällig hinterher."

Flora denkt an ihre eigenen Beschattungs-Erfahrungen von heute Mittag. Nachts ist es vermutlich noch schwieriger, aber da Ralfi eben Ralfi ist, hat er wahrscheinlich nichts bemerkt.

Frido erzählt weiter: „Da war dann so einer, der ist dicht bei Ralfi vorbei, und sie haben dann wohl ihre Rucksäcke ausgetauscht, und das war's dann."

„Wie sieht so'n Oberdealer denn aus?", fragt Flora und versucht so zu tun, als ob sie nur so ganz allgemein neugierig ist.

Frido zuckt die Achseln: „Es war ja dunkel, und ich war ziemlich weit weg, und der hatte so ein Hoodie über – also, null Chance, was Genaueres zu erkennen. Aber ist mir letzten Endes auch egal, ich krieg das Zeug direkt vom Ralfi, und das ist auch gut so. Der ist so beknackt, den kann man immer leicht beschummeln, wenn's ums Zahlen geht. Rechnen kann er genauso wenig wie sonst irgendwas, das mit Denken zu tun hat. Nur kommen müsste er halt endlich, der Sack."

Ein weiterer Blick auf die Uhr, und Frido jammert: „Jetzt ist es schon halb elf! Eine volle Stunde überfällig! Was denkt der sich eigentlich?!"

Flora und Basti überlassen Frido seinen hektischen Blicken auf die Uhr und seinem Junkie-Jammer.

Flora spekuliert: „Ich dachte immer, nur wegen eines Verdachts kann man jemanden nicht so schnell einsperren. Aber vielleicht hat der Wudler den Ralfi ja doch schon hopsgenommen, und deswegen kommt er nicht?"

Basti zuckt die Achseln: „Vielleicht ist es dem Ralfi auch einfach zu heiß, direkt unter der Nase der Polizei seine Pillengeschäfte durchzuziehen. So schlau ist wahrscheinlich sogar er, dass er weiß, die Polizei beobachtet ihn zurzeit genau. Also hält er mal lieber ein paar Tage die Füße still."

Sie schlendern runter zum Pool. Dort stehen auch Suki und Terry wieder.

Der Ire hat ein großes Bierglas in der Hand, und es ist sicher nicht sein erstes. Der Blick, den er auf Basti richtet, ist nicht nur feindselig, sondern auch nicht mehr ganz fokussiert. Aber es reicht noch, dass er seinen Zeigefinger ungefähr in die richtige Richtung sticht: „Du bist also die Basti. Die berühmtes Basti. Stimmt's?"

Basti kann das schlecht bestreiten, weicht aber vor der Aggression in Terrys Stimme und in seinem Blick unwillkürlich nach hinten aus, näher zum Pool.

Aber Terry rückt nach und beweist eine erstaunliche Kenntnis deutscher Schimpfworte, die mit irischem Zungenschlag interessant rüberkommen : „Du bist ganz miese Mistkerl, du weißt? Saubeutel. Richtige Arschloch."

Auf einmal schreit er: „Hau ab!", und stößt Basti in den Pool. Es gibt einen Riesenplatscher, und einen vielkehligen Aufschrei ringsum.

Flora geht näher zum Pool, um Basti herauszuhelfen, aber da ist schon Suki neben ihr: „Der Basti ist Rettungsschwimmer, der kommt auch alleine wieder raus. Und dahinten ist sowieso die Treppe, das weiß er auch." Sukis Augen glitzern, sie scheint das Ganze eher toll als schlimm zu finden.

„Ganz schön aggressiv, dein Terry", sagt Flora ärgerlich.

Suki zuckt die Achseln: „Er ist halt Ire, und Musiker, ein heißblütiger Typ. Saufen und Raufen, das liegt ihm, sagt er selber. Iren sind halt so."

„Nicht alle", erwidert Flora kühl. „Ich war mal mit einem verheiratet, der war ganz anders." Das stimmt zwar nicht hundertprozentig, ist aber auch nicht ganz falsch.

Suki wirft ihr einen interessierten Blick zu.

Doch nun ist Basti aus dem Pool geklettert. Er stellt sich dicht neben Terry, der grinsend aus seinem Bierglas trinkt. Einen Moment lang denkt Flora, Basti wird Terry jetzt angreifen. Aber der klatschnasse Basti schüttelt sich nur wild und spritzt jede Menge Wasser über Terry und in sein Glas. Terry stößt einen ärgerlichen Laut aus und macht nun Anstalten, auf Basti loszugehen. Suki geht dazwischen, indem sie Terrys Arm packt und ziemlich brutal auf seinen Rücken dreht. Sie mag ja klein und zierlich sein, aber sie weiß offensichtlich, wie man jemandem wehtut.

Dann zischt sie etwas in Terrys Ohr und schubst ihn weg. Während er sich seinen schmerzenden Arm reibt, wendet sich Suki zu Basti und bedeutet ihm mitzukommen. Basti sieht Flora achselzuckend an und tappst dann tropfend hinter Suki her ins Haus.

Verdächtige Sichtung

Auf einmal taucht wieder Felix neben Flora auf. „Der Basti ist ja jetzt erst mal außer Gefecht", erklärt er – nicht direkt grinsend, aber er scheint eher amüsiert. „Aber keine Sorge, ich kenn mich hier auch aus, ich hol dir erst mal einen Drink. Was möchtest du?"

Nach kurzem Zögern entscheidet sich Flora für einen Mojito. „Gibt's hier sowas?", fragt sie vorsichtig.

„Hier gibts alles", erklärt Felix. „Ich bring uns welche hier raus. Könnte aber ein paar Minuten dauern, weil das alles frisch gemixt wird. Lauf einfach mal rum und schau dich um, ich finde dich dann schon." Nach einer kurzen Pause fügt er betont gleichgültig an: „Oder du gibst mir einfach deine Nummer, dann ruf ich dich an."

Er sieht sie abwartend an, aber Flora schüttelt den Kopf. „Wird schon so gehen", sagt sie fest, und Felix verzieht sich mit einem Schulterzucken.

Flora fängt an, im Garten herumzuwandern. Dieses Grundstück ist echt riesig. Am Ende des großen Gartens liegt noch ein Streifen Wildnis, sozusagen: ungemähtes Gras und wuchernde Büsche. Flora wandert ein paar Schritte dort hinein – sie findet es schön, wenn man der Natur noch ein bisschen Raum lässt.

Aber es ist hier wirklich verdammt dunkel, und deswegen wendet sie sich dann doch lieber wieder den Lichtern im Garten zu. Sie zieht ihr Handy aus der Jackentasche, um Basti anzurufen, wie die Lage aussieht.

Da huscht eine Gestalt neben ihr durch die Dunkelheit – schwarze Kleidung, Kapuze über den Kopf gezogen.

Floras Display leuchtet hell. Für einen kurzen Moment sieht sie die untere Gesichtshälfte: Der Typ trägt einen Bart, aber die glatte Haut sieht sehr jung aus – vielleicht sechzehn oder siebzehn? Und schon taucht er wieder in die Dunkelheit ab.

Flora starrt der dunklen Gestalt hinterher – oder genauer gesagt in die Richtung, in die der Typ verschwunden ist. Sie versucht, mit ihrer Handy-Taschenlampe in das Dunkel zu leuchten, aber ohne nennenswerten Erfolg. Sich alleine noch einmal in die Dunkelheit zu wagen, um der verdächtigen Gestalt hinterherzuspüren – dazu kann sie sich nicht aufraffen. Und vielleicht ist der Typ ja auch ganz harmlos …

Trotzdem, irgendwie kommt ihr das wirklich verdächtig vor. Sie überlegt, ob sie Suki Bescheid sagen soll – aber was genau soll sie ihr dann eigentlich sagen? Dass einer der Gäste dunkle Kleidung und einen Hoody trägt? Das mag ja modisch zweifelhaft sein, aber ein Verbrechen ist es nicht. Und wenn es kein Gast war, sondern ein Partycrasher, dann hat er sich ja wohl gleich wieder verdrückt.

Sie versucht nochmal, Basti anzurufen, aber sein Handy scheint ausgeschaltet.

Seufzend macht sie sich nun auf die Suche nach Felix.

Dabei läuft ihr auch Frido wieder über den Weg, und sie fragt ihn: „Hast du Basti irgendwo gesehen? Oder Felix, mit Mojitos in der Hand?"

Frido schüttelt bedauernd den Kopf: „Nicht mehr seit vorhin, sorry."

Flora fällt auf, dass Frido jetzt sehr viel entspannter wirkt als vorhin. „Ist Ralfi doch dagewesen?", erkundigt sie sich. Frido zuckt die Achseln. „Nicht direkt. Aber ich hab mein Zeug jetzt doch noch bekommen. Ich glaube, das war dieser Chris. Weil der Ralfi ausgefallen ist, ist der eingesprungen. Muss man wahrscheinlich als Chef manchmal machen, um den Laden am Laufen zu halten."

Frido winkt jemandem zu und wandert davon.

Flora bleibt nachdenklich zurück. Wenn Frido gerade von Chris seinen Stoff bekommen hat – und ihr gerade diese dunkle Gestalt über den Weg gehuscht ist … dann war das also höchstwahrscheinlich Chris, Ralfis Chefdealer.

Interessant.

Obwohl – viel hat sie ja nicht von ihm gesehen. Wiedererkennen würde sie ihn nach diesem kurzen Blick auf die untere Gesichtshälfte sicher nicht.

Sie wandert suchend im Garten herum, ohne irgendwen zu sehen, den sie kennt. Kein Basti, kein Felix, keine Suki – nur Terry, der sich weiterhin in der Nähe des Pools rumtreibt und finster in sein Bierglas starrt.

Doch schließlich erspäht sie Felix, der gerade aus dem Haus kommt und in jeder Hand ein großes Mojito-Glas trägt.

Er kommt zu ihr und drückt ihr eines der Gläser in die Hand.

„Hast du Basti irgendwo gesehen?", fragt sie ihn, während sie sich auf eine kleine Bank vor dem Haus setzen.

Felix schüttelt den Kopf und sagt dann: „Die Suki kann ich auch nirgendwo finden." Nach einer Weile fügt er leise an: „Ich hab dir ja gesagt, der Basti will dich mitnehmen, um die Suki anzutörnen."

Flora ärgert sich, kann aber nicht wirklich widersprechen. Sie trinkt nun viel zu schnell ihr großes Glas leer. Der Mojito scheint auch extra stark zu sein. Ihr wird ein bisschen schwummrig, aber wärmen tut sie der Alkohol nicht, wie erhofft.

„Mir ist kalt", sagt sie matt.

Felix, der eine leichte Steppjacke anhat, zieht sie aus und legt sie Flora um die Schultern. Er kommt ihr dabei näher, als sie das möchte, und sie steht auf. Eigentlich wollte sie das zügig und elegant machen, aber der Alkohol lässt sie gegen Felix taumeln, bevor sie es schafft, sich aufzurichten. Laut sagt sie: „Ich geh jetzt heim."

„Bist du mit dem Auto da?"

„Nee, zu Fuß, ich hab's ja nicht weit."

„Dann begleite ich dich."

Flora ist nicht übermäßig begeistert von der Idee. Aber jetzt alleine durch die Dunkelheit zu gehen, in einer Stadt, die sie noch gar nicht kennt - das ist auch keine verlockende Aussicht. Und noch weiter nach Basti zu suchen, ist vermutlich sinnlos. Der ist jetzt bestimmt mit Suki irgendwo im Haus, und so schnell werden die da nicht mehr rauskommen ...

Müde stimmt sie Felix zu, und sie verlassen die Party.

„Wo wohnst du?", fragt Felix betont beiläufig.

Flora zögert - aber wenn er sie heimbringt, dann muss sie ihm ja wohl ihre Adresse sagen, da hilft nichts.

Eine Weile lang gehen sie schweigend die ruhigen, dunklen Straßen entlang. Die gleichmäßige Bewegung tut Flora gut, und sie fühlt sich wieder besser.

Aber irgendwie beschleicht sie so ein komisches Gefühl – folgt ihr da jemand?

Sie fährt herum. Da hat ein Blatt geraschelt – einfach so, oder war da wer? Aber sie kann niemanden entdecken.

Was ist, wenn dieser Chris vielleicht vermutet, sie hätte ihn so deutlich gesehen, dass sie ihn identifizieren könnte? Und sie deswegen verfolgt?

Sie dreht sich wieder um – da war doch eine Bewegung, oder?

„Ist was?", fragt Felix nun. „Warum schaust du denn dauernd nach hinten?" Spöttisch fügt er an: „Glaubst du, der Basti verfolgt uns?"

„Wohl kaum", erwidert Flora kühl. „Aber aus dem Augenwinkel habe ich gesehen … Da war so ein Schatten, als ob uns tatsächlich jemand folgt. Sicher nicht Basti, aber …"

Sie verstummt. Warum sie den Verdacht hat, dass es eventuell Chris sein könnte - das kann und will sie Felix nicht erklären.

Aber sie ist jetzt doch ganz froh, dass er sie heimbringt, zu zweit fühlt man sich einfach sicherer als alleine.

Felix zuckt skeptisch die Achseln, doch nach kurzem Überlegen schaltet er um auf fürsorglich: „Du hast recht, gerade Freitagnacht, da weiß man nie, wer sich hier alles rumtreibt. Ich bring dich am besten bis zu deiner Wohnung, dann kann nichts passieren."

So ganz recht ist das Flora nun auch wieder nicht. Aber schließlich entscheidet sie sich, dass Felix im Moment das kleinere Übel ist, verglichen mit irgendwelchen herumschleichenden dunklen Gestalten.

Also kommt Felix mit bis hoch an ihre Wohnungstür. Flora steckt den Schlüssel in die Tür, dreht sich dann um und sieht ihn fest an: „Vielen Dank fürs Heimbringen. Wir sehen uns dann nächsten Mittwoch wieder, beim Tutorium. Ich hoffe, du stellst rechtzeitig deine Hausaufgaben ein!"

Felix überlegt kurz, dann zuckt er die Achseln. Mit einem ironischen Lächeln verneigt er sich tief: „Es war mir eine Ehre, die Dame!" Und als er sich aufrichtet, fügt er mit kindlicher Stimme hinzu: „Und ich werde auch brav meine Hausaufgaben machen, Frau Lehrerin!"

Er grinst sie unverschämt an und zieht dann ab.

Erleichtert schließt Flora die Tür auf und schlüpft schnell in ihre Wohnung.

Sonst verlässt sie sich immer einfach auf ihr Sicherheits-schloss, aber diesmal hängt sie tatsächlich auch noch die Türkette ein.

Dann denkt sie wütend: Der blöde Basti ist an allem schuld! Wenn der nicht verschwunden wäre, dann wäre sie nicht die-sem Chris über den Weg gelaufen. Wenn sie den wenigstens richtig gesehen hätte, dann würde das ja was bringen. Aber so hat sie jetzt nur Angst, dass der womöglich *sie* gesehen hat, und - ach, sie weiß auch nicht, was er deswegen machen könnte, aber im Zweifelsfall nichts Gutes. Müde und verwirrt reibt sich Flora die Stirn, ihr Kopf schmerzt.

Und wenn Basti wenigstens danach endlich aufgetaucht wäre, dann hätte sie nicht den blöden Felix an der Backe gehabt. Vielleicht ist Basti inzwischen ja endlich erreichbar. Flora versucht nochmal ihn anzurufen. Aber seine Telefon ist offenbar immer noch ausgeschaltet. Ärgerlich wirft Flora ihr Handy aufs Sofa.

Dabei war es ja Basti selber, der wollte, dass Flora auf die Party mitkommt. Sie hat ihm da ja quasi nur einen Gefallen getan. Und dann lässt er sie dermaßen sitzen – echt, mit Basti ist sie fertig!

Bedroht

Umherhuschende dunkle Gestalten geistern durch Floras Träume. Sie blickt in ein schemenhaftes, kapuzenbeschattetes Gesicht – und plötzlich grinst sie daraus ein Monster böse an, kalkweiß und giftgrün, mit wütenden roten Augen –

Flora wacht auf. Sie hat das Gefühl, kaum geschlafen zu haben, aber es ist schon kurz nach zehn.

Die Sonne scheint durchs Fenster, und ihre Ängste von letzter Nacht kommen Flora plötzlich albern vor. Da war bestimmt niemand im Gebüsch hinter ihr außer einer Maus oder so – Mann, was wird Felix bloß von ihr denken – obwohl der das ja auch prompt ausnutzen wollte ...

Als sie auf ihr Phone schaut, sieht sie eine knappe Nachricht von Basti: *11 Uhr Brunch bei Gerda.*

Ärgerlich starrt Flora auf ihr Handy. Der hat echt Nerven – erst lässt er sie bei der Party stehen, um mit Suki abzutauchen, und dann soll sie zum Brunch bei seiner Großtante kommen?!

Doch dann überlegt sie, dass vielleicht auch Max da ist, und sie von ihm den aktuellen Stand der Ermittlungen erfahren könnte. Darauf ist sie schon neugierig.

Trotzig entscheidet sie: Ich fahre nach Niedlasreuth, wegen der aktuellen Infos. Und das Essen bei Gerda ist immer super. Aber ich werde den Teufel tun und Basti mitnehmen. Wenn der da auch hinwill, dann kann er den Bus nehmen, oder das Fahrrad, oder von mir aus auch die paar Stunden laufen ...

Als Flora aus ihrer Wohnung tritt, bemerkt sie einen Umschlag, der auf dem Abstreifer vor der Tür liegt. Neugierig hebt sie ihn auf. Es steht weder ihr Name noch ein Absender drauf. Aber da er auf ihrem Abstreifer liegt, ist er wohl für sie gedacht.

Vielleicht ist es eine Entschuldigung von Basti?

Obwohl der ja gar nicht weiß, wo sie wohnt. Hofft sie. Eigentlich.

Sie holt ein Blatt Papier aus dem Umschlag. Darauf steht hingekritzelt: „Hör auf zu schnüffeln, sonst kriegst du ein Messer in die Fresse."

Geschockt starrt Flora das Papier an.

Von wem kann das sein? Unwillkürlich schaut sie im Treppenhaus herum – aber das ist natürlich sinnlos. Wer immer den Brief dahin gelegt hat, ist sicher längst weg.

Sie starrt wieder auf die Botschaft. Die ist handschriftlich hingekritzelt, mit einem Kuli - riskant, eigentlich, denn Handschrift kann man ja zumindest theoretisch nachverfolgen.

Es war wohl eine plötzliche Idee, überlegt sie. Und es wirkt auch nicht sehr professionell, irgendwie.

Aber andererseits – man muss weder gut vorbereitet sein noch sonderlich professionell, um einem anderen mit dem Messer das Gesicht zu zerschneiden ...

Aber wer macht sowas?

Dass er überhaupt mit sowas droht?

Und wer weiß denn überhaupt, dass Flora schnüffelt – wenn man es denn überhaupt *schnüffeln* nennen kann.

Das Ganze bedeutet ja wohl, dass sich irgendwer von ihr auf die Füße getreten fühlt. Aber sie ist sich eigentlich nicht bewusst, auch nur die Füße von jemandem berührt zu haben. Sie hat doch eigentlich noch überhaupt nichts herausgefunden -?

Doch, natürlich – Chris! Auf einmal kommen ihre Ängste von gestern Nacht wieder hoch. Wenn dieser Chris befürchtet, dass sie genug von ihm gesehen hat, um ihn identifizieren zu können …

Obwohl – woher sollte Chris wissen, in welcher Wohnung sie wohnt? Felix wird das doch wohl nicht weiterverraten haben?!

Flora starrt grübelnd auf ihre Wohnungstür. Sie hat schon das Namensschild dort angebracht, auf dem ihr voller Name steht. Aber dieser Chris kann doch gar nicht wissen, wie sie heißt, oder?

Sie starrt nochmal auf die drohenden Worte, dann stopft sie das Papier und den Umschlag in ihren Rucksack.

Irgendwie ist ihr jetzt kalt.

Aber in Gerdas Küche ist es bestimmt warm.

Flora parkt in Gerdas Hof und hämmert dann gegen die Tür. Max macht ihr auf und strahlt sie an: „Ich hab des Wochenende frei!"

Dann verdüstert sich seine Miene: „Jedenfalls eigentlich. Aber der Franz hat mich vorgewarnt – der Wudler ist heut da. Und der schert sich nicht um Wochenende und Dienstpläne und so. Der bläst sich auf und sagt ganz wichtig: Des sind Mordermittlungen! Und dann kommandiert er mich bloß deshalb auf die Wache, damit ich ihm einen Kaffee hole – der bringt sowas glatt fertig, wenn ich Pech hab."

Flora hebt erstaunt die Augenbrauen: „Wudler ist an einem Samstag von Bamberg nach Forchheim gefahren? Soviel Pflichtbewusstsein und Diensteifer hätte ich ihm gar nicht zugetraut."

„Ach wo, der ist nur hier, weil heute der Club ein Heimspiel hat, da will er hin, und da musste er eh nach Süden, von Bamberg aus, da liegt Forchheim praktisch aufm Weg, und er kann's auch noch als Überstunden abrechnen."

„Der Club?" Flora schaut verständnislos.

Max verdreht die Augen: „Also, ich kenn fei auch den FC St. Pauli – und Sie kennen den Club nicht? Den legendären 1. FC Nürnberg?"

„Also, den Namen habe ich schon gehört. Aber die sind nicht in der ersten Bundesliga, oder?"

Max verzieht schmerzlich das Gesicht. „In der zweiten."

„Sind sie da wenigstens vorne in der Tabelle?"

Max verzieht noch schmerzlicher das Gesicht. „Kommen Sie rein", seufzt er dann, „die anderen sind in der Küche."

Flora zögert kurz. Soll sie Max den Drohbrief zeigen? Aber was könnte er schon tun? Und er müsste das dann ja eigentlich auch seinen Kollegen weitermelden. Und die würden dadurch darauf kommen, dass Flora und die anderen mit Max' Unterstützung privat ermittelt haben, sozusagen. Das hätte womöglich üble Folgen für Max.

Nein, sie will Max nicht in dieses Dilemma bringen, indem sie ihm den Brief zeigt.

Sie versucht, alle Gedanken an die Drohbotschaft jetzt erst mal beiseitezuschieben.

Flora tätschelt Hektor, der ihr schwanzwedelnd entgegenkommt, den Kopf. Anscheinend zählt er sie schon fast zur Familie, irgendwie ein gutes Gefühl.

Sie begrüßt Gerda freundlich. Auf die Komplimente über das sehr lecker aussehende Brunch-Buffet reagiert Gerda mit einem gelassenen Nicken: „Ich hab dachd, bei am Info-Bransch könn mer am besdn schaun, was für Fädla mir inzwischn so ham, und was vleichd drohängd." Flora erinnert sich an Gerdas Theorie, dass Detektivarbeit wie das Aufribbeln eines Pullovers funktioniert, und nickt.

Basti bekommt ein flüchtiges, eisiges Kopfnicken ab. Zu Floras Erstaunen starrt Basti *sie* mindestens genauso vorwurfsvoll an, wie sie sich *ihm* gegenüber fühlt. Also wirklich!

Aber nun erklärt Max: „Okay, wenn jetzt alle da sind, kann ich euch ja über die Ermittlungen updaten."

Basti erkundigt sich: „Hat der Wudler den Ralfi eigentlich schon befragt? Oder womöglich sogar schon festgenommen?"

Max schüttelt ärgerlich den Kopf und nimmt sich ein Schokocroissant. „Der Baseballschläger hat sich ja als sauber erwiesen, und dann das Alibi mit den Fotos aus der Oberpfalz – deswegen ist der Ralfi sehr weit hinten auf Wudlers Liste. Dabei wäre es echt wichtig, den Ralfi auszuquetschen, was er weiß. Aber stattdessen befragt der Wudler dauernd diese Cindy Bärholz, natürlich ohne irgendwas rauszukriegen."

Langsam sagt Basti: „Aber gestern, da haben wir was rausgefunden, auf der Party. Das führt vielleicht weiter."

Ohne Flora anzusehen, berichtet er von Frido und dessen Erzählungen über Ralfi und Chris.

Gerda merkt auf: „Chris, hasd du gsachd? Der heißd Chris?"

Basti nickt, und Flora nimmt nun zögernd den Faden auf. Sie berichtet von der Gestalt im Hoody, die ihr im Dunkeln über den Weg gelaufen ist.

Basti starrt sie erschrocken an: „Mann, das war aber echt gefährlich, du hättest da nicht allein rumwandern sollen!"

„Wie denn sonst?", zischt Flora ihn an. „Nachdem du dich ja verdrückt hattest, bin ich halt allein dagesessen."

„Ich kann doch nichts dafür, dass dieser irre Ire mich außer Gefecht gesetzt hat", raunzt Basti zurück.

„Und dein Handy war auch ausgeschaltet."

„Das war nicht ausgeschaltet, sondern ausgeknockt – was glaubst du denn, wie ein Handy auf ein Vollbad im Pool reagiert? Inzwischen hab ich die Karte in einem alten Phone, sonst wäre ich immer noch voll offline."

Flora fühlt die neugierigen Blicke von Max und Gerda und erzählt schnell weiter. Sie erklärt, wie sie über Fridos Bericht darauf kam, dass die dunkle Gestalt wahrscheinlich Chris war. Dass es womöglich auch Chris war, der ihr auf dem Heimweg gefolgt ist, behält sie für sich, ebenso wie die Sache mit dem Drohbrief. Aber es fällt ihr schwer, das alles alleine mit sich herumzutragen ...

Sie hat ja schon beschlossen, dass sie Max nichts davon erzählt, um ihn nicht in Schwierigkeiten zu bringen. Auch Basti will sie nichts davon sagen. Aber Gerda – vielleicht weiß Gerda ja, was zu tun ist? Gerda weiß eigentlich immer, was zu tun ist.

Nur, wie soll sie Gerda alleine beiseite kriegen, um mit ihr zu reden?

Sie spürt Gerdas Blick auf ihrem Gesicht.

Und dann kommandiert Gerda: „Basdi, Max, ihr machd edserd gschwind a weng Holz, damid ich nacherd den Kachelofn ooschmeißn koo."

„Aber wir sind doch noch nicht mit Essen fertig", protestiert Max, der gerade die letzten Krümel seines zweiten Croissants auf dem Teller zusammenschiebt.

„Des dauerd ja nur a boar Minudn, danach kannsd weiderfuddern, dann hasd wenichsdens widder an gscheidn Hunger."

„Den hab ich sowieso", erklärt Max. Aber nach einem sehnsüchtigen Blick auf den Tisch schnappt er sich nur noch schnell ein Lachsbrötchen und folgt Basti nach draußen.

Als die beiden weg sind, zieht Flora den Drohbrief aus der Tasche und erzählt von ihren Vermutungen.

Dann schaut sie schweigend zu, wie Gerda den Brief inspiziert.

Einerseits hofft Flora, dass Gerda sie beruhigen wird, andererseits würde sie sich schrecklich ärgern, wenn sie nur irgendwie abwiegelt.

Eigentlich kann Gerda es ihr jetzt überhaupt nicht recht machen, merkt Flora unglücklich.

Gerda lässt das Papier nun sinken und schaut Flora nachdenklich an. Dann sagt sie nur: „Des is hässlich."

Sie denkt eine Weile nach und fügt dann in sachlichem Ton an: „Du schaust edserd amol, dassd ned allaans im Dungln umananderhuschsd, und dich ned in zweifelhafde Eggn rumdreibsd. Mir wern den Kerl schon schnabbn, diesn

Chris. Aber des is vermudlich eh aana von die Hund', die wo belln und ned beißn, jedenfalls ned gleich."

Flora will das gerne glauben, fragt aber nach: „Wie kommen Sie darauf?"

„Weil er dem Ralfi aa drohd had. Auf dem Ralfi seim Handy hab ich a ganze Menge böse Messädsches gsehn, schon seid mindesdens aaner Wochn, und da war ‚Chris' drunder gschdandn. Der had gschimbfd, dass der Ralfi ihn bschissn had mit irngwelchm Geld. Aber dem Ralfi is ja nix Schlimmes bassierd, bis edsd. Ich glaab, der bumbd sich hald a weng auf, dieser Chris, und hoffd, dass alle kuschn."

Flora nickt nachdenklich. Nachdem es nun an der Haustür klappert, Basti und Max also wieder im Anmarsch sind, stopft sie schnell den Drohbrief zurück in ihren Rucksack. Gerda nickt grinsend: „Die müssn ja ned alles wissn."

Chris?

Max angelt sich nun gleich zwei Brötchenhälften mit Gerdas selbstgemachtem Kräuterquark und gießt sich nochmal ordentlich Kaffee nach.

Er ist mit Trinken und Essen beschäftigt, aber Basti sieht Gerda stirnrunzelnd an: „Du hast doch vorhin diesen Namen wiedererkannt, oder? Chris?"

Gerda zuckt die Achseln: „Des is ka seldner Name, so haaßen viele. Da woar mal aana in meiner Schul', der had Christoph gheißn."

Basti schüttelt ungeduldig den Kopf: „Ach geh, Oma Gerda, du willst es bloß nicht rausrücken, oder?"

„Da gibd's nix zum Rausrüggn", sagt Gerda störrisch. „Und außerdem könnd des eh a falscher Name sein. Wenn aana mid Drong handld, wird er des ned in die Weld naus posauna wolln, dass er des machd."

Max nickt und kaut, aber Basti schaut weiter unzufrieden. „Sag mal, Oma Gerda, hast du eigentlich in den sozialen Medien irgendwas gestartet? Bis jetzt habe ich zwar noch nichts gefunden, aber …"

224

„Naa", Gerda schüttelt fest den Kopf, „da hab ich goar nix gschdarded."

„Aber du hast den Wudler doch damals abgelenkt, mit dem verkleckerten Ei."

Jetzt grinst Gerda: „Ja, ich hadd fei scho so a Idee, dass ich nodfalls was machn könnd. Aber des macherd ich nur, wenn's echd ned anders geht. Des is a mächdiges Inschdrumend, sowas, aber ma verlierd hald auch schnell die Kondrolln. Da hänga sich dann Dübben dro, diesd ned kennst und diesd auch überhaubd ned mögn dädsd, wennsd sie kenna dädsd. Na, des mag ich ned. Anders is mer's lieber. Mir schaffn des scho noch so."

Nun nimmt sich auch Basti ein Lachsbrötchen, und alle kauen schweigend.

Flora denkt über Gerdas Gedanken nach, dass Chris vielleicht gar kein richtiger Name ist. Sie nimmt zwar an, dass Gerda damit nur wieder mal ein Ablenkungsmanöver starten wollte. Aber wenn sie an den Drohbrief in ihrer Tasche denkt …

Der ist zwar anonym, aber wahrscheinlich von Chris. Aber vielleicht heißt Chris ja gar nicht Chris …

In das Durcheinander von Gedanken blitzt auf einmal ein Name: Felix.

Flora lässt die Gabel sinken, mit der sie eben eine Gemüse-frikadelle zerteilen wollte.

Felix wollte sie unbedingt bis zur Tür begleiten. Also weiß er nun genau, wo sie wohnt. Er hätte ihr ohne Probleme den Umschlag hinlegen können.

Und er war gestern auf der Party. Sie hat ihn in der Zeit, als Frido seine Pillen bekommen hat, nicht gesehen – und erst danach ist er wieder aufgetaucht. Es wäre natürlich sehr knapp gewesen, riskant, aber Felix ist so ein Typ, der genau sowas liebt, schätzt sie.

Andererseits wäre es albern, wenn Felix sich mit Hoody und dunklem Bart verkleiden würde, bloß um seinem Kumpel Pillen zu liefern.

Obwohl – das würde ihn davor schützen, dass Frido anfängt, was auszuplaudern oder ihn womöglich zu erpressen.

Und das mit dem Schnüffeln würde auch passen – Felix hat ja mitgekriegt, dass sie und Basti sich für Ralfi interessieren.

Andererseits war es Felix selbst, der sie überhaupt erst auf die Sache mit Ralfi und den Drogen gebracht hat.

Obwohl das natürlich auch wieder seinem Sinn fürs Zocken entsprechen könnte, nach dem Motto: Mal schauen, ob Basti und Flora mich kriegen.

Andererseits, warum würde Felix sich so einen Tollpatsch wie Ralfi als Dealer antun? Obwohl - im Zweifelsfall hätte er damit einen idealen Sündenbock parat.

Flora seufzt. Das sind einfach zu viele ,Obwohl's und ,Andererseits'e …

„Erde an Raumschiff!", dringt es nun an ihr Ohr. Sie merkt, dass Max sie ungeduldig anschaut und ein Schüsselchen hochhält: „Wollen Sie nun etwas von dem Eiersalat?"

Entführung

Doch nun lassen Geräusche von draußen alle aufhorchen. Ein Auto rast in den Hof und bremst brutal. Kurz darauf hämmert es wie wild an die Tür.

Es ist Marga. Sie trägt einen Wollmantel über dem Kleid, aber Hausschuhe an den Füßen. Mit hochrotem Kopf jammert sie laut: „Der Ralfi ist weg! Er ist entführt worden!"

Flora sieht Gerda alarmiert an, aber die macht eine dämpfende Handbewegung. Na gut, diese Marga neigt sicher zu Hysterie.

„Beruhig dich erst mal, Marga", Max schaut die aufgeregte Frau prüfend an. „Der Ralfi ist doch öfters mal weg, oder? Wieso soll er denn entführt worden sein?"

„Der wäre nie freiwillig weggegangen, nicht jetzt, wo ich heut Schäufala mache, und er weiß, um halb zwölf gibt's Essen. Das würde er nie verpassen!"

„Hast du denn irgendwas mitbekommen von einer Entführung?" Max schaut immer noch skeptisch.

Marga schüttelt kummervoll den Kopf: „Als ich die Schäufala im Ofen hatte, ist mir eingefallen, dass ich noch einen Salat und Milch gebraucht habe. Und der Georg ist ja nicht da, der ist auf Dienstreise. Also bin ich kurz Einkaufen gefahren, und als ich zurückkam, war der Ralfi weg. Sein Zimmer war offen, und da ist Blut verspritzt!"

Nun schaut Max doch beunruhigt: „Blutspritzer? Bist du dir sicher?"

„Wenn ich's dir doch sag!"

„Vielleicht hatte Ralfi Nasenbluten?", überlegt Flora.

„Der Ralfi hat nie Nasenbluten!", Marga starrt Flora vorwurfsvoll an.

Max fragt: „Hast du versucht, den Ralfi auf seinem Handy anzurufen?"

„Das ist ausgeschaltet", jammert Marga.

Max wirft einen bedauernden Blick auf das immer noch ganz nett bestückte Brunch-Buffet und seufzt: „Das müssen wir uns wohl mal anschauen."

Nachdem sich alle in Margas Kombi gequetscht haben, spekuliert Basti: „Vielleicht ist der Ralfi ja auch einfach nur abgehauen?"

Marga schüttelt entrüstet den Kopf, während sie krachend den Gang einlegt, ohne richtig zu kuppeln: „Wieso sollte der Ralfi denn abhauen? Zu Hause geht's ihm doch so gut! Ich mach ihm ganz oft sein Lieblingsessen."

Sie schlägt die Hand vor den Mund: „Allmächd, die Schäufala! Die sind noch im Ofen!"

Der Kombi macht einen Satz vorwärts, und dann gibt Marga so richtig Gas.

Flora hofft, dass die lokale Bevölkerung, von der Katze bis zum Senior, rechtzeitig beiseite springt, wenn Marga vorbeifegt.

Zum Glück sind die Straßen ziemlich leer, und bald sind sie am Ziel.

Marga stürzt in die Küche, um die Schäufala aus dem Ofen zu retten. Die sehen perfekt aus, und verströmen einen würzigen Duft. Max vergisst offenbar Gerdas Buffet und Ralfis Entführung, während er verzückt die knusprige Kruste anstarrt und den Duft einsaugt. „Wenn der Ralfi wirklich nicht da ist …", beginnt er gierig.

Marga nickt: „Einer muss das ja essen. Aber erst musst du dir die Spuren anschauen!"

Max spurtet die Treppe hoch zu Ralfis Zimmer. Die anderen folgen ihm, allen voraus Gerda.

Doch als er an Ralfis offener Zimmertür steht, hebt Max gebieterisch die Hand: „Ihr bleibt draußen! Das ist ein möglicher Tatort! Wir dürfen keine Spuren verwischen! Ihr dürft da nicht rein!"

„Ich war aber schon drin", sagt Marga unsicher. „Ich wusste ja nicht, dass das ein Tatort ist! Erst als ich das Blut gesehen habe, aber da war ich schon reingetreten." Sie zeigt Max die helle Sohle ihre Hausschuhs, auf der sich dunkle Flecken abzeichnen. „Vorhin war des noch röter", meint sie kritisch. Max seufzt. „Der muss dann wahrscheinlich auch zur Spusi. Wo ist denn jetzt das Blut?"

Marga zeigt mit ausgestrecktem Arm: „Da rund ums Bett! Und vorm Schrank! Überall!" Ihre Stimme ist nur noch ein Quieken: „Überall ist Blut! Mein armer Ralfi!"

Gerda legt Marga die Hand auf den Arm und sagt fest: „Du beruhichsd dich edserd, Marga, mir findn dein' Ralfi." Marga schaut nicht hundertprozentig überzeugt, wirkt nun aber tatsächlich etwas ruhiger.

Max hat inzwischen die bräunlichen Flecken näher inspiziert. „Das sieht tatsächlich aus wie Blut, und riecht auch so", meint er stirnrunzelnd.

Seufzend richtet er sich wieder auf. „Da hab ich befürchtet, dass der Wudler mich anruft und aus dem Wochenende holt – jetzt ist es eher andersrum. Aber erst ruf ich den Franz an, der hat Dienst. Der soll jemanden von der Spusi organisieren, die müssen des Blut hier untersuchen. Und danach, wenn alles läuft und er keinen Mist mehr machen kann, dann rufe ich den Wudler an."

„Wird er dann nicht meckern?" gibt Flora zu bedenken.

Max zuckt die Achseln: „Meckern tut er sowieso immer. Aber ich werde ihm sagen, so geht das mit der Spusi schneller, und dann wird er froh sein, weil er sonst nämlich das Club-Spiel verpasst."

Dann scheucht Max die anderen weg.

Brav trapsen Marga, Flora und Basti die Treppe hinunter.

Hinter ihnen ruft Max nun ärgerlich: „Gerda! Raus da! Was soll das? Ich hab doch gesagt –"

„Lass amol a weng a Lufd ab, die Marga war eh scho drin, und ich bass scho af. Wenns wolln, könn' die auch mei Ladschn krieng und undersuchn, wenns ihnen ned zu schdingert sin. Aber ich möchd amol sehn, wie des hier ausschaud."

Max lamentiert noch eine Weile. Aber man hört seinem Ton bald an, dass er die Hoffnung aufgegeben hat, Gerda von ihren Untersuchungen in Ralfis Zimmer abzuhalten.

Schließlich ertönt wieder Gerdas Stimme: „Bassd, ich hab edserd alles gsehn. Ich muss amol ins Bad."

„Klar", sagt Max erleichtert. Die Badezimmertür klappt auf und zu, Max fängt nun an, in sein Handy zu sprechen: „Franz? Du, wir haben neue Entwicklungen hier."

Die drei unten an der Treppe zögern eine Weile. Dann geht Marga Richtung Küche: „Ich muss die Soße machen, und die Klöße!"

Flora und Basti verziehen sich ins Wohnzimmer. Flora lässt sich auf einem Sessel nieder, und Basti setzt sich auf das Sofa, auf das am weitesten von Flora entfernte Ende.

Bastis Gesicht ist kalt, und er sieht Flora nicht an, sondern schaut durchs Fenster in den Garten.

Vielleicht hat er ein schlechtes Gewissen? überlegt Flora. Aber dann müsste er nicht so feindselig tun.

Auf jeden Fall geht ihr die eisige Stille bald auf die Nerven. Auf der Suche nach einem unverfänglichen Thema fragt Flora: „Warum macht Marga eigentlich Klöße und Soße? Wenn Ralfi wirklich entführt worden ist – oder auch wenn er abgehauen ist, so schnell wird er nicht wiederkommen, um das zu essen, oder?"

„Da springe doch jetzt *ich* ein", Max ist nun auch im Wohnzimmer aufgetaucht, gefolgt von Gerda. „Ich muss jetzt eh hier warten, bis jemand von der Spusi kommt. Und der Wudler will auch antanzen. Der hat Muffensausen gekriegt, weil er das mit der Befragung vom Ralfi verschlampt hat, deswegen will er jetzt höchstpersönlich die Sache klären. Aber der kriegt fei nix von dem Schäufala!"

„Bei Oma Gerda steht doch noch das ganze Essen vom Buffet", gibt Basti zu bedenken.

Max zögert. „Hält sich das?", fragt er Gerda unsicher.

Gerda nickt, aber Flora überlegt: „Wenn das alles jetzt da ewig offen auf dem Küchentisch steht – kommen da nicht irgendwie die Katzen dran? Oder Mausi?"

Gerda schüttelt den Kopf: „Wenn die ankämerden, dann würd der Heggdor den Disch bewachn. Des machd der, selbst wenn der Bascha fauchn dud. Naa, des bassd scho. Mir essn der Marga ihr Schäufala, des is fei wergli saugud, sie had da an Drigg, den wills mir ned verradn, aber nacherd ess ich's hald immer hier."

Max schaut nun leicht alarmiert: „Naa, Gerda – *ich* muss natürlich dableiben, aber ihr doch ned. Ihr geht jetzt wieder nüber zum Hof!"

Gerda setzt sich entschieden auf einen der Sessel. „Mir bleim edserd hier, wardn auf die Bolizei, und danach essn mer der Marga ihr Schäufala."

Spurensuche

Während Max vergeblich versucht, Gerda umzustimmen, ertönt ein wildes Klingeln.

Als die aufgeschreckte Marga öffnet, gefolgt von ihren neugierigen Gästen, steht Kommissar Wudler vor der Tür, hinter ihm ein Spusi-Mann im weißen Overall.

„Wo ist der potenzielle Tatort?", schnauft Wudler ungeduldig. Max will gerade die Treppe hochsteigen, aber nun geht Gerda auf den Kommissar zu und bohrt ihm den Finger in die Rippen: „Wieso ham'S' den Ralfi denn ned längsd scho vorher befragd? Is ja worschd, ob er endführd worn is oder abghaun, aber wech is er edserd. Deswegn hammer a Broblem."

Wudler zuckt ungeduldig die Achseln: „Es gab wichtigere Verdächtige, und dann ist jetzt Wochenende …"

Gerda starrt ihn an: „Ah ja, weil's Wochenend' is. Und da lassen'S' die Griminellen rumlaufn, weil'S' glaum, dass Sie die dann sonndags in der Kerng gmüdlich aufsammln könna?"

Wudler schüttelt ärgerlich den Kopf: „Sie haben Güdlein doch selbst gesagt, dass Sie nicht glauben, dass Ralf Tiegler der Mörder war, oder?"

„Ja, des schdimmd, a Mörder is der Ralfi ned. Aber min-desdns a wichdiger Zeuge."

Ein quietschender Laut kommt von Marga: „Mein Ralfi, ein Mörder?! Seid ihr denn alle verrückt geworden? Mein Ralfi kann keiner Fliege was zuleide tun!"

Leise kommt es von Basti: „Nee, das stimmt, der würde nicht mal eine Fliege erwischen."

Zum Glück hat Marga das nicht gehört, weil sie sich gerade dem Kommissar gegenüber in Rage redet: „Mein armer, kranker Sohn ist brutal entführt worden, sein Blut ist im ganzen Haus verspritzt, und Sie beschuldigen ihn auch noch wegen irgendwas?!"

Wudler flieht vor der schimpfenden Marga die Treppe hin-auf, dem Spusi-Mann hinterher. Max folgt den beiden und versucht, den Kommissar auf den neuesten Wissensstand zu bringen.

Kurz darauf kommen Wudler und Max die Treppe wieder nach unten. Dort stehen immer noch die anderen und starren neugierig nach oben.

Wudler wedelt ungeduldig mit der Hand: „So, und nun alle wieder ins Wohnzimmer. Oder von mir aus in die Küche", mit einem ungeduldigen Seitenblick auf die protestierende Marga.

Dann spricht er auf dem Flur lange, laut und gewichtig in sein Telefon. Wortfetzen wie „akuter Entführungsfall", „Sonder-kommission" und „Spezialteam" dringen ins Wohnzimmer. Max kommentiert: „Als der Wudler das Blut gesehen hat, da haben seine Augen regelrecht aufgeleuchtet. Er glaubt, er wird jetzt der Held von einem Super-Fall."

Gerda seufzt und steht auf: „Der Wudler is ja a Doldi, aber selbsd als Rendnerin muss ich ja mei Schdeuern zahln, und von dene wird dann die Bolizei bezahld."

„Von meinen auch", betont Max. „Ich muss ja auch Steuern zahlen."

„Dann zahlsd dich hald selber – immer noch besser, als wennsd für den Wudler zahlsd. Aber des ganze Gfregg edserd, was des widder kosd', und des müsserd goar ned sei. Des werd ich ihm edsd vergliggern."

Alarmiert sieht Max Gerda hinterher, wie sie nun in den Flur geht.

Durch die offene Tür hören sie Gerdas Stimme: „Herr Kommissar, wenn ich Ihna an Rad gebn derf?"

Von Wudlers Antwort hört man nur ein leises Zischeln.

„Ich sog's Ihna drodsdem. Weil Sie's sin. Ich glab ned, dass der Ralfi endführd worn is. Der had sich afach a weng verdrüggd. Abghaun is er hald."

Nun wird Wudler laut: „Woher wollen *Sie* denn das wissen? Die Blutspuren sprechen doch ihre eigene Sprache."

„Mir verschdehn die Schbrach verschiedn, scheind's. Sie hörn da a Gschraa zwengs Endführung und so, ich hör da den dalgerden Ralfi."

„Dalgerd?"

„Na, ungschiggd hald, mid zwoa linge Bfodn."

„Und was soll das mit dem Blut zu tun haben?"

„Ich deng, des war asu: Der Ralfi had wegwolln, und zwoar schnell. Und da is er umanandghubfd wie a kopflose Henna, had a boar Sachn in sei Reisedäschla gworfn, und had sich aa gleich noch rasiern wolln. Und des is hald schiefganga – gleichzeidich baggn und rasiern, des ko ned amol a

Gschiggderer als der Ralfi. Also had er sich gschniddn, und bis des bei seim Hirn oglangd' is, des hod dauerd, und da hod er sich noch mehr gschniddn, bis er sauber bluhd' hod. Und dann had er sein' Kupf gschüddld wie a Gaul, wenn die Bremsn flieng, und da hod er des Blud so richtig überall nogspriddsd."

„Ein Unfall beim Rasieren? Unsinn." Wudler klingt verärgert, er will sich seinen Super-Fall nicht kleinreden lassen.

Gerda sagt nun: „Schaun'S' doch amol im Mülleimer im Bad nach. Und wenn'S' in die Küchn gehn und die Marga frahng, kann die Ihna song, ob dem Ralfi sei Reisedäschla fehld, und welche von seine Glamoddn."

Dann kommt Gerda mit zufriedenem Gesicht ins Wohnzimmer zurück.

Erleichtert macht Flora sich klar, dass Ralfi wohl doch nichts Schlimmes passiert ist. Gerda hat sicher recht, er ist einfach abgehauen.

Nun hört man Wudler die Treppe hochpoltern und die Badezimmertür aufreißen.

Dann poltert er die Treppe wieder runter und reißt die Küchentür auf: „Frau – äh, äh …"

„Tiegler", hilft ihm Marga.

„Frau Tiegler, Sie kommen jetzt mit nach oben und sagen mir, ob Sachen von Ihrem Sohn fehlen – eine Reisetasche, Kleider, sowas. Und dieser blutige Nassrasierer, ist der von Ihrem Sohn?"

„Der Georg ist ja weg, und meiner ist das nicht – ja, das ist wohl schon dem Ralfi seiner."

Als Marga und Wudler nach einer Weile ins Erdgeschoss zurückkehren, bellt Wudler wieder ins Telefon. Aber diesmal klingt es nach Rückzugsgefecht: „Doch eher noch etwas abwarten – möglicherweise Strafentziehung – normale Fahndung –"

Flora sieht Max an: „Kann die Polizei nicht einfach Ralfis Handy orten? Marga hat ja gesagt, er hat es ausgeschaltet, aber irgendwann macht er es bestimmt wieder an."

Max runzelt die Stirn: „Theoretisch vielleicht schon, aber das muss der Wudler erst mal beantragen. Er ist eh nicht gut im Argumentieren, aber vor allem haben wir Wochenende, und der Staatsanwalt und der Richter sind beide Golfer ..."

Marga kommt nun ins Wohnzimmer und schüttelt verwirrt den Kopf: „Also, anscheinend ist der Ralfi tatsächlich verreist, ganz plötzlich. Aber er hat mir überhaupt nichts davon gesagt! Und sein Telefon ist ausgeschaltet! Ich versteh das alles überhaupt nicht!" Hilfesuchend sieht sie Gerda an: „Ist der Ralfi in Schwierigkeiten?"

Flora erwartet kurz, dass Gerda abwiegeln wird, um ihre Freundin nicht noch mehr zu beunruhigen.

Aber Gerda ist schließlich Gerda: „Scho, Marga, der Ralfi is voll in der Odlgruhm glanded. Aber bis eds isser immer oben gschwumma, und da kummd er auch widder naus. Und edsd soch, wie weid bisd mim Middagessn?"

„Meine Klöße!" Marga stürzt in die Küche.

Schärschee la Famm

Nachdem Wudler und der Spusi-Mann wieder abgerückt sind, schlagen sich alle mit Margas Schäufala die Bäuche voll. Begeistert zerknackt auch Flora, die das erste Mal sowas isst, die knusprige Schwarte mit den Zähnen. Sie isst das zarte Schweinefleisch darunter, und genießt das Zusammenspiel von Kloß und würziger Soße.

Max ist hinterher so voll, dass er sich nicht wehrt, als Gerda ihn abkommandiert: „Du bleibst edserd bei der Marga."

Die anderen machen sich auf den Weg zurück zu Gerdas Hof.

„Also hat sich Ralfi wohl doch einfach nur aus dem Staub gemacht", überlegt Flora, „und das mit dem Blut war ein dummer Unfall beim Rasieren."

Gerda nickt nachdenklich: „Aber des is fei scho a weng seldsam, gell."

„Dass er abgehaun ist?", fragt Flora erstaunt.

„Naa, aber dass er si' beim Rasiern gschniddn hod."

„Wieso?", meint Basti. „Der Ralfi ist ja echt nicht der Geschickteste und er war vermutlich auch voll in Hektik, also ist das doch nicht überraschend."

Gerda schüttelt nur den Kopf und schreitet etwas schneller aus: „Schaumer, dass mer hamkomma, sonst wird der arme Heggdor echd vo die Kaddsn derrorisierd!"

Gerdas Ahnung erweist sich als zutreffend: Die Küchentür steht offen, und Gerda schüttelt ärgerlich den Kopf: „Der Max widder! Der war der Leddsde, weil er sich schnell noch a Häbbla schnabbn wolld, und da hod er dann die Dür offnglassn, der Fregger."

Vor dem Esstisch sitzt Hektor, umringt von Pascha und zwei anderen Katzen, einer schwarzen und einer gefleckten. Die Katzen haben sich auf den Boden geduckt und starren den großen Hund lauernd an. Hektor knurrt leise in die Runde, wirkt aber schon etwas erschöpft.

Auf Gerdas lauten Ausruf hin verziehen sich die Katzen in die Ecke der Küche, fangen an sich zu putzen und warten ab. Dann bestimmt Gerda, dass das Essen aufgeräumt werden soll, fürs Abendessen.

Während sie alle drei eifrig verpacken und wegräumen, drängt Basti Gerda: „Jetzt sag doch, warum findest du es seltsam, dass der Ralfi sich beim Rasieren geschnitten hat?"

Gerda gibt erst noch Hektor ein großes Stück Frikadelle. Dann bekommen auch die Katzen jeder ein Stückchen ab. Und das letzte Bröckchen geht an Mausi, die nun mit untrüglichem Ratteninstinkt ebenfalls aufgetaucht ist.

Dann verpackt Gerda die restlichen Frikadellen in einer Plastikdose und schiebt sie in den Kühlschrank.

„Also?", drängt Basti nochmal. „Was ist daran seltsam, dass der Ralfi sich beim Rasieren geschnitten hat?"

Gerda sieht ihn an: „Dass er sich gschniddn had, is ned seldsam. Des kann ma bei ahm wihm Ralfi fasd erwardn. Wenn er gscheid wär, dann nehmerd er an elegdrischn Rasierer, aber der Ralfi is hald ned gscheid."

„Also?"

„Aber dass er sich rasierd had, des is hald seldsam."

„Ich verstehe", sagt Basti langsam. In Floras Richtung erklärt er: „Der Ralfi hat es eigentlich nicht so mit der Körperpflege. Meistens hat er sowas wie einen Drei-Tage-zu-viel-Bart. Hast du ja am Donnerstag selber gesehen."

„Er hat nicht so ausgesehen, als ob er viel Wert auf sein Aussehen legt", nickt Flora nachdenklich.

„Eben. Und jetzt, in so einer Situation, wo er eigentlich bloß schnell abhaun will – dass er da anfängt sich zu rasieren – ja, das ist schon seltsam."

„Da kann's einglich nur aan Grund gebn", erklärt Gerda. Die anderen beiden sehen sie abwartend an, und sie grinst: „Schärschee la Famm!"

Flora kapiert: „Eine Frau? Maja? Die hat damit irgendwie zu tun?"

„Genau!", ruft Basti nun eifrig. „Sie wollte ihn ja unbedingt erreichen, und das hat sie dann vielleicht auch geschafft." Fragend sieht er Gerda an: „Und dann hat sie ihn irgendwie überredet abzuhauen? Und er wollte sich noch schnell für sie präsentabel machen und hat sich dabei geschnitten?"

Gerda zuckt die Achseln: „Der Ralfi had ja selbsd ned so ofd Ideen, also had's' ihn wahrscheinlich drauf brachd abzuhaun."

„Aber ob das eine so gute Idee war?", zweifelt Basti. „Dadurch ist die Polizei ja erst so richtig auf ihn aufmerksam geworden. Vorher ist er beim Wudler eher nebenher gelaufen. Aber jetzt will der Kommissar ihn unbedingt kriegen, weil er sich ärgert, dass er nicht früher reagiert hat – wobei es jetzt natürlich zu spät ist. Die Engländer haben so ein Sprichwort, dass jemand die Stalltür erst zumacht, wenn das Pferd schon abgehauen ist – dann nützt es natürlich nicht mehr viel."

Flora nickt nachdenklich: „Wenn Ralfi mit Majas Hilfe richtig gut untergetaucht ist, dann kann es ewig dauern, bis die Polizei ihn findet, wenn überhaupt. Aber es stimmt schon, durch die Flucht hat Ralfi sich erst so richtig verdächtig gemacht. Wenn Maja ihn so aus der Schusslinie zerren wollte, war das nicht sonderlich geschickt. Eigentlich kam sie mir cleverer vor."

„Vielleicht wollte sie ihn mit Absicht reinreiten?", spekuliert Basti. „Also gezielt den Verdacht auf ihn lenken?"

„Aber warum?" Flora schüttelt verwirrt den Kopf. „Wenn der Ralfi so richtig verdächtig wird, dann zieht das ja möglicherweise Maja mit rein. Die Polizei weiß ja inzwischen auch, dass es da eine Verbindung zwischen Ralfi und ihr gibt."

„Aber wahrscheinlich weiß die Maja nicht, dass die Polizei das weiß, oder?", gibt Basti zu bedenken.

„Es sei denn, es gibt wirklich einen Maulwurf bei der Polizei", überlegt Flora.

Basti schaut skeptisch: „Einer, der der Cindy von dem Mord erzählt hat, und der Maja davon, dass man von ihrer Beziehung zu Ralfi weiß? Diese beiden verschiedenen Sachen musste einer erst mal wissen."

„Der Max?", schlägt Flora zaghaft vor.

Schnell zieht sie den Kopf ein, als es entrüstete Blicke und Worte hagelt: „Der Max doch ned!" „Bestimmt nicht der Max!"

Trotzig sieht Flora Gerda an: „Und er findet auch beide sehr attraktiv – von der Cindy hat er gesagt, dass sie eine ganz Hübsche ist, oder so ähnlich. Und von Majas Foto konnte er sich kaum losreißen. Also, wenn er den beiden imponieren wollte, oder sie irgendwie für sich gewinnen, dann hätte er das mit diesen Insider-Infos tun können. Ehrlich gesagt hat der Max ja auch uns viel mehr verraten von den offiziellen Ermittlungsergebnissen, als er eigentlich gedurft hätte. Das fand ich natürlich klasse, aber strenggenommen war es auch nicht in Ordnung."

„Mann, bist du fies", Basti starrt sie an. „Da drehst du ihm jetzt einen Strick daraus, dass er uns freundlicherweise immer upgedatet hat – was ja auch der Polizei letztes Endes eine Menge Infos gebracht hat."

Gerda schüttelt den Kopf: „Mir müssn des doch wissn. Mir könna doch ned die Ermiddlungen dem Wudler überlassn, da würd'mer ja nie den Mörder krieng." Dann sieht sie Flora an und seufzt: „Hasd scho rechd, Madla. In der droggnen Deorie, da könnerd's der Max gwesn sei'. Aber drodsdem – des is der Max. Der had sei Fehler, und a Menge davo', aber a Verräder is er ned."

„Ich glaube es ja auch nicht wirklich", seufzt Flora.

Die Transporterfrage

Nun hämmert es an der Tür – und dann steht das Objekt ihrer Diskussionen in der Küche. Max sieht ziemlich erschöpft aus.

Gerda sieht ihn streng an: „Hasd die Marga alleinglassn?"

„Die schläft tief und fest." Max sieht etwas beschämt aus. „Ich hab's einfach nicht mehr ausgehalten, das ständige Gejammere und Geheule. Also hab ich ihr gesagt, trink ein Schlückchen Prosecco, Marga, dann sieht alles gleich viel freundlicher aus. Wir von der Polizei sorgen schon dafür, dass wir den Ralfi finden."

„Und das hat sie tatsächlich *beruhigt*?", fragt Flora erstaunt.

Max nickt. „Sie ist ja überzeugt, ihr Ralfi hat nichts Schlimmes getan – davon ist sie immer überzeugt. Und deswegen denkt sie, wir suchen ihn nur, weil sie ihn finden will. Sie hatte auch schon ziemlich viele Schlückchen Prosecco intus, und dann habe ich ihr noch ein paar schöne Drinks mit Likör gemischt."

Flora verzieht das Gesicht: „Die arme Frau!"

„Es hat ihr super geschmeckt", verteidigt sich Max. „Und es hat auch geholfen, sie ist viel lockerer geworden, und richtig schön müde. Und dann ist sie eingeschlafen. Jetzt schnarcht sie friedlich vor sich hin."

„Aber wenn sie wieder aufwacht, nach all dem süßen Alkohol, wird ihr der Kopf platzen."

„Sonst wäre ihr der Kopf halt schon jetzt geplatzt, vor lauter Kummer", sagt Max unwirsch.

Gerda fasst nüchtern zusammen: „Also gut, die Marga hammer ruhichgschdelld. Was mach mer edserd?"

„Wir müssen erst mal den Ralfi finden", erklärt Max. „Es wird ja nach ihm gefahndet, aber mit keiner riesigen Priorität. Er hat nach wie vor ein Alibi für den Mord – so grenzwertig des auch sein mag, der Wudler glaubt dran. Also gilt der Ralfi nur als interessanter Zeuge, sozusagen. Deswegen wird sich da jetzt keiner überschlagen, und am Wochenende gleich zweimal nicht. Vielleicht sollten wir selber mal intensiver nachforschen, damit wir ihn finden."

Gerda runzelt die Stirn: „*Wolln* mer denn den Ralfi wergli findn, oder vleichd lieber ned?"

„Natürlich wollen wir ihn finden", sagt Max ungeduldig. „Die Frage ist doch, *können* wir ihn finden?"

„Ich waaß ned", Gerda schüttelt zweifelnd den Kopf. „Was mach' mer denn, wenn mer ihn findn?"

„Dann wird er vom Wudler intensiv befragt", meint Max.

Gerda schnaubt: „Da siddsn dann zwaa Daamln beinand! Was soll da bassiern außer Gschmarri. Ich deng, es is inderessander, was bassierd, wenn der Ralfi erschd amol – ungfundn bleibd."

„Ungefunden?"

„Na, dass'n hald kanna aufstöberd. Und dann schau mer mal, was er dann machd."

„Aber wir wissen doch gar nicht, was er macht."

„Des krieg mer dann scho raus", Gerda schaut Max listig an. Der runzelt die Stirn, doch dann fällt ihm etwas anderes ein: „Du hast gestern doch gesagt, dass du dir denken kannst, wo der weiße Transporter vom Untermaier ist? Der ist nämlich immer noch nicht aufgetaucht."

„Bisd noch ned selber drauf kumma?"

Max schüttelt den Kopf und schaut vorwurfsvoll auf Basti: „Die andern ja auch nicht, oder?"

Basti zuckt die Achseln.

„Na, in der Dschechei nadürlich", erklärt Gerda ungeduldig.

„Des heißt Tschechien", korrigiert Max automatisch.

Gerda funkelt ihn an: „Wennsd so gscheid bisd, dann waaßt auch, warum?"

„Noch ned so ganz – aber du sagst es mir jetzt?" Max sieht Gerda hoffnungsvoll an.

„Was glaabsd denn, warum der Ralfi in die Oberpfalds gfahrn is?"

„Wegen seinem Alibi?"

„Scho, aber da hädd er auch nach Nermberch foan könna, oder nach Werdsburch oder sonsdwohin."

„Von der Oberpfalz aus ist es nur ein Katzensprung über die Grenze nach Tschechien", Basti nickt nachdenklich und spekuliert weiter: „Wir haben wahrscheinlich den Ralfi am Tag von dem Mord aufgeschreckt – weil er halt auf dem Hof war, warum auch immer. Und sogar der Ralfi hat kapiert, dass es nicht gut ist, wenn wir ihn bei einer Leiche erwischen. Also hat er sich den Transporter vom Untermaier geschnappt und ist damit abgehauen. Und dann hat ihm das Ding unter den Nägeln gebrannt und er wollte es loswerden. Also ist er nach Tschechien rüber und hat den Bulli da wahrscheinlich irgendwo in einer abgelegenen Ecke abgestellt. Und dann ist ihm sogar noch die Idee mit dem Alibi in der Oberpfalz gekommen – gar nicht schlecht für Ralfi."

Max steht auf und zieht das Handy aus der Tasche. „Also sollen sie auf der Inspektion mal die tschechischen Kollegen aktivieren, dass sie da in Grenznähe suchen."

Nach dem Telefonat strahlt er Gerda an: „Dafür kriegst du eine Runde Stallausmisten von mir! Die Polizei, dein Freund und Helfer, halt."

Basti erklärt: „Ich werde den Zaun auf der Weide reparieren, die Viecher hauen wieder mal dauernd ab."

„Da kann die Flora dir helfen", meint Gerda.

Basti schüttelt grimmig den Kopf: „Nee, das mach ich alleine."

Gerda hebt die Augenbrauen, sagt aber nichts.

Flora bietet nun Max an: „Dann helfe ich beim Ausmisten mit. Ich hab sowas zwar noch nie gemacht, aber das kann man sicher lernen."

Gerda sieht sie zweifelnd an: „Die Leud' aus die Schdädd, die dengn immer, des wär so a nedds Hobby, a bisserl Ärberd aufm Bauernhof – aber des Ausmisdn, des kurierd die meisdn."

„Wenn ich nicht allein misten muss, des ist klasse", Max strahlt Flora dankbar an.

Basti stapft mürrisch aus dem Wohnzimmer.

Wudler-Mist

Flora und Max stehen nun vor dem Stall um auszumisten. Aber erst mal erkundigt sich Flora in möglichst beiläufigem Ton: „Haben sich eigentlich Gerda und Suki gut verstanden?" Max schüttelt den Kopf: „Die Suki ist schon am Anfang gleich voll ins Fettnäpfchen gelatscht bei der Gerda. Sie ist nämlich Sprachwissenschaftlerin, also, da macht sie halt ihren Abschluss demnächst. Sie interessiert sich für fränkische Mundart und da hat sie die Gerda als Studienobjekt hergenommen, sozusagen."

„Und das hat Gerda sich gefallen lassen?"

„Nicht wirklich", Max grinst schief, „deswegen gab's ja Ärger. Suki ist der Gerda nämlich ziemlich ähnlich, weil sie auch oft sagt, was sie denkt. Und sie hat der Gerda gesagt, dass die doch ‚kein sauberes Fränkisch' spricht, sondern ein Gemisch. Und da ist die Gerda hochgegangen: *Ich bin hald ka Wödderbuch, sondern a lebendiche Fraa!*

Die Suki hat dann gesagt, sie weiß schon, wie komplex das mit dem Fränkischen ist. Es gibt ja überhaupt nicht ‚das' Fränkisch: Die in Erlangen reden anders als die in Egloffstein. Und die in Bamberg anders als die aus Forchheim – und die Nürnberger reden sowieso *ganz* anders. Und in Unterfranken erst, Richtung Aschaffenburg, die reden ja daher wie die Hessen."

„Und dann war die Gerda wieder zufrieden?"

„Naa, sie hat dann gesagt, dass Sprachwissenschaftler für einen Dialekt dasselbe sind wie Spatzen für Meisenknödel – sie picken dran rum und alles zerbröselt.

Und dann ist wieder die Suki hochgegangen – sie meint nämlich, dass die Sprachwissenschaftler die Einzigen sind, die manche Dialekte noch am Leben erhalten. Dann hat die Gerda was von *Zombies* gesagt und – also, des mit den beiden ist schwierig. Sie war dann auch fast nie hier draußen, die Suki."

„Felix hat gesagt, die Trennung von Basti und Suki ist noch nicht lange her, und er hat noch sehr dran zu knabbern?"

Max seufzt: „Ja, der Basti ist ja so ein Sensibelchen, und eine Trennung ist sowieso immer irgendwie Mist. Apropos Mist, jetzt müssen wir doch mal anfangen auszumisten. Komm, ich zeig dir, wie's am besten geht."

Dann stutzt er: „Äh, sorry, jetzt hab ich dich geduzt – ist das okay?"

Flora lacht: „Klar, wir schaufeln ja auch zusammen Mist. Wenn du mir zeigst, wie das geht." Der Max ist schon etwas altmodisch, findet sie. Aber sehr nett.

Der Stall ist ziemlich groß – Flora erinnert sich, dass das ja wohl früher mal eine Scheune war.

Es gibt eine riesige offene Box: „Das ist für das Pferd, Herkules?", erkundigt sich Flora.

Max nickt: „Und da drüben ist der Bereich für die Bomba. Und der Rest ist für die Ziegen."

Flora schnuppert und verzieht leicht das Gesicht: „Ergibt eine würzige Mischung!"

Max lacht und fängt an zu erklären, wie er das immer macht: „Zuerst mal die schmutzigsten Klumpen in eine Schubkarre und abfahren. Dann den Rest durchrechen, und dann schaun wir mal."

Als Flora gerade die Schubkarre voll Mist zu dem Haufen neben dem Stall schiebt, fährt ein grünbrauner Lexus in den Hof. Heraus steigt Kommissar Wudler.

„Was machen *Sie* denn hier?", fragt sie verblüfft. „Gibt es neue Erkenntnisse?"

„Das wollte ich eigentlich *Sie* fragen", meint er. Dann wird ihm bewusst, dass das vielleicht der Wahrheit entspricht, aber eigentlich ja falsch herum ist. Schließlich ist es *seine* Aufgabe, neue Erkenntnisse zu sammeln. Hastig erzählt er etwas davon, dass er nochmal checken wollte, ob die Spusi-Leute die Scheune und den Stall ordentlich durchsucht hätten.

Auf einmal steht Gerda neben ihnen, die Wudler wohl durchs Fenster gesehen hat.

„Des war ja eh viel zu schbäd, wie'S' die dann durchgschiggd ham", kommentiert sie. „Da woar freili nix mehr zu findn. Und des häd eh nix gnudsd, weil des ja alles draußn bassierd is."

„Eben", sagt Wudler erleichtert und ziemlich inkonsequent. „Aber wenn'S' den Schdall noch amol inschbiziern wolln, könna'S' ja glei mid ausmisdn."

Wudler merkt jetzt, dass er inzwischen direkt neben dem Misthaufen steht, und weicht angeekelt aus.

Nun kommt auch Max aus dem Stall und sieht Wudler erstaunt an. Der zuckt missmutig die Achseln: „Mit dem ganzen Theater um diese angebliche Entführung hab ich das Club-Spiel eh schon verpasst, also konnte ich genauso gut noch mal hierherschauen."

Er jammert: „Dabei hab ich gerade gesehen, dass sie unentschieden gespielt haben. Das ist ja heutzutage schon fast wie ein Sieg für den Club, wenn er wenigstens mal einen Punkt macht. Und ich war nicht dabei!"

Dann reißt der Kommissar sich zusammen und erklärt wichtig: „Aber es musste sein, und ich habe in der Inspektion nochmal intensiv die Cindy Bärholz vernommen." Trübe fügt er an: „Leider bis jetzt noch ohne Erfolg."

Gerda sieht ihn neugierig an: „Ja, wie ermiddln'S' denn da eigndlich, wenn die Cindy doch nix soong will? Daum'schraubn sind doch nimmer erlaubd, oder? Und so a Wodabording auch ned. Also, was wolln'S' denn dann machen, wenn die einfach ned red?"

„Sie wird schon noch reden", sagt Wudler dunkel.

Er rümpft nun die Nase. „Also, dieser Misthaufen stinkt schon ziemlich."

Gerda schüttelt den Kopf: „Naa, des is ned der Misdhaufn — da is des meisde scho guud durchzohng, da riechd des bloß noch wie so a Kombosd, goa ned schlimm. Des is der frische Misd, der wo so richdich eglich schdingt, wie in dera Schubkarrn da."

„Was immer es ist, es stinkt", sagt Wudler ungeduldig.

Dann starrt er leicht alarmiert auf Hektor, der nun langsam auf Gerda zugetrottet kommt: „Da kommt dieser riesige Hund!"

Flora erwartet, dass Gerda nun wieder erzählen wird, was für ein sanftes Kätzchen der Hektor eigentlich ist.

Aber stattdessen grinst Gerda boshaft und meint: „Es gibt hald scho a boar Leud, die ko der Heggdor überhaubds ned leidn, da wird er dann auch amol a weng grandich!"

„Was meinen Sie mit *grantig*?", fragt Wudler ängstlich.

Auf einmal fängt Hektor an zu knurren. Flora starrt den großen grauen Hund erstaunt an – seit wann knurrt der Hektor Leute an? Selbst wenn es Wudler ist, das letzte Mal hat der Hund das doch auch nicht gemacht …

Aber es klingt bösartig, und nun macht Hektor eine Bewegung auf Wudler zu. Der weicht entsetzt zurück – und sitzt in Floras Schubkarren, mitten in der frischen Fuhre Mist.

Nach einem Moment der verblüfften Stille ringsum hört Flora einen seltsamen Laut von Max. Sie kapiert: Er versucht verzweifelt, ein Lachen zu unterdrücken.

„Güdlein!", bellt Wudler nun. „Schaun Sie gefälligst nicht so blöd, sondern helfen Sie mir hier raus!"

Und Gerda raunzt er an: „Und Sie, pfeifen Sie Ihren gefährlichen Kampfhund da zurück!"

Gerda bleibt erstaunlich friedlich und gibt nur ein kleines Zeichen an Hektor, der brav abtrabt.

Max beeilt sich, dem Kommissar aus der Mistfuhre herauszuhelfen. Dabei schneidet er weiterhin die unmöglichsten Grimassen, um nicht laut loszulachen.

Der Kommissar versucht nun, seine eigene Rückseite zu betrachten, was er natürlich nicht schafft. Aber der Geruch ist deutlich …

Dann schnaubt er wütend etwas, das wie „Dreckshof" klingt. Aber als Gerda drohend fragt: „Was ham'S' gsogd?!", murmelt er nur: „Nichts, nichts …"

Er hastet zu seinem Auto, stoppt dann aber abrupt. Er zieht seine Jacke aus, aber seine Hosen kann er natürlich schlecht ausziehen.

Gerda hat sein Problem erkannt: „Mid dem gandsn schdingndn Misd am Hindern wolln'S' sich ned auf Ihre deuern Sidse sedsn, gell?"

Sie hat Erbarmen mit ihm und holt eine Plastikfolie aus der Scheune, damit er sie über seinen Autositz legen kann. Als Wudler anfängt, die nicht mehr ganz neue Plastikfolie kritisch zu beäugen, wird Gerda ärgerlich: „Wenn'S' edserd anfanga, dran rumzumeggern, dann nehm ich die fei widder weg, dann können'S' in ihrem Misd sidsnbleibn!"

Man sieht Wudler an, dass er jetzt einfach nur noch weg will, aber auf der warmen Motorhaube seines Autos liegt inzwischen Pascha, genüsslich ausgestreckt.

Wudler beäugt den großen roten Kater misstrauisch: „Ist dieser Riesenkater womöglich auch gefährlich?"

Wortlos fischt Flora den schnurrenden Kater von der Motorhaube. Pascha schmiegt sich an ihren Hals und schaut zu, wie Wudler nun vom Hof rast.

„Die wern den gleich blidsn, wenn er ned aufbassd", meint Gerda.

Max schaut nun Gerda an: „Sag mal, seit wann knurrt der Hektor denn Leute an?"

Gerda grinst. „Der Heggdor is a schlauer Hund, dem hab ich viele Driggs beibrachd, der könnd scho fasd zum Film. Und da reichd so a glanna Schnaldser vo mir, dann knurrd er a weng."

Dann sieht sie Flora an: „Und, wie findsd des Ausmisdn edserd?"

„Lustig", meint Flora.

Als sie im Stall fertig sind, will Flora nach Erlangen zurückfahren. Sie möchte noch etwas einzukaufen, bevor die letzten Läden zumachen, es ist ja Samstag.

Als sie zu ihrem Auto geht, trifft sie Basti, der vom Zaunreparieren zurückkommt.

Flora bietet Basti nicht an, ihn nach Erlangen mitzunehmen. Und er fragt auch nicht danach, sondern nickt ihr nur mit einem kurzen, kühlen *Tschüß* zu.

Um das noch zu übertrumpfen, sagt sie nicht mal mehr *Tschüß*, sondern nickt ihm nur stumm zu, bevor sie in ihr Auto steigt.

Frühstück zu dritt

Um halb zehn am Sonntagmorgen reißt der Sound ihres Telefons Flora aus dem Schlaf, ein ganz altmodischer Klingelton. Es ist Basti. „Ich dachte, ich sollte dich fairerweise warnen."

„Warnen? Wovor?"

„Vor dem Felix."

Flora horcht auf. „Felix? Du glaubst, er hat etwas mit dem Mord zu tun?"

„Mit dem Mord?", Basti klingt verblüfft. „Nee, aber – also hör zu, treffen wir uns in einem Café, da kann man besser reden, und ich hatte auch noch kein Frühstück."

„Ich auch nicht", murmelt Flora eher mürrisch. Schließlich hat Basti sie mit seinem Anruf gerade geweckt. Aber dann stimmt sie zu, sich in einer halben Stunde mit ihm zu treffen.

Im Café ist es warm und gemütlich, es duftet nach Kaffee und Zimtgebäck. Basti winkt ihr von einem Tisch in der Ecke aus zu. Er hat schon Frühstück für zwei genommen, der Menge nach zu urteilen. Das sieht alles sehr lecker aus. Und ehrlich gesagt sieht auch Basti sehr nett aus, mit seinem leicht verstrubbelten blonden Haar und den blauen Augen, die sie nun ernst ansehen.

Aber Flora hat ihm immer noch nicht verziehen, dass er sie bei der Party blöd stehen lassen hat, um sich mit Suki zu verdrücken ...

Daher fragt sie ziemlich kühl: „Also, warum willst du mich vor Felix warnen?"

Basti starrt seinen Kaffee an und rührt darin herum. „Also, das ist etwas schwierig", sagt er verlegen. „Ich weiß gar nicht, wie ich das jetzt sagen soll ... Aber, jedenfalls, der Felix ist ja ein ganz lustiger Kumpel, für so gelegentlich. Aber man muss sich echt vor ihm in acht nehmen, er kann richtig fies sein. Er beobachtet immer alles und spinnt dann richtige Intrigen, einfach nur so zum Spaß, glaube ich. Er möchte Menschen aufmischen und dann zuschauen, was passiert. So als mieses kleines Spiel." Basti verstummt.

Flora sieht ihn stirnrunzelnd an: „Ja, das würde ich ihm durchaus zutrauen. Aber da brauchst du mich doch nicht davor zu warnen?"

Basti sieht nun richtig unglücklich aus. Er spielt mit dem Kaffeelöffel und starrt ihn dabei intensiv an. Dann fängt er langsam an: „Also, die Suki hat mir gesagt, dass der Terry ihr gesagt hat, dass der Felix ihm gesagt hat –"

„Kommt da noch einer, der was sagt?", fragt Flora ungeduldig. Basti schüttelt den Kopf, erklärt dann aber: „Eigentlich doch, ja. Angeblich habe ich nämlich ganz miese Sachen über die Suki gesagt, und über den Terry. Das hat der Felix dem Terry erzählt. Aber es stimmt überhaupt nicht, der Felix wollte ihn wohl nur gegen mich aufhetzen, sozusagen."

„Das hat ja auch gut geklappt", meint Flora trocken.

„Und der Mistkerl hat das dann auch gleich ausgenutzt", schnaubt Basti wütend.

Flora sieht ihn fragend an und er erklärt, während er wieder auf seinen Kaffeelöffel starrt: „Ich hab euch ja dann zusammen gesehen, vom Fenster aus."

„Du hast – wen zusammen gesehen?"

„Na, dich und den Felix, wie ihr geknutscht habt, und dann zusammen abgehauen seid."

„Wie bitte?!" Doch trotz ihrer Empörung beginnt Flora zu kapieren. Als Felix ihr die Jacke umgelegt hat, und als sie gegen ihn getaumelt ist – wenn man das von weiter weg gesehen hat, hätte es vielleicht so aussehen können …

Aber dann sagt sie trotzig: „Wir sind nicht zusammen abgehauen, sondern er hat mich einfach nur nach Hause begleitet – weil du ja nicht da warst!"

„Was sollte ich denn machen? Meine Kleider waren klatschnass, die musste ich in den Trockner hauen. Und das dauert dann ewig – 50 Minuten hat der angezeigt, dass er für das ganze Zeug brauchen wird. Und ich hab dann schon alles halb nass wieder rausgezerrt und angezogen, als ich dich und Felix gesehen hatte. Aber als ich rauskam, da wart ihr schon weg."

„Und die Suki?"

Basti zuckt ungeduldig die Achseln. „Keine Ahnung – sie hat gesagt, der Terry nervt sie, sie braucht jetzt ne Weile Ruhe, sie geht in ihr Zimmer. Wie lange sie dann da war, weiß ich nicht – ihr wart ja schon weg, und der Ralfi ist vermutlich auch nicht mehr aufgetaucht, also bin ich dann halt gegangen. Ich wollte auch endlich diese eklig nassen Klamotten loswerden."

„Und ich musste dann Felix loswerden, vor meiner Wohnung. Leider hat er nun meine Adresse."

Basti nickt langsam.

„Du glaubst doch nicht echt, dass ich auf so einen Typen wie Felix reinfallen würde?"

Basti zuckt die Achseln.

Betont setzt sie dazu: „Außerdem ist es ein Grundprinzip von mir, dass ich nie was mit einem von meinen Studenten anfangen würde."

Basti zuckt wieder die Achseln.

Flora sieht ihm an, dass er sich erleichtert fühlt, das Ganze aufgeklärt zu haben. Wie sie auch. Aber trotzdem schaut er noch ein bisschen trotzig. Wie sie auch.

Als Flora aus dem Fenster schaut, sieht sie eine bekannte Gestalt auf das Café zukommen.

„Sag mal, hast du Max auch eingeladen?"

Basti zuckt die Achseln: „Nicht direkt. Aber er wollte wissen, ob wir zur Oma Gerda gehen. Und ich hab ihm gesagt, nee, ich geh in Erlangen ins Café."

Max setzt sich zu ihnen an den Tisch und beäugt sehnsüchtig das Frühstück für zwei. „Wollt ihr des ned essen?"

„Doch", sagt Flora mit fester Stimme und fängt an, Butter auf ein Brötchen zu streichen.

„Wir essen jetzt einfach mal alle drei", meint Basti, „und wenn es alle ist, holen wir noch mehr."

„Genau!" Max angelt sich eine Zimtschnecke. Kauend erklärt er dann: „Also, ich hab gestern nochmal mit dem Martin gesprochen, des ist ein Drogenfahnder. Von einem Dealer namens Chris hat er aber noch nicht gehört, dass der in der Gegend aktiv wäre. Der läuft also wohl noch erfolgreich unter dem Radar. Allerdings hat der Martin schon Wind davon bekommen, dass der Ralfi jetzt in der Richtung aktiv wird. Aber sie haben vorerst noch nichts gemacht und wollten erst demnächst anfangen, über ihn an seine Hintermänner ranzukommen. Insofern war er sehr interessiert an diesem Chris."

Er wendet sich an Flora: „Er möchte mal mit dir sprechen, weil du ja den Chris kurz gesehen hast, ob du da vielleicht ein Phantombild machen könntest oder so."

Flora schüttelt den Kopf: „Ich kann ja nicht mal sicher sein, ob er das wirklich war. Und außerdem hab ich nur für einen kurzen Moment seine untere Gesichtshälfte gesehen, also weiß ich überhaupt nicht, wie der insgesamt ausgesehen hat. Wenn ich dem auf der Straße begegnen würde, dann würde ich ihn nicht wiedererkennen."

„Aber du hast erzählt, er hatte einen Bart", beharrt Max. „Und dass er sehr jung aussah."

Flora nickt. „Er hatte so eine zarte, glatte Haut, ich schätze mal, der war gerade mal sechzehn oder siebzehn."

„Na also, das ist doch schon was", Max nickt befriedigt.

Flora seufzt. „Ich weiß ja, dass dieser Chris eine wichtige Rolle spielt – wenn man die Droh-Messages bedenkt, die er dem Ralfi geschickt hat."

„Was?!", kommt es gleichzeitig von Max und von Basti.

Flora wird bewusst, dass Gerda das ja nur ihr erzählt hatte. Aber nachdem die Katze nun aus dem Sack ist, gibt sie weiter, was sie weiß.

Von dem Drohbrief an sie selbst sagt sie allerdings nichts. Sowohl Max als auch Basti würden sich vermutlich ziemlich aufregen, dass sie ihnen das verschwiegen hat. Also verschweigt sie es lieber weiter.

Verärgert meint Max: „Ich möchte wetten, die Gerda weiß jede Menge Sachen, die sie uns einfach nicht sagt."

Basti nickt, überlegt dann aber: „Wirklich weiterbringen tut uns das mit den Droh-Nachrichten aber nicht. Denn die waren ja für Ralfi bestimmt. Also, wenn der jetzt den Ralfi umgebracht hätte, dann würde das passen – aber es war ja der Untermaier, der erschlagen wurde."

„Vielleicht war das ja doch ein Unfall", spekuliert Max. „Also, kein richtig zufälliger Unfall, sondern der wollte schon jemanden erschlagen, aber den Ralfi. Und dann ist der Untermaier dazwischengegangen und hat es abbekommen."

Flora erinnert sich: „Hatte der Ralfi nicht was von einem saublöden Zufall oder so gesagt?"

„Ja, Zufall", Basti nickt. „Ich erinnere mich genau, er hat Zufall gesagt – nicht Unfall. Das ist schon ein Unterschied."

„Der Ralfi ist jetzt kein so feinsinniger Sprachkünstler, oder?" Basti schaut immer noch skeptisch. „Ich glaube auch nicht, dass ein Typ wie der Untermaier dazwischengegangen wäre, wenn der Chris den Ralfi mit einem Baseballschläger angreift – der hätte sich da tunlichst rausgehalten. Und der Ralfi wäre vermutlich auch zu tollpatschig, um schnell genug auszuweichen. Ich glaube echt nicht, dass das so war."

Alle drei schweigen und denken nach. Max nimmt sich ein Butterhörnchen aus dem schon ziemlich leeren Körbchen und streicht die letzte Butter drauf.

Dann wendet er sich an Basti: „Ruf doch mal die Gerda an, vielleicht weiß die doch noch was. Was sie uns sagt."

Gerda am anderen Ende

Basti ruft an und stellt auf Lautsprecher. Alle drei lauschen gespannt, als Gerda erklärt: „Ich glaub ich hab edsd noch a Fädla gfundn zum Aufribbln. Oder naa, des is mehr so, dass ich a Idee hab, wie mer die Fädla zammsordiern könnd."

„Oma Gerda, wovon redest du?"

„Ich hab mir heud morng aan' vo die aldn Miss-Maabl-Film' neizohng. So an von dene mit der Margaret Rutherford, wo du gsachd hasd, die soll ich ned schaun."

Basti rollt die Augen und murmelt leise: „Ich hätte wissen sollen, dass das ein Fehler war ..."

Gerda fährt fort: „Der Film haaßd ‚Vier Frauen und ein Mord', aber des is a Gschmarri, diese Film-Dübbn könna kaa Maddemaddigg ned. Des sind kaa vier Fraun, und es is auch ned bloß *aa* Mord, sondern drei."

„Und was hilft uns das dann?", fragt Basti vorsichtig.

„Des mid dena Namen, da sin die Engländer fei scho komisch. Aber im Deudschn ja auch manchmal. Und der Max had mir ja die ganzen Infos gebn, da hab ich hald eins und eins zammzähld. Aber edserd muss ich da nochmal a Runde drüber nachdengn."

Damit beendet Gerda das Gespräch, sodass Bastis *Tschüß* schon ins Leere geht.

Basti sieht Max an: „Was für Infos hast du denn der Oma Gerda gegeben?"

Max reibt sich nachdenklich das Kinn: „Also, sie hat mich angerufen und nach allen möglichen Sachen gefragt, aber nix erklärt, warum sie das wissen wollte, oder was sie daraus folgert oder so. Als ich sie danach gefragt habe, hat sie einfach aufgelegt. Wie immer, halt."

„Was hat sie dich denn nun gefragt?"

„Erst wollte sie wissen, ob der Wudler verheiratet ist."

„Was?!"

„Ja, ich weiß ja auch nicht -! Ich hab ihr gesagt, dass er Single ist, obwohl er verzweifelt sucht. Und sie hat gesagt, das hätte sie sich schon gedacht."

„Also, sie wird doch wohl nicht den Wudler als Mörder verdächtigen? Er ist ja vielleicht ein unsympathischer Typ, aber das –"

„Naa, ich glaub's auch ned."

„Und ein romantisches Interesse wird die Gerda am Wudler ja wohl kaum haben", grinst Flora.

Auch Max grinst. „Des wär mal ein Traumpaar, was? Aber sie hat dann auch lauter andere Sachen wissen wollen. Über den Transporter vom Untermaier – den haben die Kollegen in Tschechien jetzt gefunden, ohne Nummernschilder in einem Wäldchen nahe der Grenze. Und dann wollte sie mehr über die Maja wissen, aber da haben wir praktisch nix, weil die nicht polizeibekannt ist. Ich konnte ihr nur den Perso vorlesen, mit Geburtsdatum und allen Vornamen und dass sie immer noch in Würzburg gemeldet ist – des ist eine Schlamperei, aber des kostet höchstens ein paar Euro Strafe, wenn's einer genau nimmt. Und sie hat ganz ordnungsgemäß eine Wohnung in Uttenreuth gemietet, des hab ich dann noch nachgeprüft."

Max schüttelt ratlos den Kopf: „Also, wo die Gerda da ihre Fädla sieht, ist mir nicht wirklich klar."

Basti sieht die anderen an: „Und dann dieser Miss-Marple-Film … Kapiert ihr, was die Oma Gerda damit meint?"

Flora schüttelt den Kopf: „Ich hab den Film zwar schon mal gesehen, aber das ist mindestens vier oder fünf Jahre her. Ich erinnere mich nur noch daran, dass Miss Marple da undercover in so eine Schauspieltruppe gegangen ist. Aber ich wüsste jetzt nicht, was das mit dem Mord am Untermaier zu tun haben sollte."

Max schüttelt ebenfalls den Kopf: „Ich hab den Film auch schon mal gesehn, aber das ist noch viel länger her, mindestens zehn Jahre. Ich weiß nur noch, dass der Mörder die Miss Marple am Schluss auch noch umbringen wollte, und da hat sie einen Revolver gezückt und geschossen. Aber Gott sei Dank hat die Gerda ja keinen Revolver, also des kann's auch nicht sein."

Basti überlegt: „Wir könnten den Film vielleicht auf meinem Phone streamen."

Max schüttelt den Kopf: „Wir können uns doch jetzt nicht so nen ganzen Film angucken, der ist ja eineinhalb Stunden lang oder so."

„Und wenn wir spulen?"

„Dann kriegen wir ja die Zusammenhänge nicht richtig mit, und wie's der Teufel so will, dann verpassen wir genau die Sachen, die die Gerda meint."

Basti tippt entschlossen auf sein Telefon: „Wir rufen die Oma Gerda jetzt nochmal an. Sie soll uns gefälligst sagen, was sie meint."

Und dann tönt wieder Gerdas Stimme aus dem Lautsprecher. Statt einer Begrüßung sagt sie zu Basti: „Ich brauch mei Händi edserd für was anders, des wird mir zu kombliziert – ruf mich am Fesdneds oo."

Basti gehorcht seufzend und fragt dann: „Wofür brauchst du dein Handy denn so dringend, Oma Gerda?"

„Ward amol – naa, also des edserd –! Der Ralfi is scheinds irngdwo hier am Hof! Aber zu mir isser ned kumma. Was machd der Fregger do?"

„Der Ralfi?"

Ungeduldig erklärt Gerda: „Ich hab doch dem sei Händi-Oddung für mich freigebn, wie ich die Bildla oogschaud hab. Und edserd seh ich aufm Händi – der is *hier*, der Ralfi, irgendwo schdolberd er da draußn durch die Gechnd, ned weid wech."

„Wenn er auf deinem Hof ist, wird er sich schon noch bei dir melden, schätze ich. Aber Oma Gerda, was hast du vorhin gemeint, mit dem Film?"

„Ward, da kummd a Audo – also glaabsd es, die aa no! Edserd wird's lebhafd hier! Ich glaab, edsd verschdegg ich mich", Gerda beendet abrupt das Gespräch.

Basti starrt stirnrunzelnd das Telefon an. „Also, das war jetzt selbst für Oma Gerda ziemlich merkwürdig. Wen meint sie mit ,die auch noch'? Eine Frau?"

Max spekuliert: „Die Marga, oder die Maja, weil sie den Ralfi suchen?"

„Oder sie meint mehrere", überlegt Flora, „eine ganze Gruppe – hoffentlich keine Schlägertypen aus der Drogenszene?!"
Max springt auf: „ Los, wir fahren raus zu Gerdas Hof!"

Nochmal Horror-Hof

Sie joggen zu Floras Auto, und dann gibt Flora Gas. Unter Missachtung aller Geschwindigkeitsbeschränkungen rast sie über die zum Glück weitgehend sonntagsleeren Straßen.

„Fahr ruhig, was du kannst", ermuntert Max sie. „Des is jetzt im Zweifelsfall eine Einsatzfahrt, Gefahr für Leib und Leben. Eine hilflose alte Frau draußen alleine auf ihrem Hof, womöglich bedroht von einer Schläger-Gang aus der Drogenszene –"

Hilflose alte Frau verbindet Flora nicht wirklich mit Gerda. Aber gegen eine Gruppe von brutalen Schlägern hätte wohl nicht mal Gerda eine Chance ...

Max zückt sein Handy: „Ich warn jetzt auch mal die Kollegen vor. Ich möchte ja keinen falschen Alarm lostreten und Mordswirbel machen, wenn es doch nur ein Missverständnis war, und alles ist ganz harmlos. Am Sonntag sind wir eh so dünn besetzt. Aber da soll schon mal einer rausfahren." Dann erklärt er entschlossen: „Trotzdem, bis die ankommen, sind wir schon längst da."

In Rekordzeit sind sie am Hof angekommen.

„Wir gehen vorsichtshalber mal hintenrum rein", beschließt Max. „Erst mal auskundschaften, was Sache ist. Park bitte gleich hier an der Straße."

Er führt sie nun zu einer von der Straße aus kaum sichtbaren Lücke in der hohen Hecke, die Gerdas Hof von der Straße trennt.

Dann gehen sie auf der Rückseite der Scheune entlang. Automatisch bewegen sie sich leise und vorsichtig, keiner sagt ein Wort.

Als sie an der vorderen Ecke der Scheune angekommen sind, hören sie Stimmen. Das ist Gerda, und – Maja?

Max bedeutet den anderen mit der Hand, zurückzubleiben. Er selbst späht vorsichtig um die Ecke – und fährt mit entsetztem Gesicht zurück.

Flora und Basti pirschen sich nun auch an, spähen um die Ecke – und teilen Max' Schock.

Gerda steht an die Vorderwand der Scheune gepresst, Maja hält ein Messer gegen ihren Hals. Daneben liegt Ralfi bewegungslos auf dem Boden.

Max, Flora und Basti sehen sich entsetzt an. Max presst den Zeigefinger an die Lippen, flüstert dann aber selbst: „Keine Provokation!"

Dann zieht er vorsichtig sein Handy aus der Tasche und tippt wie wild. Er alarmiert den Rettungsdienst und fordert mehr Polizei an, vermutet Flora. Aber bis die hierher rauskommen, nach Niedlasreuth, auf Gerdas Hof …

Womöglich hat Maja Gerda bis dahin längst erstochen …

Aber Max hat wohl recht, dass sie erst mal stillhalten müssen: Wenn sie versuchen, jetzt da hinzustürmen, dann sticht Maja sicher sofort zu.

Sie hören nun Majas laute, kalte Stimme: „Und wenn Sie zehnmal Ralfis Patentante sind – sie hätten mir nicht in die Quere kommen sollen. Warum sind Sie eigentlich nicht in der Kirche? Da sind Leute wie Sie doch sonntags?"

Flora drückt sich nun direkt neben die Ecke und späht vorsichtig herum.

Maja schnaubt verächtlich, ohne dass sich das Messer auch nur einen Zentimeter von Gerdas Hals wegbewegt. „Und der Ralfi ist ein nützlicher Idiot. Aber das mit dem *nützlich* ist jetzt vorbei, und ich kann nicht riskieren, dass dieser Trottel mir noch weiter Schwierigkeiten macht. Ich hätte ihn gleich mit beseitigen sollen, nach dem Untermaier."

„Warum haben'S' denn den Undermaier derschlong?", fragt Gerda. Ihre Stimme klingt leicht gepresst, wegen des Messers an ihrem Hals. Aber ansonsten redet sie wie immer: „Des möcherd ich fei wergli wissn, warum'S' den ausgerechned auf meim Hof umbrachd ham?"

Maja zögert kurz. Doch dann setzt sie das Messer sicherheitshalber nochmal neu an Gerdas Kehle an und erklärt: „Na okay, Sie werden das nicht mehr weitersagen, und letzte Wünsche soll man ja erfüllen. So viel gibt's da eh nicht zu erzählen, es war einfach ein saublöder Zufall.

Ich war eigentlich hinter dem Ralfi her, weil der mich beschissen hat mit den Zahlungen. Mit der Handy-Ortung hab ich ihn aufgespürt und bin dann mit dem Baseballschläger angerückt, um ihm sauber klarzumachen, dass ich es ernst meine. Hier draußen war eigentlich die richtige Umgebung, um in Ruhe Klartext mit ihm zu reden. Hab ich gedacht."

Sie schwenkt ärgerlich gestikulierend das Messer ein Stück durch die Luft, setzt es aber gleich wieder an Gerdas Hals. „Aber dann war der Ralfi nicht allein, sondern hatte den Untermaier dabei. Es ging da wohl eigentlich um irgend so ein Moped – aber blöd, wie der Ralfi ist, hat er sofort angefangen, was Entschuldigendes zu stammeln von Kunden und Deals.

Und da haben dem Untermaier seine Augen aufgeblitzt – der hat mich nämlich noch aus Würzburg gekannt, wir hatten gemeinsame Bekannte, echt beschissener Zufall. Von da bin ich ja verschwunden, als es mir zu heiß wurde, weil sie in meiner Praxis angefangen haben, Verdacht zu schöpfen. Aber der Untermaier hat durch dem Ralfi sein Gefasel kapiert, dass ich jetzt hier wieder deale. Da hat er gedacht, damit kann er mich erpressen. Ich hab das in seinen Augen gesehen – und dann hab ich nicht lang rumgemacht, sondern zugeschlagen."

„Einfach so?"

„Ich lass mir doch von so einem Dreckskerl nicht mein Geschäft ruinieren", Maja schüttelt wütend den Kopf.

„Freili, nacherd häddn'S' wieder umziehn müssn, widder woanders hie", Gerdas Stimme klingt fast mitfühlend, und Flora sieht, wie etwas Spannung aus Majas Körper weicht. Doch das Messer sitzt immer noch an Gerdas Hals.

„Und den Ralfi, den wolln'S' also auch ausschaldn?"

Maja starrt stirnrunzelnd auf Ralfis bewegungslosen Körper hinunter. Für einen Moment entfernt sich das Messer ein paar Zentimeter von Gerdas Hals.

Ein gellender Schrei von Gerda: „Alarm!"

Ein grauer Blitz schießt auf Maja zu, Hektor packt ihren Arm, Blut spritzt, Maja stürzt, das Messer fällt aus ihrer Hand und der riesige graue Hund steht knurrend und zähnefletschend über ihr.

Max stürmt vor, Basti und Flora gleich hinterher.

Max kickt das Messer endgültig aus Majas Reichweite. Aber sie liegt sowieso bewegungslos da, die Augen entsetzt aufgerissen.

Basti beugt sich über Gerda, die an der Scheunenwand entlang auf den Boden gerutscht ist und benommen aussieht.

Da ist ganz viel Blut, sieht Flora entsetzt.

„Der Sanka ist unterwegs", sagt Max nun neben ihr. Aber auch er starrt Gerda bestürzt an.

Langsam hebt Gerda den Kopf.

„Des is nur a Fleischwunde", ihre Stimme ist etwas heiser. „Bloß a klanner Ridser. Hald saumäßich viel Bluud, aber des is halb so schlimm, die had mich nur am Arm derwischd. Und derschroggn hab ich mich hald."

Ihre Stimme wird nun kräftiger: „Aber edserd is wieder guud. Geh, Basdi, lass mich aufschdehn, ich krieg an arch kaldn Hindern."

Basti, der fest auf Gerdas Oberarmarterie drückt, sieht sie unsicher an. Dann nickt er Max und Flora zu, und sie helfen Gerda vorsichtig hoch.

Da hören sie auch schon die Sirenen: Krankenwagen, oder Polizei, oder beides? Flora ist jedenfalls heilfroh.

Frauenpower

Gerda ruht auf dem Sofa in ihrem Wohnzimmer, mit einem dicken Verband am Arm. Die gesunde Hand krault liebevoll Hektor, der sich halb um, halb über Gerda drapiert hat.

„Dieser Sefdl von Sani", Gerda schüttelt ärgerlich den Kopf, „sachd der doch, dass des ned gud is, wenn des Gwichd vom Heggdor mich drüggt – dabei had der Heggdor mir doch des Lebn gredd'! Aber den Sani, den hab ich fei sauber heimgschiggd!"

Flora muss grinsen. Der arme Sanitäter hatte auch noch den Fehler gemacht, Gerda einen Check-up in der Klinik vorzuschlagen, „zur Vorsicht, in Ihrem Alter."

Nein, Gerda hat nichts von ihrer Energie verloren.

„Warum hast du den Hektor denn ned gleich auf die Maja gehetzt?", fragt Max Gerda.

„Ich wolld ja, dass sie mir zerschd amal erzähld, was sie gmachd had. Und des had sie dann ja auch gmachd. Die Leud' redn immer gern über sich selbsd."

„Also hast du riskiert, dass sie dich absticht, bloß damit du erfährst, was los war?"

„Dass sie a Messer had, des hab ich ja zerschd ned gwussd. Und ich wussd ja, dass der Heggdor ganz nah is. Und nacherd is' ja auch guud ausganga."

Max rollt die Augen. Aber nun rufen ihn Kollegen nochmal raus, brauchen weitere Infos.

Gerda schickt Basti zum Kaffeemachen in die Küche, und Flora bleibt bei ihr und Hektor zurück. Auf Floras Schoß schnurrt nun Pascha, der große rote Kater.

Nachdenklich meint Gerda: „Da redn die Leud' immer über bolidigel Koreggdness, wie debberd des is, und wie unnöhdich. Aber mir ham immer bloß von am Mörder gred, ned von ana Mörderin – und nacha hammas selbsd glabd, irngdwie."

Flora nickt. „Ja, da sieht man, wie man Frauen noch immer total unterschätzt, sogar als Frau. Wir haben immer gedacht, die Maja ist nur das lockende Wesen im Hintergrund. Dass sie selber die eiskalte Drogendealerin und Mörderin ist, darauf wäre ich erst mal nicht gekommen. Aber als wir noch dachten, Chris ist ein Mann, da haben wir dem das gleich voll zugetraut ..."

Gerda seufzt. „Ja, als Frau kämbfsd dei Lebn lang aufwärds. Und wirsd noch debberd ogrehd desweng, weilsd so ‚unweiblich' bisd. Aber im Zweiflsfall hasd an Überraschungseffegd. Wenn a *Mann* mid am Bäisbohlschlächer vorm Undermaier gschdandn wär, hädd er vleichd Angsd krihgd und wär vorsichdig gwesn. Aber so a zards blonds Madla, da had er dachd, die dud scho nix Schlimms." Sie seufzt noch einmal. „Is fei schad, wenn's grad die schlimmen Sachn sind, die wo die Fraun die Männer nachmachn ..."

„Also echt, dass die Maja das war, da wäre ich nie drauf gekommen", Flora schüttelt den Kopf.

„Doch, ich hab mir des scho dachd, als sie aufn Hof komma is. Weng dem Film hald."

„Was war denn da nun?"

„Die Engländer ham fei Männer, die heißen *Evelyn*, obwohl des eingdlich a Name für a Fraa is. Des kummd da vor, in dem Film. Und da hab ich dann angfang zum Dengn, dass Chris ja aa a Fraa sei könnerd, deoredisch. Und wie mir dann der Max am Delefon vorglesn had, der Maja ihr zweider Vorname is Chrisdine – da hads dann gligg gmachd, irngdwie. Desweng woar ich dann vorsichdig, als die Maja auf den Hof gfahrn is, und hab mich erschdmal im Wohnzimmer verschdeggd und hab nur ausm Fensder gschbechded."

„Aber Sie sind ja dann doch raus?"

Gerda seufzt tief: „Sie had sich dann vorm Haus mim Ralfi gschdriddn. Sie hadd ihn wohl auch mid dera Händi-Oddung gfundn und wolld ihn rechd schimbfn, weil er wohl irngdwo abghaun is. Aber der Ralfi, der Doldi, waaß hald nie, wann er die Goschn haldn solld, und had zrügg gschimbfd. Na hads die Hargn paggd, die da glehng is, und had ihm mid dem Schdiel ans überzohng."

„Sie hat ihn mit einer Harke zusammengeschlagen?", fragt Flora erstaunt.

„Ja, der Schdiel is massiv. Da is der Ralfi zammgsaggd und ich bin naus. Die wolld ihn nämlich bschdimmd noch goar hihmachn, damid er nimmer redn koo."

„Den Ralfi – umbringen?"

„Ja, des hädds bschdimmd wolln. Da konnd ich fei ned zuschaun."

Flora nickt nachdenklich: „Sie haben dem Ralfi wahrscheinlich das Leben gerettet."

„Und der Heggdor had dann *mich* gredd'." Der große graue Hund bekommt ein extra liebevolles Tätscheln ab.

Dann kommandiert Gerda: „Edserd holsd a große Bortion Hundekuchn fürn Heggdor aus der Küchn, die deuern, aus der gnisderndn Düdn. Und dann sogsd dem Basdi, er soll was ausm Diefkühler warm machn für uns. Der Max had sicher scho an Mordshunger."

Ralfis Story

Nach einem widerwillig auf dem Sofa verbrachten Tag ist Gerda am Sonntagabend nicht mehr zu halten. Sie kommandiert Basti: „Du holsd edserd die Viecher von der Weidn und schberrsd die Henna ein. Und dann besuchn mir den Ralfi im Schbidal. Der soll uns erzähln, was genau er gmachd had bei dem Mord."

Über einen Anruf bei Max, der wieder in der Inspektion ist, erfahren sie: Ralfi liegt inzwischen in der Forchheimer Klinik. „Des is guud", erklärt Gerda, „des haaßd, es is ned ganz so griddisch, sonsd häddnsn auf Erlang' brachd, in die Uni-Glinig."

Flora, die fährt, wird von Gerdas und Bastis abwechselnden Anweisungen zwar teilweise verwirrt. Aber schließlich landen sie doch bei der Klinik im Südwesten von Forchheim.

Flora parkt auf dem Klinikparkplatz. Während sie an plätschernden Springbrunnen vorbei zum Eingang gehen, mosert Gerda über die auf einem Schild angeschriebenen Parkgebühren: „Mid die Grangn machns ja eh ihr Gschäfd, aber von die Gsundn, die wo die besuchn, da grralln die sich aa a Vermöng."

„Wir bezahlen dir dann natürlich die Parkgebühren", sagt Basti schnell zu Flora.

Sie stehen nun vor dem Eingang des großen, modernen Gebäudes aus Beton, Glas und Stahl. Während sie hineingehen, überlegt Flora, dass es schwierig werden könnte. Sie erinnert sich daran, dass in Filmen oft eine strenge Schwester den Zutritt zum Patienten verwehrt, oder sowas sagt wie: *Aber höchstens fünf Minuten! Und Sie dürfen ihn auf keinen Fall aufregen!* Sie tanzen hier ja schließlich sogar zu dritt an, da könnte es sein, dass höchstens einer kurz zu ihm rein darf. Das wäre dann die Gerda, natürlich. Obwohl die den Ralfi vermutlich am brutalsten behandeln würde, aber Gerda würde sicher nichts anderes zulassen.

Nachdem der Empfang sie an die richtige Zimmernummer verwiesen hat, treffen sie vor Ralfis Zimmer eine müde aussehende Schwester.

„Der Herr Tiegler? Ja, da gehen sie einfach rein. Vielleicht können Sie den ja mal einer Weile vom Jammern abhalten. Das Essen schmeckt ihm nicht, und nach mehreren Stunden musste seine Mutter dann auch mal wieder gehen. Das Kopfkissen ist ihm zu weich, und die Matratze zu hart, und ständig klingelt er bei uns wegen irgend so einem Sch-", schnell endet sie: „einem scheinbaren Grund."

„Der Ralfi is also scho widder normal", stellt Gerda zufrieden fest.

Sie betreten zu dritt das Krankenzimmer. Das eine Bett dort ist leer, in dem anderen liegt Ralfi mit einem dicken Gips über Schulter und Arm.

Er schaut ihnen erstaunt entgegen: „Was wollt *ihr* denn hier?"

„Mir wolln dei Schdorri hörn", sagt Gerda. „Bisd scho widder richdig im Kopf?"

„Wann wäre der Ralfi das je", hört Flora Basti flüstern.

Ralfi zuckt die Achseln: „Ja, ich hab halt noch Kopfschmerzen, aber die Ärzte sagen, da ist nichts kaputt, ich hätte einen robusten Schädel."

„Wie ein Ochse", kommt es leise von Basti.

Dann deutet Ralfi auf seinen Gips: „Aber ich bin irgendwie so blöd hingefallen dabei, da hab ich mir die Schulter gebrochen. Deshalb muss ich noch hierbleiben, sie wollen schauen, ob sie da was operieren müssen."

Basti zeigt nun auf Gerdas Verband und sagt vorwurfsvoll zu Ralfi: „Die Oma Gerda wurde verletzt, als sie dich vor der Maja gerettet hat."

Ralfi schaut auf Gerdas Verband und zuckt die Achseln: „Die kann schon ganz schön rabiat sein, die Maja." Das klingt ungefähr so, als ob er nur mal ihren schlechten Geschmack bei Fenstergardinen erwähnt.

„Sie ist eine Mörderin!", schnaubt Basti, und fragt Ralfi dann kopfschüttelnd: „Warum bist du nicht wenigstens am Schluss einfach zur Polizei gegangen? Bevor sie *dich* für den Mord drankriegen, hättest du ihnen ja die wahre Mörderin liefern können."

Ralfi schaut entsetzt: „Die Maja verpfeifen? Das hätte die mir nie verziehen!"

Basti rollt die Augen: „Na und? Die sitzt jetzt sowieso jahrelang im Gefängnis."

„Aber das ist es ja gerade", jammert Ralfi. „Sie hat mir gesagt, sie kennt Leute im Gefängnis, und die würde sie dann auf mich ansetzen, wenn ich ihr Ärger mache. Weil ich ja als

276

ihr Komplize auch ins Gefängnis müsste. Und da würden die mich dann fertigmachen, das hat sie mir gesagt. Und die Maja macht, was sie sagt!"

Basti schüttelt seufzend den Kopf: „Also, um so ein Kaninchen wie dich einzuschüchtern, da hätte die Maja gar keinen Baseballschläger auf den Hof mitnehmen müssen."

„Da hat sie mir fei schon Angst gemacht, mit dem Teil", sagt Ralfi fast ehrfürchtig. „Dabei hab ich sie gar nicht beschissen, wie sie dauernd gemeint hat. Ich hab mich nur manchmal verrechnet, und die Kunden haben das ausgenutzt und mir zu wenig gezahlt, und dann hat's halt nicht mehr gestimmt – ich hab echt nichts unterschlagen, im Gegenteil, einmal hab ich sogar was draufgelegt – aber die Kunden, die das Zeug kaufen, die nutzen des einfach aus, dass Mathe nicht mein Ding ist, die sind echt so fies."

„Nacherd verdeilsd vleichd besser des Sonndagsbladd, da hasd ehrlichere Kunden", empfiehlt Gerda ihm ironisch. „Und auch ned so an brudaln Schef."

Ralfis Gesicht verdüstert sich. „Ja, als der Untermaier sie dann wohl irgendwie erkannt hat, die Maja, da hat sie mit dem Schläger, zack – so schnell konnte ich gar nicht schaun, da war er schon tot dagelegen, der Untermaier."

„Und was war dann?", fragt Flora.

„Sie hat mir halt nochmal gedroht, wenn ich sie verpfeife, dann werde ich das bereuen. Und dann ist sie abgehauen."

„Sie hat dich mit der Leiche einfach so sitzengelassen?" Basti schüttelt den Kopf.

Ralfi seufzt. „Erst wollte ich dann auch abhauen, aber dann habe ich mir gedacht –", seine Stirn kräuselt sich, als er sich zu erinnern versucht, was er gedacht hat.

Basti murmelt leise: „Wenn du erst mal anfängst zu denken, was dann dabei rauskommt ...“

Ralfi hat das zum Glück nicht gehört und erklärt nun: „Also, ich hab gedacht, ich muss die Leiche jetzt verschwinden lassen. Weil, wenn man den Untermaier findet, und dann weiß, wer das ist, dann kommen sie mir vielleicht auf die Spur. Ich hatte ja vorher mit ihm schon ziemlich lange wegen ein paar alten Möbeln und so gemailt, und dann bin ich auf die Zündapp gekommen“, er streift Gerda mit einem verlegenen Blick.

Aber sie sagt nur energisch: „Weider!“

„Also hab ich mir gedacht, die dürfen den Untermeier nicht finden, ich versenk die Leiche am besten im Niedlasreuther Weiher, das ist ja nicht weit, und da findet sie keiner. Und da hab ich mich erinnert, dass ich mal in so einem Krimi gesehen habe, dass die Kleider eine Leiche hochtreiben. Da kommt Luft rein, irgendwie, und dann hält es die nicht mehr unten. Und so einen Betonblock oder so, da wusste ich nicht, wie ich das auf die Schnelle auftreiben könnte.“

Basti schüttelt den Kopf. „Aber das ist doch ganz anders. Im Gegenteil, wenn an einer Leiche noch die Kleider dran sind, dann saugen die sich mit Wasser voll und ziehen den Körper nach unten.“

Verblüfft sieht Flora ihn an: „Bist du da sicher?“

Basti rudert etwas zurück: „Na ja, ich hab das auch nur in einem Krimi gelesen. Aber von der Physik her klingt es doch plausibel, oder? Und wenn man mit Kleidern schwimmt, das zieht einen total runter, das kenne ich noch vom Rettungs-schwimmer-Training.“

Ralfi starrt ihn an: „Das heißt, ich hätte mir das Ganze sparen können? Oh Mann, wenn ich das gewusst hätte …"
„Du musst halt die richtigen Krimis schauen", meint Basti spöttisch.

Ralfi seufzt. „Jedenfalls, deswegen hab ich ihn dann ausgezogen. Mann, das war ein Kampf, sag ich euch! So einem großen, schweren Mann die Kleider ausziehen, wenn er nicht mithilft, und da einfach nur so floppt, das ist echt mega anstrengend!" Mitleidheischend schaut er in die Runde, trifft aber nicht auf viel Sympathie. Gerda bemerkt: „Da had dei Freundin ja dafür gsorchd, dass der arme Moo nimmer midhelfn konnd."

Etwas trotzig fährt Ralfi fort: „Dann hab ich mir seine Schlüssel und sein Handy und seinen Geldbeutel genommen, und die Kleider angezündet."

Er wirft Gerda einen vorwurfsvollen Blick zu: „War gar nicht einfach, das Feuer anzukriegen, ich hab die ganze Flasche Grillanzünder draufschütten müssen, weil du da nur so'n Bio-Zeug hattest."

Basti sieht Ralfi an: „Und wetten, du hast dich dann fast verbrannt dabei?"

„Woher weißt du das?", fragt Ralfi verblüfft.

Gerda hakt nach: „Also gud, dann hadsd du die Leichn naggerd. Und wie hädddsd die dann bis zum Niedlasreuther Weiher brachd? Des ist edsd ned *soo* weid, aber des woar ja a großer, schwerer Moo."

Ralfi schaut irritiert und fährt mit der Hand vage durch die Luft: „Halt irgendwie."

„Das ist dein Lebensmotto", bemerkt Basti, „*halt irgendwie.*"

„Ich hab das dann ja sowieso nicht machen können, weil *ihr* dann gekommen seid", Ralfi starrt seine Besucher vorwurfsvoll an. „Dann hab ich mich hinter die Scheune verdrückt, und als ihr alle mit dem Untermaier beschäftigt wart, bin ich hintenrum auf die Straße. Da stand der Transporter vom Untermaier, der musste da auch weg, weil sonst wären sie ja gleich drauf gekommen, dass der Tote der Untermaier ist. Also hab ich mir den Transporter geschnappt und bin damit abgehauen. Und dann halt in die Oberpfalz. Da hab ich dann das Handy und den Geldbeutel in so 'nen See geschmissen, und dann gleich noch die Fotos fürs Alibi gemacht. Schon clever, oder?"

„Für dich vielleicht sogar schon", gibt Basti zu.

Ralfi strahlt, als ob er ein Mordskompliment bekommen hätte. „Die Kreditkarten vom Untermaier hab ich natürlich behalten. Aber ich hab mich dann doch nicht getraut, sie zu benutzen."

„*Das* war vermutlich das Cleverste, was du gemacht hast", erklärt Basti, „sie nicht zu benutzen."

„Aber jetzt kann ich sie ja schon gleich gar nicht mehr benutzen", seufzt Ralfi.

Und dann verdüstert sich sein Gesicht weiter. „Ich dachte, alles ist jetzt okay für mich. Aber dann kamt *ihr* an und habt mich gelöchert. Und schließlich ist mir dann ja auch die Maja wieder auf den Pelz gerückt."

„Die hat dich dann entführt, sozusagen?", fragt Flora.

Ralfi starrt sie an: „Entführt? Nee, aber sie hat halt gesagt, es wäre besser, wenn ich jetzt erst mal verschwinde. Wenn ich nicht da bin, dann kann die Polizei mir auch keine blöden Fragen stellen. Also hat sie mich zum Ferienhaus von ihrer

Tante gebracht, das liegt weit draußen in der Hersbrucker Schweiz, totale Botanik.

Dabei hatte ich sogar den Termin für einen Deal bei einer Party in Erlangen, auf dem Burgberg, und das konnte ich ja dann nicht machen. Aber die Maja hat gesagt, sie übernimmt das. Sie hat sich dann einen Bart angeklebt und die Haare unters Hoody – war klasse, sie sah echt aus wie so'n Streetkid."

Ja, Flora weiß inzwischen, warum das Gesicht unter dem Bart so zart und jung ausgesehen hat – weil es keine Männerhaut war, sondern die glatte Haut von Maja.

Ralfi seufzt ärgerlich. „Aber ich musste ja in diesem blöden Ferienhaus hocken bleiben."

„Und warum bist du dann nicht da geblieben?", fragt Basti.

„Es war halt voll langweilig. Der Fernseher hat nicht gescheit funktioniert, und Internet gibt's da nicht, und der Handy-Empfang war auch unter aller Kanone. Manchmal ist es überhaupt nicht gegangen, oder höchstens, wenn ich raus bin und zu so 'nem Hügel hintergelaufen. Das war mir aber echt zu blöd. Also bin ich halt wieder abgehaun."

„Wie denn? Du hattest doch kein Auto, oder?", meint Basti.

Ralfi seufzt und nickt. „Ich musste ziemlich weit laufen. Aber dann hat mich so'n Autofahrer mitgenommen bis nach Hersbruck, und von da aus bin ich dann mit dem Zug nach Forchheim, und dann mit dem Bus nach Niedlasreuth raus. Mann, da kannst aber warten, bis da mal ein Bus kommt, ich hab mir an der Haltestelle echt die Beine in den Bauch gestanden."

„Und warum bist du dann in Niedlasreuth nicht nach Hause, sondern auf Oma Gerdas Hof?"

„Na, zu Hause hätte die Polizei mich sofort erwischt, die haben doch bestimmt unser Haus überwacht, oder?"

Basti schüttelt den Kopf. „Das glaube ich nicht. Der Max hat vielleicht mal kurz bei deiner Mutter reingeschaut oder so, aber echt überwacht, nee, wohl kaum."

Ralfi zuckt die Achseln. „Ich dachte, auf Gerdas Hof wird mich keiner suchen. Aber die Maja hat mich ja dann leider trotzdem gefunden. Und wie ich ihr dann gesagt habe, dass ich nicht mehr in das blöde Ferienhaus zurück will, ist sie ausgerastet.

Was danach war, weiß ich nicht, ich bin erst im Krankenwagen wieder aufgewacht – aber diese blöden Polizisten wollen mich wegen allen möglichen Sachen drankriegen, sobald ich hier raus bin."

„Na, dann mal viel Spaß", sagt Basti und geht zur Tür. Flora folgt ihr, doch Gerda bleibt noch kurz stehen:

„Ralfi, des wär edserd mal a Gelengheid, dassd a weng nachdengsd und dei Lebn ändersd, meinsd ned?"

Ralfi starrt sie verwundert an: „Mein Leben ändern? Wieso? Mit der Polizei, des krieg ich schon irgendwie hin."

Als nun auch Gerda achselzuckend geht, ruft er ihnen noch hinterher: „Und sagt der Schwester, ich will endlich eine gescheite Cola!"

Der Maulwurf

Wie sie es Max versprochen haben, kommen sie nun zu ihm in die Inspektion.

„Hat Maja ein Geständnis abgelegt?", fragt Basti.

Max nickt: „Sie hat gesungen wie ein Kanarienvogel. Die ist halt clever, die weiß, wann das Spiel vorbei ist, und sie durch Mauern mehr zu verlieren als zu gewinnen hat. Sie hat interessanterweise sogar mehr gestanden, als wir wussten." Er sieht Flora streng an: „Du hast also einen Drohbrief bekommen? Wieso hab ich nichts davon gewusst?"

„Du hörst dich schon an wie Wudler", sagt Flora verteidigend. Dann fügt sie hinzu: „Aber Gerda hab ich's gesagt."

„Des schdimmd", bestätigt Gerda.

Zu Floras Erstaunen akzeptiert Max dieses Argument. „Okay. Na jedenfalls, die Maja hat ausgesagt, sie ist nervös geworden, als sie dich schon wieder gesehen hat, und hat gedacht, womöglich schnüffelst du ihr irgendwie hinterher. Dann ist sie dir von der Party gefolgt, und hat in deinem Haus gesehen, wo das Licht angegangen ist. Und dein Name stand an der Tür."

Flora nickt: „Meinen Vornamen hatte ich ihr ja im Café gesagt."

„Sie hat aber behauptet, dass sie dir nichts tun wollte, das war nur so ein Schuss ins Blaue."

Basti schnaubt ärgerlich. Aber bevor auch er den Drohbrief kommentieren kann, erklärt Max mit düsterer Miene: „Also, nachdem die Cindy nichts mit dem Mord zu tun hatte, bedeutet das doch: Wir haben tatsächlich einen Maulwurf, vermutlich hier in der Polizei. Wie sollen wir den nur finden? Eigentlich habe ich ja frei, aber irgendwie lässt mir das keine Ruhe. Dem Franz und dem Peter und dem Schorsch – ich vertrau denen allen total. Außer beim Schafkopf vielleicht, da versuchen sie manchmal, zu mogeln. Aber die haben bestimmt nix an so eine wie die Cindy verraten!"

Gerda sieht ihn nachdenklich an. „Ich hab mir in die ledsdn Dooch a Menge Grimmis neizohng. Und da gibd's doch diese Brofailer. Da hab ich mir überlechd, dass ma des aa so machen könnd."

„Du willst Profiler spielen, um den Maulwurf zu finden?"

Gerda nickt. „Ich hab auch scho a Idee, wer genau der richdige Dübb dazu wär, dass er sowas macherd. Aber ma brauchd ja auch immer Beweise."

Max seufzt: „Der Wudler versucht gerade auch schon wieder die Cindy Bärholz auszuquetschen, wer ihr die Sache mit dem Mord verraten hat. Aber da könnte er auch ein trockenes Stück Holz quetschen. Er hat halt nix in der Hand gegen sie, und sie schmollt ihn einfach nur an."

Gerda schaut Max an: „Der Wudler, der hoggd edserd fasd die ganze Zeid bei euch rum, oder? Wahrscheins had er sogar scho an eignen Schreibdisch?"

Max zuckt die Achseln: „Wir haben ihn an den freien Schreibtisch direkt neben dem Vernehmungsraum gesetzt, da kann er sich austoben."

Wie aufs Stichwort taucht der Kommissar nun auf. Als er Gerda, Flora und Basti sieht, runzelt er die Stirn.

„Wir haben ja einen Doppelerfolg erzielt", erklärt er dann aber stolz, „indem wir eine Mörderin *und* Dealerin gefasst haben. Und einen Kleindealer als Komplizen noch dazu, also eigentlich haben wir sogar einen Dreifacherfolg geschafft. "

Gerda starrt ihn an: „Was meinen'S' denn mit ,wir'? Ich erinner mich, dass Sie der allerledsde woarn, der wo am Daadord aufdauchd is."

Max weist stolz drauf hin: „Die Frau Obmüller hat ja entscheidend dazu beigetragen, dass die Mörderin gefasst wurde."

Wudler sieht Gerda finster an: „Sie haben sich da in ganz unverantwortlicher Weise selber in Gefahr gebracht."

Gerda ist nun wirklich sauer: „Gehd's no? Hädd ich zuschaun' solln, wie die Maja den Ralfi noch goar umbringd? Sie häddn des vleichd gmachd?"

Wudler zuckt unbehaglich die Achseln und mosert dann in eine andere Richtung: „Und ausgerechnet an einem Sonntag, wo wir so schwach besetzt sind – morgen wären wir wieder voll besetzt, da hätten wir richtig zuschlagen können. Aber die ganze Hektik an einem Sonntag, das hat unsere Ressourcen echt ans Limit gebracht."

Bevor Gerda explodiert, versucht Max eilig abzulenken: „Wie läuft es mit der Cindy Bärholz, sagt sie jetzt endlich etwas aus zum Thema Maulwurf?"

Wudler schüttelt unwirsch den Kopf. „Die starrt nur immer auf ihre albernen Monsternägel und sagt, sie hat das Recht, ihre journalistischen Quellen zu schützen – ha, die kann doch noch nicht mal das Wort Journalismus buchstabieren!"

„Könna *Sie* des?" Gerda wartet nicht auf eine Antwort, sondern steht nun auf. „Ich geh edserd amol zu der Cindy und waaf a weng mid ihr. Vleichd kriecherd ich was raus aus ihr."

Sie marschiert zur Tür. Max will sie aufhalten, doch Wudler winkt müde ab: „Lassen Sie sie doch, sie kriegt ja eh nichts raus. Und die Bärholz ist ja auch nur zu einer inoffiziellen Befragung da. Also wenn sie jetzt mit einer alten Frau schwatzt, soll sie doch."

Dann sieht er Flora und Basti an: „Also gut, wenn Sie jetzt schon mal hier sind, dann möchte ich Ihre detaillierten Aussagen zu den aktuellen Geschehnissen auf dem Hof von Frau – äh –"

„Obmüller", souffliert Max.

Flora überlegt, dass der Kommissar vermutlich noch gar nicht im Detail weiß, was da eigentlich alles los war. Es wird jetzt tatsächlich mal höchste Zeit ihn upzudaten, ansonsten würde er vermutlich gegenüber seinen Vorgesetzten auflaufen. Dagegen hätte Flora ja an sich nichts, dem Wudler würde sie das gönnen. Aber wahrscheinlich würde dann letzten Endes Max darunter leiden.

Also erzählen sie dem Kommissar brav, was sie wissen, und versuchen, bei seinen ignoranten Kommentaren wegzuhören. Schließlich kommt Gerda wieder zurück, mit zufriedenem Gesicht.

Sie stellt sich in die Mitte des Raums und verkündet: „Die Dedegdive machn doch immer so an Shoudaun, mid lauder Verdächdige, und aana davo woars dann. Nacherd machn mers hald auch a weng aso."

Als die anderen fragend schauen, erklärt sie ungeduldig: „Ich endhüll edserd fei den Maulwurf!"

Gerda hebt den Zeigefinger und blickt in die Runde: „Also, der Max könnds gwesn sein, weil ers gwussd hod und die Cindy kannd had, vo früher. Und die Madla san beide hübsch. Aber er is es ned gwesn.

Der Basdi had's auch gwussd, aber er hod die Cindy ned amol kannd. Und die Flora is aus Hamburg, die is' bschdimmd ned gwesn."

Interessantes Argument, denkt Flora amüsiert.

„Und iech", erklärt Gerda gewissenhaft, „ich woars aa ned, weil ich mir so aane wie die Cindy nie aufn Hof gloggd häd – mei Viecher sin ja direggd noch draumadisierd vo dem Gfregg da in der Nachd."

Aber wenn es keiner von uns war, denkt Flora verwirrt – wer war es denn dann?

Auf einmal schießt Gerdas Zeigefinger nach vorn, in Wudlers Richtung: „Der is es gwesn!"

Wudler schäumt regelrecht vor Entrüstung: „Also, das ist ja wohl eine maßlos unverschämte Unterstellung! Und absolut schwachsinnig! Ich habe dieser Bloggerin ganz bestimmt nichts verraten!"

Gerda legt nachdenklich den Kopf schief: „Des is des Lus-diche, dass Sie's ned amol wissn. Sie sin wie a wildgwordner Bulle durch die Wachn gfechd und ham alle verdächdichd – aber ned sich selber."

287

„Natürlich nicht!" Der Kommissar starrt Gerda wütend an. „Warum sollte ich auch mich selber verdächtigen? Ich weiß ja, dass ich es nicht getan habe. Ich habe diese Cindy Bärholz überhaupt nicht gekannt, warum sollte ich der irgendwelche Informationen geben?"

„Die Cindy ham'S' ned kannd – aber die Sylvie."

Jetzt läuft Wudler so richtig rot an – aber nicht mehr vor Entrüstung. Nun zeichnet sich zunehmende Bestürzung auf seinem Gesicht ab.

Gerda macht weiter: „Am Middwochahmd, nach dem Mord, da hadden Sie's fei eilich – weil da ham'S' sich mid der Sylvie droffn. Die Sylvie ham'S' über so a Däiding-Äbb kennaglernd. Und ich koo mir vorschdelln, wie des woar: Sie hams beeindruggn wolln, ham ihr von dem Mord derzähld, sie had indressierd nachgfrogt, und Sie ham noch mehr erzähld. Und die Sylvie is a enge Freundin von der Cindy ..."

Flora kann sich das lebhaft vorstellen – Wudler, der seinem Date stolz erzählt, was für ein Superbulle er ist, gerade erst hat er diesen faszinierenden Mordfall reingekriegt. Und diese Sylvie war sicher interessiert, hat nachgefragt, Wudler hat noch mehr geprahlt. Und Sylvie hat das Ganze begeistert ihrer Freundin Cindy weitergegeben.

Einen Moment lang ist es ganz still, während alle das verdauen.

Dann stößt Wudler einen erstickten Laut aus und stürzt aus dem Raum.

„Oh Mann", stöhnt Max, „also des – des hätt ich nie gedacht! Ich mag ihn ja echt nicht, aber des ist schon heftig." Er starrt Gerda an: „Bist du sicher?"

Sie hält es nicht für nötig, darauf direkt zu antworten, erklärt aber: „Du hasd mir ja gsachd, wo der Wudler sidsd. Der Dübb is zu schlamberd, als dass er sein Rechner schberrd – also hab ich mir alles ogschaut, seine Mails und seine Dermine und die Däiding-Äbb. Und dann hab ich's gwussd und hab's dem Madla diregd gsachd. Und da hads dann hald gseufzd und gniggd."

Max kratzt sich bestürzt am Kopf: „Jetzt – ich weiß gar nicht, was passiert jetzt?"

Gerda zuckt die Achseln. „Also, *iech* werd kaam davo derzähln, bschdimmd ned, des gehd mich ja nix oo, ich bin ja ned von der Bolizei, und der Basdi und die Flora aa ned."

„Aber *ich* bin von der Polizei", sagt Max unglücklich.

Gerda nickt: „Wasd edserd damit machsd, is dei Sach'."

Max schüttelt verzweifelt den Kopf: „Was soll ich denn jetzt machen? Ihn verpetzen, und dann kriegt er ein Disziplinarverfahren an den Hals? Gönnen würde ich es ihm ja schon irgendwie, aber andererseits – es wäre 'ne Menge Aufwand von der unangenehmen Sorte, und er hat es ja nicht mal mit Absicht gemacht, ist halt blöd gelaufen für ihn ..."

„Na häldsd hald dei Goschn und sogst nix. Ohne mich hädsd es ja goar ned gwussd. Nacherd hasd nodfalls a Ass im Ärml geng den Wudler."

Max Gesicht hellt sich auf: „Gerda, du bist echt klasse!"

„Ich waaß", nickt Gerda ungerührt.

Metzger-Messages am Montagmittag

Gerda hat versprochen, ein gutes Mittagessen zu kochen, und so ist Flora mal wieder rausgefahren nach Niedlasreuth. Aber erst kommandiert Gerda sie und Basti ab, zum Fleischholen beim Niedlasreuther Metzger. Sie selbst will noch ein paar andere Sachen kaufen. Und weil der Bäcker allergisch gegen Hunde ist, sollen Basti und Flora Hektor mitnehmen. „Zum Medzger gehd er eh gern, der Heggdor", erklärt Gerda.

Basti stellt sich an der Schlange an, die bis aus dem Geschäft hinaus reicht.

Flora, die mit Hektor etwas abseits bleibt, schaut sich das beeindruckt an: „Mann, da ist ja was los! Ich wusste gar nicht, dass Metzgereien noch so in sein können. Hat der irgendwie – ein Geheimnis?"

Basti nickt: „Er hat sogar zwei Geheimnisse. Erstens macht er nur noch Montagvormittag, freitags und Samstagvormittag auf. Und zweitens hat er richtig gute Wurst und Fleisch aus der Nachbarschaft. Das wissen die Leute hier zu schätzen –

und weil er nur so kurz offen hat, rennen sie ihm dann halt die Bude ein.“

„Das heißt, man muss da immer so ewig warten?“

„Meistens, aber das macht eigentlich nichts. Ist eine nette Gelegenheit, mit den anderen aus dem Dorf ein Schwätzchen zu halten. Oder auch mit den Städtern, die hier von sonstwoher kommen.“

Der Mann hinter Basti erklärt stolz: „Jawohl, ich bin hier extra von Fürth aus hergefahren, weil das hier noch so 'ne richtig gute alte Metzgerei sein soll, das hab ich auf Facebook gelesen. Nur Fleisch aus der Region, und hausgemachte Wurst. Da sind die Dörfler hier halt konservativ, ist in dem Fall ja auch gut so. Tja, was der Bauer nicht kennt, frisst er nicht.“

„Und wenn die Städter wüssten, was sie da fressen, würden sie Bauern werden“, mischt sich die Frau hinter ihm ein – auch wenn sie nicht aussieht wie eine Bäuerin.

Die Schlange rückt nun ordentlich auf, Basti ist schon fast an der Theke vorne.

Ein drahtiger, weißhaariger Mann vor Basti, den er als Herr Gottwald begrüßt, dreht sich um und blinzelt ihn neugierig an: „Ich hab gehört, du und deine Freundin und der Max, ihr habt die Gerda vor einer wahnsinnigen Massenmörderin gerettet?“

Basti schüttelt den Kopf: „Also, sie ist keine Massenmörderin, sie hat nur einen einzigen Mann umgebracht. Und wahnsinnig ist sie auch nicht, sondern ziemlich clever und berechnend. Und Flora ist nicht meine Freundin, sondern meine Tutorin. Und ehrlich gesagt haben wir die Gerda auch nicht direkt gerettet, wir haben mehr so zugeschaut, wie sie sich selber gerettet hat, mithilfe vom Hektor.“

„Aha, so war das also", Herr Gottwald nickt. Dann wendet er sich an die Verkäuferin: „Der Hektor hat sich sein halbes Wienerle diesmal ja echt verdient!"

Als Hektor das Wort *Wienerle* hört, galoppiert er in den Verkaufsraum und stellt sich an die Seite der Theke. Dort reicht ihm die Verkäuferin ein halbes Würstchen, das er gierig verschlingt.

Herr Gottwald sagt lächelnd zu der Verkäuferin: „Komm, Emmi, heute kriegt er noch ein halbes, er ist doch ein Held. Hast du es nicht gehört? Er hat die Gerda vor einer Massenmörderin gerettet!"

Während Herr Gottwald und Emmi hanebüchene Storys darüber austauschen, „was wirklich passiert ist", verschlingt Held Hektor genussvoll das zweite Würstchenstück.

Der Städter hinter Basti beschwert sich lautstark darüber, wie unhygienisch das ist. Und die Frau dahinter mosert, dass Würstchen für Hunde ungesund sind. Aber ihren Platz in der Schlange geben sie nicht auf.

Flora ruft vorsichtshalber nach Hektor, der brav wieder angerannt kommt und sich neben sie setzt.

Dann hat auch Basti seinen Einkauf getätigt, und Flora meint kopfschüttelnd: „Also, was die da für einen Schwachsinn erzählen, wie das angeblich war – vielleicht solltest du ihnen klarmachen ..."

„Du hast doch gehört, dass ich's versucht habe", Basti zuckt die Achseln, „aber viel Sinn hat das nicht. Und was glaubst du erst, was da alles abends im Wirtshaus an Storys die Runde machen wird."

„Oder dann im Internet –"

„Ja, da sind mir die Wirtshausgeschichten dann doch lieber."

„Die sind doch vermutlich genauso dämlich, oder?"

„Aber das Bier ist besser."

Nun stößt Gerda zu ihnen.

Als Flora sich über die absurden Storys beklagt, die die Runde machen, zuckt Gerda die Achseln: „Ja, da könnersd schlimme Bauchschmerzn krieg, wennsd hörsd, was die Leud' redn. Also derfsd hald ned hinhörn.

Wenn ich fei auf des hörn däd, was die Leud redn, dann wär ich woascheins scho dood. Oder ich hädd überhaabds ned zum Lebn agfangn. Und mir duhn edserd was gehng Bauchschmerzn. Des gibd a richtig guuden frängischen Sauerbrodn, mid ana Lebkuhngsoß'."

Rindfleisch mit Lebkuchensoße? Flora ist kurz skeptisch, aber dann weiß sie: Bei Gerda wird das schmecken.

Die Nächste?!

Als Flora sich nach dem Essen von Gerda und Basti verabschiedet hat, beschließt sie spontan, sich diesen Niedlasreuther Weiher einmal anzuschauen. Der, in dem Ralfi ursprünglich die Leiche versenken wollte ...

Etwas beschämt überlegt sie, ob sie das jetzt schon zur sensationsgeilen Verbrechenstouristin macht?

Doch dann schüttelt sie energisch den Kopf. Ralfi ist ja mit der Leiche nicht mal in die Nähe des Weihers gekommen. Nein, sagt sie sich nachdrücklich, ich will nur zu dem Weiher, weil mir als Fischkopp hier in Franken einfach das Wasser fehlt. Ja, ich möchte gerne am Wasser stehen, und wenn es nur ein Weiher ist. So ein kleiner Weiher ist ja wahrscheinlich sogar sehr hübsch.

Über die Karte auf ihrem Smartphone pirscht sie sich an den Weiher heran – und ist ein bisschen enttäuscht. Der Weiher sieht zwar ziemlich groß aus, aber er liegt inmitten von flachem Grasland, und an dieser Stelle wachsen nur ein paar struppige Büsche am Ufer. Nicht sonderlich malerisch. Während Flora auf das Wasser blickt, denkt sie daran, dass Ralfi die Leiche vom Untermaier hier versenken wollte. Ob die wohl wirklich abgesunken wäre - oder eben doch oben getrieben -?

Sie starrt auf die glitzernde Wasseroberfläche – und stutzt.

Da treibt doch etwas – das sieht wie ein Kleiderbündel aus – aber ein ganz schön großes Kleiderbündel –

Und geschockt erkennt sie: Das ist ein Mensch, der da bewegungslos treibt!

Ein paar Wörter Fränkisch

Ärberd	Arbeit
Doldi, Sefdl	Blödmann
Dolln	blöde Frau
edsd, edserd, edserdla	jetzt
fei	*ein verstärkendes Füllwort*
Fregger	frecher Kerl
Gfregg	Schwierigkeiten, Zirkus
Goschn	Mund(werk)
Greinmeicherla, Wimmerlaswäi	Jammerlappen, Heulsuse
Gschmarri	Blödsinn
Kerng	Kirche
Odlgruhm	Jauchegrube
waafn	reden, quatschen
Waggerla	kleines Kind oder Tier
a weng	ein bisschen
wergli	wirklich

Nachwort

Ich kann mich noch genau erinnern, wie die Gerda in die Welt gekommen ist: mit einem plötzlichen, kühnen Sprung in meinen Kopf, ganz typisch für sie. In der Erlanger Hauptstraße vor der Geschäftsstelle der Erlanger Nachrichten, wo ein Plakat mit Details vom Schreibwettbewerb des Verlags Nürnberger Presse hing.

„Da machen wir mit", beschied mich Gerda. Von da an übernahm sie das Kommando. Immerhin akzeptierte sie gnädig meinen zaghaften Vorschlag, einen Kriminalfall zu lösen, da ich Krimifan bin. Aber natürlich würde sie das auf ihre ganz eigene Art und Weise machen.

Direkt selber davon zu berichten, das hat die Gerda nicht nötig. Ich musste ihr also einen Watson zur Seite stellen – damit kam auch Flora in die Welt, auf ihre eigene unauffällige, nordisch nüchterne Art und Weise. Zur Seite hinein schlüpften dann auch noch Basti und Max, und ich wollte loslegen. In ganz normalem Deutsch.

Doch da erklärte Gerda fest: „Mei Goschn ghörd fei zu mir!" Die anderen können gerne der Verständlichkeit halber mehr oder weniger Hochdeutsch reden. Aber sie selber spricht ihr ganz eigenes Fränkisch, erworben im mittelfrankennahen Grenzland von Oberfranken, wo Niedlasreuth angesiedelt ist. Hin und wieder mit kleinen anderen süddeutschen Einsprengseln, zum Beispiel aus ihrer Lehrzeit im oberbayrischen Rosenheim oder aus den Jahren im unterfränkischen Aschaffenburg (ja, die Gerda hat ein bewegtes Leben hinter sich). Und nicht zuletzt bringt sie auch immer wieder mal ihre ganz eigenen sprachlichen Kreationen. Denn die Gerda kümmert sich natürlich nicht um Duden oder Sprachwissenschaftler. Für mich, als diejenige, die das aufschreiben muss, bringt das so seine Probleme mit sich. Ich schreibe brav das nieder, was ich von der Gerda in meinem Kopf höre, so gut es halt geht. Aber stimmt das so? Verstehen die Leser das?

Unterstützung hatte ich glücklicherweise von meinem Mann Jochen, der ein gutes Ohr für Dialekte hat. Wertvolles Feedback kam auch von meinem aufmerksamen Erstleser Peter Gröbner, einem aus Wien stammenden Wahl-Unterfranken. Und die fränkische Lektorin Yvonne Durmann hat weitere schwer verständliche Stellen „geradegezogen." Vielen Dank dafür!

Trotzdem bleiben aber sicher noch manche Stellen, die manchen Lesern seltsam vorkommen werden ...

Die Gerda schüttelt natürlich nur ungeduldig den Kopf über die ganzen Zweifeleien: „Geh, Madla, für des gibd's kaa Regeln, ned wergli, also kamma aa kaane verledsn, mach hald ned so a Gfregg!"

Und das lasse ich mal einfach so stehen.

Mehr über mich und meine Geschichten:
www.hartl-online.info

Besuchen Sie uns auf unserer Homepage

buch.vnp.de

und entdecken Sie unser vielfältiges Angebot an Büchern.

.